KB195756

죄의 끝

TSUMI NO OWARI by HIGASHIYAMA Akira
Copyright © Akira Higashiyama 2016
All rights reserved.
Original Japanese edition published in 2016
by SHINCHOSHA Publishing Co., Ltd.
Korean translation rights arranged with SHINCHOSHA Publishing Co., Ltd.
through JM Contents Agency Co.
Korean translation copyrights © 2024 by HAPPY BOOKS TO YOU

죄의
罪の
終わり
끝

히가시야마 아키라
장편소설 — **민경욱** 옮김

해피북스
투유

추천사

포스트 아포칼립스 소설을 좋아하는 독자를 위한 최고의 독서가 될 것이다. '식인의 신'으로 군림한 존재에 얽힌, 미래에서 온 흥미진진한 기록물을 읽어가는 즐거움을 만끽했다.《죄의 끝》은 종말 이후 세계에서 신화가 되는 인물에 얽힌 이야기를 끔찍한 잉태의 순간에서부터 놀라운 대활약의 나날에 이르기까지 숨 막히게 그려나간다.

히가시야마 아키라가 역사를 다루는 솜씨는《류》에서 이미 감탄한 적 있는데, 미래 세계의 역사를 다루는 솜씨 역시 빼어나다는 것을《죄의 끝》으로 알게 되었다. 반영웅의 신화라고 할 수 있는 포스트 아포칼립스 영화 〈매드맥스〉 시리즈를 떠올리게 하는 너새니얼 헤일런이라는 캐릭터와 장면들을 오랫동안 잊을 수 없을 것 같다.

문명이 사라진 죽음의 황야를 방황하는 폭력의 연대기는 때때로 슬픔과 절망에 잠기지만, 동시에 믿을 수 없는 희망과 믿음 또한 그곳에 존재한다. 기적과 신화에 관한 과감한 상상을 펼쳐 보이는 《죄의 끝》의 마지막 장면에 이르면, 그 필연성에 경악하는 동시에, 아마 당신은 나처럼 슬픔에 잠길 것이다. 이것이야말로 포스트 아포칼립스 소설이 우리의 시선을 사로잡는 이유다.

"우리는 지금 어떤 위대한 작가도 상상할 수 없는 세계에 있어." 《죄의 끝》은 우리를 그곳으로 데려간다.

이다혜, 《씨네21》 기자

| 차례 |

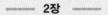

악하고 절개 없는 이 세대가

기적을 요구한다

• 《마태복음》 16장 4절 •

서문

　어머니를 죽인 냉혹한 존속 살인범이 중남부 일대에서 구세주로 널리 숭배되었다. 그가 죽은 지 20년이 다 되어가는데도 그가 베푼 수많은 기적이 사람들 입에 오르내리고 있다.

　굶주린 사람들에게 고기를 나눠주어 500명의 배를 채웠다. 홀로 백성서파白聖書派의 킬러들 즉, 화이트라이더WhiteRider를 차례로 처치했다. 손가락 하나 까딱하지 않고 적을 죽음에 이르게 했다. 손을 대기만 하면 병자가 치유되었다. 동물과 대화할 수 있었다. 등등.

　도대체 왜 이런 블랙라이더BlackRider 전설이 생겼을까? 내가 이 책에서 탐구하고자 하는 바는 바로 그것이다. 다행히 출판 직후부터 큰 반향이 있었다. 덕분에 독자 여러분이 더 깊이 이해할 수 있도록 새로 이 '서문'을 더하게 되었다.

처음 이 책을 집필하게 된 계기는 개인적으로 받은 정신적 충격 때문이었다. 18년 전, 나는 아내를 잃었다. 백성서파가 의뢰한 임무로 뉴욕을 떠나있던 13개월 동안 아내 마리앤은 다름 아니라 그 백성서파의 목사에 의해 산 채로 등유를 뒤집어쓰고 불에 타 살해당했다.

교회의 연락을 받은 나는 빌 개럿에게 뒷일을 부탁하고 밤새 얼어붙은 뉴멕시코주의 황야를 달려 뉴욕까지 왔다. 그러나 지진과 눈보라, 이어진 습격 등 여러 가지 사정으로 인해 두 달 뒤에야 간신히 뉴욕에 도착하는 바람에 나는 아내의 시신을 보지도 못했다.

내 머리에 제일 먼저 떠오른 것은 복수라는 두 글자였다. 다행인지 불행인지 케네스 모리아는 이미 법의 손아귀 안에 있었다. 목사였던 그가 어떻게 가련한 여자들에게 독니를 드러냈나? 우리가 가톨릭 신자였다면 바닥이 푹 꺼지는 참회실 같은 소도구가 등장했을지 모른다. 신부가 바닥의 버튼을 누르면 참회실 바닥이 덜컹 열리고 사냥감이 바닥 아래 감금실로 낙하하는 식이다. 하지만 그런 장치는 없었다. 모리아는 어설픈 수작 없이 여자들에게 접근했다. 즉, 예배가 끝난 뒤 여성들을 불러내 수면제를 탄 홍차를 마셔 잠들게 한 후, 침대에 묶고 악마 같은 욕망을 채운 것이다. 열두 명의 여성이 그의 독니에 걸렸고 마리앤은 열한 번째 희생자였다. 마지막 피해자가 운 좋게 탈주에 성공한 덕에 사건이 만천하에 드러났다.

모리아는 판사에게 자기의 이상성욕을 숨김없이 털어놓았다. 그는 살아있는 여성에게는 절대 손을 대지 않았다. 침대에 묶인 여성들에게 불을 붙여 불덩이가 되어가는 육체를 바라보며 자위했다고 한다. 불길에 의해 정화된 여성들을 '신의 디저트'라고 불렀다. 그는 구치소 안에서 백성서파 신자들 손에 죽었는데 성기만 탄화되어 시커멓게 타있었다고 한다. 바라건대 이 짐승이 산 채로 불탔기를.

내 정신은 무너졌다. 격렬한 착란 상태를 거쳐 끝 모를 허무함에 사로잡혔다. 괴로움에 몸부림치는 날들 속에 이따금 해가 들듯 찾아오는 고양감은 곧장 죽음으로 이어진 지름길을 비춰주었다. 뇌가 새하얀 풀솜이 된 것만 같은 날들 속에서 내 머릿속 어딘가에서는 이런 생각을 했다. 만약 마리앤이 케네스 모리아의 굶주림을 채우기 위해 살해된 것이었다면 내 충격은 그나마 덜했을까? 인정하고 싶지 않았으나 그럴지도 모른다. 구세계의 식인귀 대니 레번워스를 쫓아 1년 이상이나 캔디선 (2175년에 제롬 캔디가 설정한 전체 길이 900킬로미터에 달하는 구호선으로 동부 정부의 병력, 경제력, 인구 지지력을 바탕으로 해당 범위를 산출했다) 밖의 공기를 맡은 탓인지, 내 안에는 굶주림을 견디기 위한 희생은 우주의 커다란 진리의 일부로 자라있었다. 그러나 미친 목사의 자아와 성욕을 채우기 위한 죽음은 결코 받아들이기 힘든 부조리에 불과했다.

얼이 나간 상태로 지난 10여 년을 지냈다. 신분증을 소지하지 않은 채 심야를 배회하고, 싸움질에, 운 좋게 술이 생기면 있는 대로 다 마셔버렸다. 죽은 거나 마찬가지였던 날들이었다. 《뉴욕 타임스》 기자로 일하는 오랜 친구 잭 매코믹이 그런 나를 보다 못해 캔디선 밖을 여행했던 경험을 **책**으로 써보라고 했다. 모든 창작 활동은 인간의 영혼을 구제한다면서.

처음에는 '책을 써봤자지.'라고 생각했다. VB 의안 망막에 문장을 직접 투영하는 R북이나 다른 외부의 모든 디지털 콘텐츠는 현재 전력 사정으로는 도저히 제작될 수 없었다. 그러나 잭은 말 그대로 **책**을 낼 생각이라고 했다. 식자를 사용한 활판 인쇄라는 옛날 방식의 책을. "네이선, 생각해 봐." 잭은 자신 있게 말했다. "옛날 사람들이 했던 일을 우리가 못 할 이유가 어디 있겠어." 그의 몽상에 마음이 움직였으나 그래도 나는 결정을 내리지 못하고 망설였다. 그 여행을 기록한다는 것은, 그날들을 다시 추체험해야 한다는 말이었다. 그리고 그 여행의 끝에는 마리앤의 죽음이 기다리고 있었다.

내가 잭의 제안에 따른 것은 에마 도슨과 만났기 때문이다. 그녀는 캔디선을 경비하는 주병州兵으로, 얼마 전, 월경자와의 처절한 전투에서 연인을 잃었다. 우리는 우연히 단체 상담에 함께 참여했다가 자연스럽게 개인적으로도 만나게 되었다. 그녀는 이제 막 서른 살이 된 아름다운 여성으로, 내 여행 얘기 듣는 것을 좋아했다. 깊은 호수 같은 초록색 눈으로 가끔 맞장구를 치는 것 외에는 늘 묵묵히 내 이야기에 귀를 기울였다. "내용이 뭐였든 상관없었어." 에마는 나중에 그렇게 말했다. "당신이 말하는 방식과 뭔가를 말해주려고 하는 마음이 좋았어." 동감이다. 이야기를 들어주는 사람이 있다는 사실은 아주 멋진 일이었다. 우리가 서로의 마음을 허락하는 데는 그리 오랜 시간이 걸리지 않았다. 그녀는 나보다 띠동갑 정도로 어렸으나 그런 건 전혀 걸림돌이 되지 않았다.

에마와 마리앤은 정반대 타입이었다. 마리앤은 살랑살랑한 봄바람 같은 옷차림을 좋아했는데 에마는 늘 주머니가 여러 개 달린 카고 바지에 카키색 밀리터리 재킷을 입었다. 마리앤은 홍차를 좋아했는데 에마는 쓴 커피와 담배를 손에서 놓지 않았다. 마리앤과의 섹스는 배려로 가득하고 평온했는데 에마는 야생마 같았다. 이런 적도 있었다. 서로 안 지 얼마 안 되었을 때 나와 에마는 이스트강 변을 걷고 있었다. 단체 상담을 끝내고 돌아가는 길이었다. 해가 저물고 있고 강을 건너온 차가운 바람이 무너진 브루클린브리지에 세차게 휘몰아쳤다. 누군가 놓은 덫에 고양이 한 마리가 걸려있었다. 철사 올가미에 걸린 뒷다리는 이미 시커멓게 괴사했고 허리까지 썩어들어가고 있었다. 그런데도 우리가 다가갔을 때 고양이는 사력을 다해 우리를 위협했다. 에마는 조용히 고양이를 내려보다가 느닷없이 품에서 글록을 꺼내 고양이의 머리를 쐈다.

총성이 허공에 구멍을 냈고 난 그 자리에서 굳고 말았다. 그리고 마리앤을 생각했다. 저 고양이는 어차피 살 수 없었으리라. 가령 덫에서 벗어났더라도 저 몸으로는 온전히 걸어 다닐 수도 없었을 것이다. 마리앤이라면 그런 가련한 생물을 집으로 데려와 단연코 끝까지 돌봤을 것이다. 수의사도 없고 약도 없다. 산 채로 몸이 썩어가는 고양이를 보며 눈물지으면서 순간의 속죄에 몸과 마음을 다 바쳤으리라.

에마 도슨은 화약 연기가 피어오르는 총구를 내린 채 아무 말도 하지 않았다. 그녀는 고양이를 위해 귀중한 총알을 사용했다. 자기 몸을 지킬 때 사용해야 했을 총알을. 이 한 발 때문에 엄청난 궁지에 몰릴지도 모르는데. 거기에는 생사를 헤매는 고양이의 고통을 연장하면서까지 인류의 속죄를 바라는 감상은 조금도 찾아볼 수 없었다. 내게는 그것이 아주 소중하게 여겨졌다.

정확히 이때부터 시간을 들여 블랙라이더 전설을 조사하기 시작했다. 끈기 있고 집요하다고 할 정도로 말이다. 아마도 뭔가를 바꾸고 싶었던 것 같다. 에마와 어울리는 남자가 되고 싶었다. 나는 블랙라이더의 성장 과정, 그의 어머니와 그의 가정환경, 그와 관련된 사람들을 조사하고 그의 죽음과 관련된 온갖 억측을 수집했다. 그리하여 블랙라이더 전설이 어떻게 탄생했는지 파악하려 애썼다. 구세계에서는 식인을 위한 살인은, 성욕을 위한 살인과 비교할 수 없을 정도로 큰 충격을 주었다. 그러나 6·16 이후로는 상황이 완전히 뒤바뀌었다. 내 경험으로 보건대 식인을 위한 살인은 다른 이유에 의한 살인과 비교해 그리 영향력이 강하다고 할 수 없었다. 이러한 가치관의 전환에 블랙라이더가 큰 역할을 한 것은 누가 봐도 명백했다.

새로운 가치관은 어떤 과정을 거쳐 생겼고 어떻게 사람들 사이로 침투했나? 역사적인 관점에서 살펴보면 6·16 이후의 극심한 식량 부족으로 미국인들은 하룻밤 사이에 식인귀가 된 것처럼 보인다.

하지만 물론 그런 일은 있을 수 없다.

역사는 시간을 응축한다. 이를테면 14세기에 맹위를 떨친 흑사병으로 당시 유럽은 인구의 3분의 1 혹은 3분의 2에 해당하는 2,000만 혹은 3,000만 명이 사망했다. 그러나 오늘날의 우리가 역사를 돌아볼 때면, 마치 1년 혹은 길어도 몇 년 사이에 그 많은 사람이 죽은 듯한 잘못된 인상을 받는다. 실제로는 14세기 말까지 100년 동안, 흑사병은 유럽에서 세 번의 대유행과 헤아릴 수 없는 작은 규모의 유행을 되풀이했다. 좀 더 설명하자면 17세기부터 18세기에 흑사병은 밀라노, 런던, 프랑스에서 크게 유행했다. 가장 번성했을 때는 밀라노에서 매일 3,000명 이상이 죽었고 런던에서는 대략 7만 명이 병사했다. 19세기에는 중국과 인도에서 1,200만 명이 이 병으로 죽었다. 수백 년에 걸쳐 일어난 사건조차 마음만 먹으면 몇 줄로 요약할 수 있다. 현재 미국에서 진행되고 있는 가치관의 전환이 후

세 사람들의 눈에는 아주 짧은 기간에 이루어진 듯 보여도 이상할 일은 아닐 것이다. 그리고 그것은 어쩌면 정말 짧은 기간이었을지 모른다. 기껏해야 짧으면 10년, 길어야 20년 사이에 벌어진 일이니까.

그러나 정말 10년은 짧은 기간일까?

수분만 공급되면 이론상 인간은 두 달에서 석 달은 생존할 수 있다. 물론 그동안 그 사람은 그저 살아있는 것일 뿐, 당연히 건강을 유지할 수는 없다. 그리고 굶주림이 인체의 한계를 넘어서는 시점에서 우리는 아사한다. 만약 미국인 모두가 선량해 구세계의 가치관을 지켜 지난 10년간 인육을 한 조각도 입에 대지 않았다면, 지금쯤 이 나라는 야생동물만 살아 숨 쉬는 원시의 대륙으로 돌아갔을 것이다.

인육을 먹은 사람이 선량하지 않다고 단죄할 수 있는 사람은 아무도 없다. 그것은 나처럼 뉴욕에 살아 동부 정부로부터 식량을 배급받고, 그래서 당장은 아사와 동사의 걱정도 없고 하루에 한 시간이나 물을 공급받는 풍족한 환경에 있는 자의 위선이다. 허튼소리에 불과하다.

남부와 중서부 사람들은 그런 혜택을 받지 못했다. 6·16 이후 정부는 즉시 캔디선을 따라 900킬로미터에 달하는 방벽을 쌓고 사람들의 이주를 엄격하게 제한했다. 방벽 바깥으로 내몰린 사람들은 동부 정부의 비호를 받지 못한 채 영하 40도의 혹한과 굶주림에 싸워야만 했다.

다시 묻겠다. 6·16 이후 이어진 10년은 정말 짧은 기간일까?

나는 그렇게 생각하지 않는다. 사람이 굶어 죽는 데는 아무리 길어도 석 달이면 충분하다. 이 짧은 기간에 첫걸음을 떼지 않는 한 아무도 미래를 얻지 못한다. 10년이나 고민할 시간은 어느 누구에게도 없다. 캔디선 밖에 있는 사람들은 구토를 하면서도 금단의 고기를 입에 넣었고 이후 긴긴 시간을 거쳐 서서히 가치관을 바꾸고 그들 자신만의 신을 창조했다.

식인의 신을.

세계가 재해를 당한 직후부터 사람이 사람을 먹는 사태가 발발했다. 그러나 그렇다고 해서 그런 사람들의 마음에 죄의식이 없었던 것은 아니다. 사람들은 죄의식에 시달리면서도 배고픔에 굴복하여, 어쩔 수 없이 동포의 고기를 먹었다. 특히 바이블 벨트Bible Belt* 사람들의 고뇌는 상상할 수 없을 정도였다. 말할 것도 없이 식인은 기독교의 윤리관과는 굉장히 멀었다. 게다가 6·16의 영향이 2, 3년 이상 길어지자 처음에는 긴급하게 만들어진 계책이었던 식인이 일상화되었다. 그에 따라 민중 사이에서 새로운 신앙이 필요해진 것은 너무나 당연했다.

식인을 긍정하는 새로운 구세주의 탄생 배경은 이렇게 완성된 것이다.

* 미국 중서부에서 남동부에 걸쳐 그리스도교가 번성했던 지역. 과거에는 학교에서 진화론을 가르치는 것을 주법으로 금지한 주도 있었다.

이 책은 새로운 구세주에 대해 즉, 중서부와 남서부 일대에서 블랙라이더라는 별명을 지닌 너새니얼 헤일런이라는 인물에 관해 이야기한다. 최대한 시간순으로 쓰려고 했으나 아무래도 앞뒤가 안 맞는 부분도 있다. 또 어쩔 수 없이, 내가 모르는 공백 부분을 상상력으로 채우기도 했다. 그러나 그런 경우라도 방대한 자료와 증언에 기초해 추론했다.

법원 기록에 따르면 너새니얼 헤일런이 태어난 것은 2153년 4월 28일이다. 혈액형은 AB형. 열일곱 살에 어머니를 살해하고 21년형의 유죄 판결을 받아 복역했다. 하지만 싱싱 교도소에 수용되고 1년 9개월 뒤인 2173년 6월 16일, 나이팅게일 소행성이 날아왔다.

국가 기능이 거의 마비된 폐허 속에서 그가 언제부터 블랙라이더라 불리기 시작했는지는 알 수 없다. 대략적으로 말하자면, 2173년부터 2176년 사이의 어느 시점일 것이다. 너새니얼 헤일런이 황야를 방황한 건 3년 동안이니까. 왜 블랙라이더란 별명이 붙여졌는지는 대강 짐작이 간다. 백성서파 교회가 보낸 화이트라이더들을 모조리 해치운 너새니얼 헤일런을 목격한 누군가가 아마도 화이트와는 반대되는 색깔을 붙였으리라.

그는 블랙라이더로서 수많은 기적을 일으켰으나 그중 최고는 다름 아닌 황야의 갈라진 협곡에 간 1,571개에 달하는 돌계단의 존재이다. 이 돌계단의 기적이 무엇보다 눈에 띄는 것은 '너새니얼 계단'이 실재하기 때문이다.

과거의 뉴멕시코주 엘 모로의 바위투성이 불모지이자 고지대 땅 밑바닥에 헤일런 마을이 존재했다. 6·16 후에 새로 생긴 마을이었다. 마을을 남북으로 가르는 깊은 균열이 있고 교회, 작은 잡화점, 조악한 민가, 아이들에게 읽고 쓰는 것을 가르치는 학교 등이 이 균열을 내려다보듯 배치되어 있었다.

너무나 평범한 마을이었지만, 물이 나왔다. 물이 나오기에 자연스럽게 사람이 모여들어 다른 마을보다 규모가 컸다. 물이 나오기에 자연스럽게 증류소가 생기고 술집도 생겼다. 술집이 있으니 보안관도 생겼다. 마을 사람들은 친절하고 싹싹했다. 균열 주위에는 나무 울타리를 둘러, 사람이 떨어지지 않도록 배려하고 있었다. 물은 풍부해 물을 둘러싼 다툼이 일어나는 일은 없었다. 사실, 내가 이 책을 집필하기 위해 2192년에 이 마을을 방문했을 때도 마을 사람들은 전동 펌프로 길어 올린 물을 잔당 1달러에 팔고 있었다. 살짝 유황 냄새가 났지만 수질은 비교적 좋아 투명도로 따지면 우리가 뉴욕에서 공급받는 정화수와 거의 비슷했다. 현재는 직접 계단을 오르내리기를 두려워하지 않는다면 이 마을에서는 물을 마시는 데 돈이 한 푼도 들지 않았다. 계단 한쪽 끝에는 시뻘건 암벽이 솟아있고 이따금 추위에 강한 노란색의 개양귀비를 볼 수 있었다. 반대편은 개척해 만든 계단식 밭으로, 보리가 자라고 있었다.

폭이 넓은 돌계단을 하나씩 내려갈 때마다 온도가 높아지는 것을 피부로 느낄 수 있었다. 6·16에 따른 지각 변동으로 화산 활동이 활발해졌다. 물가 주변에 거주지를 형성하지 못한 것은 지면 곳곳에서 유독가스가 뿜어져 나오기 때문이었다. 그러나 내려가는 계단 중간에서 속이 울렁거리는 일은 없었다. 균열 속에서 항상 바람이 불어, 유독가스를 날려버렸기 때문이다. 물을 길어 올릴 때만 잠깐 신경 쓰면 중독사 할 일은 일단 없었다. 마을 사람들은 너새니얼 헤일런이 이 균열 밑에서 물이 솟아난다는 것을 알고 혼자서 계단을 놓았다고 말했다. 현악기인 밴조 연주자 맷 제임스라는 노인을 비롯한 사람들은 너새니얼 헤일런이 대지를 가르고 이 균열을 만든 장본인이라고 장담했다.

"예수님도 물 위를 걸었잖아? 그에 비하면 블랙라이더의 계단은 별것도 아니지."

호수 위를 걷다니, 물리적으로 말도 안 되지 않는가? 맞는 말이다. 그러나 물리적으로 불가능하기에 예수에 대한 신앙의 시금석이 된 것이다. 만약 한 번 죽은 사람의 부활을 믿을 수 있다면, 다른 기적을 믿지 못할 이유가 어디 있겠는가?

너새니얼 헤일런은 물론 예수 그리스도가 아니지만, 몇 가지 점에서 놀랄 정도로 비슷하다. 그리스도교가 예수를 메시아로 믿는 배경에는 구약성서 이후 메시아를 기다리는 사상이 있다. 유대교의 신 여호와는 이스라엘을 통일한 다윗에게 영원한 왕조를 약속했는데, 현실의 다윗 왕조는 사람들의 이상과 동떨어져 있었다. 다윗 왕조에 실망한 예언자들은 이상적인 왕의 도래를 예언했다. 그리고 그리스도 교도는 나사렛의 예수에게서 그 같은 메시아의 모습을 발견했다. '그리스도'란 '메시아'의 그리스어 번역임을 잊지 말길 바란다. 즉, 예수는 세상에 실망한 사람들의 희망이자 삶의 실마리였다.

너새니얼 헤일런이라는 젊은이도 마찬가지였다. 그가 어머니를 죽였다는 사실도, 그의 신격화와 무관하지 않았다. 블랙라이더의 존재는 인간이라면 누구나 죄를 짓고 그 죄는 다 용서받을 수 있다는 인간들의 희망을 반영한 것이다. 너새니얼 헤일런이 없었다면 중서부와 남부의 사람들은 식인의 중압을 견디지 못했을 것이다. 자신이 살아남기 위해 동포의 인육을 먹었다는 믿을 수 없는 사실에 짓눌리는 것은 시간문제였으리라.

높이 약 600미터의 너새니얼의 계단은 돌계단 중 어떤 걸 골라도 70킬로그램이 넘는다. 무거운 것은 100킬로그램을 훌쩍넘는다. 그것을 누군가가 경사면을 잘라내고 지면을 골라 바위산에서 돌을 잘라내 옮겨, 균열의 바닥에 생긴 샘에 하나씩 손으로 깔았다. 혼자 힘으로 그런 일을 해내려면 몇 년이 걸렸으리라. 하루아침에 될 일이 아니다. 너새니얼 헤일런이 엘 모로에 흘러 들어간 것은 그가 죽기 석 달 전이었다. 이 사실은 요컨대 이 계단을 만들기 시작한 게 블랙라이더였다고 하더라도 혼자 힘으로 완성한 건 아님을 의미한다. 적어도 물리적으로는.

20년 전, 백성서파 교회가 내게 대니 레번워스의 **처분**을 명령했을 때 레번워스와 함께 여행 중이던 너새니얼 헤일런의 이름은 거의 알려지지 않았다. 그로부터 불과 10년도 채 안 되어 남서부 일대에서는 블랙라이더 전설이 정착해, 그리스도교를 위협하기에 이른 것이다. 대니 레번워스를 말살한다는 내 최초의 임무는 의도치 않게 너새니얼 헤일런의 성스러움을 하나씩 직접 눈으로 확인하는 여행으로 변모하기에 이르렀다. 지금의 나는 블랙라이더를 신봉하는 사람들을 무지몽매한 사람들이라고 생각하지 않는다. 블랙라이더란 캔디선 밖에 사는 사람들이 인간답게 존재하기 위해—이를테면 식인하더라도 사람을 사랑하고 아이를 낳아 키우고 가족을 지키고 편안하게 숨을 거두기 위해—그들이 새로 쓴 복음의 한 구절이라고 생각한다.

세계는 다시 일어서고 있다. 얼마 전, 나는 한 독자의 스피크업을 통해 메시지를 받았다. 그는 과거에 하버드대학교에서 유전공학을 공부한 학생으로, 동부 정부에 들어가 소와 인간의 유전자를 조합한 새로운 육식 동물을 창조할 계획이라고 말했다. 식인에 마침표를 찍겠다며 자신만만해했다. 나도 큰 기대를 걸고 있다. 우리는 어쩌다 뉴욕에 산 덕분에 인육을 먹지 않고도 죽을 고비를 넘겼다. 그러나 이제 슬슬 미디엄 레어로 구운 티본스테이크가 그리웠다. 퍽퍽한 토르티야와 옥수수죽, 말린 개구리와 가재는 이제 정말 지긋지긋하다!

나는 뉴욕 이스트 60번지의 집에서 이 글을 쓰고 있다. 스피크업의 음성변환 기능과 구식 컴퓨터와 키보드를 사용하지 않고 일일이 원고지에 펜으로 쓰고 있다. 믿을 수 없다고? 하지만 사실이다. 전력 사정이 좋지 않은 게 첫 번째 이유였지만, 그것만은 아니었다. 내 부모님은 20세기의 생활방식을 고수한, 이른바 '노스티'여서 나도 어릴 때부터 펜과 종이에 친숙했다.

이 부분은 조금 설명해 두는 게 좋겠다.

내게는 네이션 발라드라는 서양식 이름이 있으나 생물학적 아버지는 대만인이고 어머니는 라오스인이다. 대만에서 태어났을 때 붙여진 중국식 이름은 '즈오닝시안左寧善'이었다. 친부모에 대한 기억은 거의 없다. 어머니로 보이는 여자 등에 업혀 늘 싱그러운 수박 더미를 보았던 기억만이 어렴풋이 있는 정도다. 하지만 그런 기억은 도통 쓸모가 없다.

아버지와 어머니는 위장 결혼이었다. 아버지는 이미 가족을 거느리고 있었고 아들이 둘이나 있었다. 사업에 실패해 돈에 쪼들리자, 브로커가 제안한 위장 결혼에 덥석 수락했다. 아버지는 브로커에게 약간의 돈을 받고 전처와 위장 이혼을 하고 라오스에서 대만으로 오고 싶어 한 자신보다 스물한 살이나 연하인 내 어머니와 형식적으로 혼인신고를 올렸다. 하지만 아버지는 그대로 전처와 전처소생 아이들과 생활을 유지했고 사진으로만 본 내 어머니는 전혀 개의치 않았다. 어느 날, 내 어머니가 아무런 연락도 없이 아버지의 집을 찾아가기 전까지는. 어머니는 간신히 외운 대만어로 수없이 감사의 말을 건넸다.

자신이 대만으로 돈을 벌러 오지 못했다면 라오스에 있는 친족들은 매우 곤란했을 것이라고 말했다. 내 이름에 있는 '닝寧'은 '정녕丁寧'에서 온 것으로 '매우 간곡한 태도'를 가리킨다. 수없이 감사의 인사를 하는 사람이라는 게 아버지가 본 어머니의 첫인상이었을 것이다.

무슨 연유로 그랬는지는 모르겠지만 아버지는 내가 태어날 때까지의 아주 짧은 기간 동안 어머니와 살았다. 아주 짧은 기간만 산 이유는 아버지가 폐암에 걸렸기 때문이다. 불치병에 걸려 자리에 누운 아버지의 유일한 바람은 원래 가족의 간호를 받으며 세상을 뜨는 것뿐이었다. 아버지가 죽은 후 어머니는 나를 버리기로 결정했다. 라오스로 돌아가려는 어머니에게는 이미 남편과 아이가 있었기 때문에 나를 데리고 갈 수 없었다. 그래서 나는 아버지 전처의 소개로 발라드 부부에게 입양되었다. 그때 나는 세 살이었다.

토미와 재키 발라드 부부의 애정 속에 자란 나는 자신을 미국인이라고 생각하며 살았다. 그나마 대만과 연관 있는 것이라면 이름뿐이었다. 양자인 내게 자기 뿌리를 소중히 여기라는 마음에서 발라드 부부는 내게 '네이선'이라는 이름을 붙여주었다. '닝시안'과 발음이 비슷하다는 이유에서였다.

양부모는 노스티였다. 뉴저지주의 우리 집은 빨간 벽돌집으로 늘 편안하게 정돈되어 있었다. 어머니의 부엌을 보며 미국인들은 완벽한 부엌이라고 말했다. 다른 집들이 전자 조리 기구로 부엌을 가득 채웠던 데 반해 어머니는 일부러 비싼 돈을 내고 프로판가스를 설치했다. 불로 만든 게 아니면 요리로 인정하지 않았다. 반짝반짝 닦아 윤을 낸 그녀의 주전자는 얼굴이 비칠 정도였다. 아버지는 독서가로 서재의 한쪽 벽에는 떡갈나무로 만든 멋진 책장이 있었다. 아버지는 가죽으로 만든 푹신한 일인용 소파에 몸을 기대고 파이프 담배를 피우며 **진짜 책**을 읽는 데서 최상의 기쁨을 느꼈다. 찰스 디킨스나 윌리엄 셰익스피어, 윌리엄 포크너와 헨리 밀러, 세르반테스와 남미 작가들. 나는 내 친구들이 전자기기인 인코그니토 디지털책에서 얻은 정보 대부분을 종이책에서 얻었다. 종이책에서 얻지 못하는 건 인생에 그다지 필요치 않은 것들이었다. 디지털책은 영혼마저 디지털화한다는 게 아버지의 입버릇이었다. 우리 집 마당에는 벚나무가 있었다. 봄이 되어 꽃을 피우면 우리는 종종 마당에 테이블을 내놓고 노스티 가족답게 길게 식사를 즐겼다.

요컨대 노스티는 자신이 하고 싶은 일에 충분히 시간을 쓰는 사람들이라고 생각한다. 시간을 쓴다는 의미를 나는 발라드 부부에게 배웠다. 그러므로 원시적인 방법으로 책을 쓰는 일쯤은 그리 힘들지 않았다. 그 끝에 느낄 수 있는 기쁨을 알기 때문이다. 6·16 이후 우리는 좋든 싫든 펜과 종이로 상징되는 생활방식으로 다시 돌아가야 했다. 시곗바늘이 빙글빙글 거꾸로 돌아 무시무시한 속도로 과거로 흘러갔다. 노스티라는 생활방식은 앞으로 점점 더 의미를 지니게 될 것이다.

창밖으로는 영하 40도의 밤바람이 몰아치고 있다. 벽난로에는 얼마 안 되는 장작만이 타고 있고 옆에는 나의 반려견 루키가 잠들어 있다. 어라, 방금 눈이 마주쳤다. 여자친구인 에마 도슨은 오늘 밤 캔디선 초계 근무를 서는 중이다. 즉, 나는 집 안의 전기를 독차지하고 탁상 스탠드를 켜고 레코드플레이어를 돌리며 누구도 신경 쓰지 않고 원고용지를 실컷 채울 수 있다는 말이다.

탁상 스탠드 옆에는 죽은 아내의 사진을 끼운 액자가 세워져 있다. 세계가 이렇게 되어버리기 전, 그랜드캐니언으로 여행 갔을 때 찍은 사진이다. 시뻘건 바위에 저녁노을이 물들어 불타는 듯한 붉은 협곡을 배경으로 마리앤이 하얀 이를 드러내며 환하게 웃고 있었다. 우리는 행복했었다.

하지만 너새니얼 헤일런은 그렇지 않았다. 그의 지옥은 6·16이 일어나기 훨씬 전부터 시작되었다.

2195년 7월, 뉴욕에서.
네이선 발라드.

1장

피아 헤일런

　피아 헤일런이 앨라배마강 부근에서 뉴욕까지 히치하이크를 감행한 것은 2152년 7월이었다. 잠깐, 히치하이크라니? 그때는 이미 순간 이동 장치나 공중에 떠서 달리는 호버링 자동차나 타임머신이 있지 않았나?

　말도 안 되는 소리! 유감스럽게도 내가 아는 한 2152년에도, 그 이후에도 그런 것들은 발명되지 않았다. 리바이스 청바지와 고무 타이어와 히치하이커는 영원불멸의 미국적 진리이다.

　현지 고등학교를 막 졸업한 피아는 이제 막 열여덟 살이 된 미스 몽고메리에도 뽑힌 바 있는 아름다운 여자였다. 시골 아가씨다운 몽상을 품고 아름다운 용모를 지닌 그녀는 고향에서 약 1,600킬로미터 떨어진 브로드웨이를 목표로 했다. 마침 그 무렵 퍼시 알바가 연출한 뮤지컬 〈성역의 쥐〉가 큰 성공을 거둬 새로운 백댄서를 모집하고 있었다. 그리하여, 하루 2회였던 공연에 1회를 추가해 석 달 한정으로 심야 공연을 계획했고, 새로운 무용수가 필요해졌다. 피아는 어릴 때부터 품었던 꿈을 실현하기 위해 즉, 쇼 비지니스 세계에서의 찬란한 성공을 꿈꾸며 부모님의 반대를 무릅쓰고 고향을 떠난 것이다.

시골길을 걸어 셀마까지 나온 피아는 국도 80호선에서 차를 잡아 몽고메리까지 가서 그곳에서 주간고속도로 85호선을 타고 북상했다. 짐은 조그만 더플백이 전부였고, 어깨까지 소매를 잘라낸 체크무늬 셔츠와 낡은 청바지를 입고 백합 문양이 새겨진 부츠를 신고 있었다. 여행을 나섰을 때도 이 차림이었는지는 모르나 롤리의 경찰서에 남아있던 그녀의 사진에서는 그랬다. 사진 속에서 피아는 밝은 금발이 마구 헝클어져 있었고 코는 부러졌고 눈 주위는 시커멓게 멍들어 있었다. 공허한 눈빛으로 무언가를 응시하는 그 눈을 살짝 가늘게 하고 턱을 날카롭게 만들면 너새니얼 헤일런과 빼닮았다. 머리 색깔은 그야말로 똑같았다. 더플백 안에는 〈성역의 쥐〉 서류 심사에 통과했음을 알리는 통지문이 소중하게 보관되어 있었다.

피아는 트럭이나 승용차, 때로는 마차를 갈아타며 약 일주일에 걸쳐 조지아주, 사우스캐롤라이나주를 넘어 노스캐롤라이나주까지 이동했다. 그렇게 롤리를 거쳐 로어노크강 바로 앞까지 온 게 7월 23일이었다.

해는 이미 저물어 쓸쓸한 고속도로에, 헤드라이트를 켠 차들이 흘러갈 뿐인 적막한 장소에 피아는 내렸다.

마침, 내리기 시작한 비에 젖어 아스팔트 길은 검게 빛나고 있었다. 조금 떨어진 곳에 싸구려 식당의 네온사인이 반짝였다.

"어이! 창녀!" 그녀를 여기까지 태워준 트럭 운전사가 차창 밖으로 얼굴을 내밀고 소리쳤다. "손이 아니라 입으로 해주면 더 멀리 데려다줄게."

피아가 침을 뱉자, 트럭은 그대로 떠나버렸다. 피아가 오른손을 오므렸다 펴자 부스럭부스럭 마른 소리가 났다. 남자의 체액이 손바닥에 말라붙어 있었다. 그 손을 펴고 마치 더러운 양말이라도 쥔 듯 최대한 몸에서 떨어뜨렸다. 왼손으로 더플백을 어깨에 추어올리고 고속도로 옆에 우두커니 서있는 식당까지 터덜터덜 걸어갔다.

화장실에서 손을 세 번이나 씻고 나오자 가게 안의 사람들이 자신을 주시하고 있음을 깨달았다. 하지만 그리 신경 쓰지 않았다. 피아가 그 가게에서 도넛과 커피를 주문한 건 그녀 자신도 진술했고 종업원인 수잔 키치도 기억하고 있었다.

"제일 싼 홈메이드 도넛과 커피를 주문했어요. 틀림없이 저녁 8시가 되기 조금 전이었을 거예요. 느닷없이 가게에 들어와서는 바로 화장실로 갔죠. 그렇게 예쁜 아가씨를 이 동네에서 본 적이 없어서 생생하게 기억해요. 이후 그녀는 비가 내리는데도 밖으로 나가 북쪽으로 향하는 차를 잡으려 했어요. 금방 트럭이 섰던 것 같아요. 맞아요. 스콧 맥케이의 트럭이 분명했어요." 수잔 키치는 경찰관에게 당시 상황을 이렇게 증언했다.

피아가 주간고속도로 95호선으로 갈아타려고 길가에서 엄지를 세우고 있는데 트럭이 경적을 울리며 다가왔다. 야구모자를 거꾸로 쓴 젊은 남자가 운전석에서 고개를 내밀었다. 문에는 높게 솟은 하얀 파도가 그려져 있고 그 위에 동양 문자가 힘차게 적혀있었다.

"미녀 아가씨, 어디까지 가?"

"뉴욕. 95호선이라면 어디서 내려주든 괜찮아." 피아가 대답했다.

"나는 필라델피아까지 가."

"그렇다면 최고지." 그녀가 조수석에 오르려 하자 남자가 손을 내밀었다.

"더 퍼스트 스타의 스콧이야."

"더 퍼스트 스타?"

"내 별명이야."

"잘 부탁해. 더 퍼스트 스타. 나는 그냥 피아야." 피아는 남자의 손을 잡았다.

"그냥 피아라. 좋네." 남자는 의미심장한 미소를 지었다. 차선으로 돌아온 트럭은 곧 로어노크강을 건넜다. "너도 그 책을 읽고 히치하이크를 하는 거야?"

"《윈디 샘》?"

"맞아."

"히치하이커의 바이블인가 봐. 나는 안 읽었어. 책은 좋아하지 않아."

"나랑 같네. 뉴욕에는 왜?"

"오디션."

오는 동안 수없이 나눈 대화였던 터라 별일 아니라는 듯 행동하면서도, 피아는 자신의 목소리에서 배어 나오는 자신감에 뿌듯했다. 기사의 허리에 꽂힌 검처럼 그때 그녀는 그 말 하나가 인생의 전부였다. 그 말만 하면 이미 뭔가를 이룬 듯한 기분이 들었다. 그녀는 자유롭고 대담했지만, 아직 아무것도 아니었다.

보통은 여기서 이야기는 쇼 비즈니스 세계로 옮겨간다. 댄서 생활이 얼마나 힘든지, 경쟁이 얼마나 치열한지, 얼마나 강인한 정신력이 요구되는지. 하지만 스콧 맥케이는 그 이상 피아의 자존심을 채워줄 질문을 하지 않았고 가볍게 고개를 끄덕이며 묵묵히 차를 몰았다.

"나는 눈에 보이는 거리가 100미터밖에 안 되는 작은 마을에서 자랐어." 피아는 차를 얻어 탄 사람으로서 예의상 침묵을 떨치려 했다. "아무것도 없는 지루한 마을이었지. 대단한 사람도 없고 엄청난 일이 일어나지도 않아. 개마저 짖지 않아. 그도 그럴 게 짖어야 할 일이 하나도 없거든. 인터넷 정도는 쓰지만, VB 의안을 넣은 사람은 거의 없어. 경찰조차 넣지 않았어. 당신은 넣었어?"

"VB 의안? 바이어 브레인웨이브를 말하는 거야? 아니, 나 같은 가난뱅이는 어림없지." 맥케이는 고개를 저었다.

"그렇기야 하지."

"하지만 돈이 있어도 싫어. 그걸 넣으면 눈이 안 보이게 되잖아?"

"눈이 보이지 않게 된다는 건 거짓말이야."

"당연하잖아. 눈알을 파내고 거기에 기계를 집어넣는데?"

"안구는 카메라가 대신하니까 안 보일 리 없어. 제대로만 보이면 그게 카메라여도 상관없잖아. 보기에도 똑같고."

"그 말은 너는 넣을 생각이라는 거야?"

"내 가방에 거금이 들어있다는 생각은 말아 줘." 맥케이가 웃었다. "만약 오디션에 합격하면 제작자가 수술 비용을 대준대."

"하지만 왜? 그걸 하려면 뇌에 위험한 기계를 넣어 뇌파를 통해―바이어 브레인웨이브―뉴럴 네트워크 정보를 보려는 거잖아? 범죄자나 불법 이민자를 순식간에 알아내야 하는 경찰이나 군인이라면 모르겠지만. 아, 그리고 주식 같은 걸 하는 사람들이라면 모르겠지만. 일반인에게는 필요할 것 같지 않은데."

"하지만 언젠가 다른 사람들은 다 넣으면? 그러면 넣지 않은 사람은 정보량에서도 신체 능력에서도 그들보다 뒤처지게 되잖아."

피아의 말에 스콧 맥케이가 콧방귀를 뀌었다.

"그런 일은 일어나지 않으리라고 생각하고 있다면 다시 생각하는 게 좋아." 피아는 의기양양하게 말을 이었다. "VB 의안을 넣은 사람과 넣지 않은 사람은 완전히 다른 생명체야. 인간의 뇌는 평소에는 10퍼센트밖에 쓰지 않아. 하지만 VB 의안을 장착하면 그것이 뇌파에 영향을 줘서 잠들어 있는 부분을 각성시켜. 각성이라 해봤자 지금은 겨우 20퍼센트 정도지만 곧 더 높아질 거야. 즉, 만약 VB 의안을 넣은 사람이 공격해 오면 VB 의안을 넣지 않은 사람은 절대 이길 수 없단 소리지. 그러면 어떻게 자신을 지킬 수 있겠어?"

"그래도 나는 머리를 열어 그런 걸 넣는 녀석들의 마음을 모르겠어."

"〈성역의 쥐〉라고 알아?"

"아니."

"댄서들이 전원 VB 의안을 장착한 세계 최초의 뮤지컬이야."

"……그럼, 네가 본다는 오디션이란 게?"

"응. 맞아." 피아는 고개를 끄덕였다. "VB 의안을 장착한 댄서들의 신체 능력은 일반 사람보다 훨씬 뛰어나. 그 쇼에서 가장 큰 볼거리는 무대 위에서 댄서들이 10미터 가까이 점프하는 거야."

"오호, 그래?"

"내 말은 당신 생각보다 VB 의안은 훨씬 보급되어 있다는 소리야." 그 말을 끝으로 대화가 끊겨 피아는 창밖으로 고개를 돌렸다.

풍경은 검은색 일색이었던 탓에 트럭이 상당히 속도를 내고 있을 텐데 전혀 속도가 느껴지지 않았다. 가로등의 노란빛이 일정한 리듬으로 흘러갔다.

비가 계속 내리고 있었다.

라디오에서는 컨트리 음악이 흘러나오고 있었다. 블루스였을지도 모른다. 내게는 그걸 확인할 방법이 없다. 어쨌든 어떤 음악이 흐르더라도 그것은 피아의 귀에는 들려오지 않았을 것이다. 아마도 그리 시끄러운 음악은 아니었을 것이다. 그랬다면 그녀가 깜빡 졸지 않았을 테니까. 그러나 라디오가 켜져있던 것만큼은 사실이다. 왜냐하면 라디오 튜너를 돌리는 소리에 눈을 떴다고 피아가 경찰에 증언했기 때문이다. 단조로운 풍경과 좋아하지 않은 사람에게는 지루하기 이를 데 없는 음악 때문에 그녀는 어느새 얕은 잠에 빠졌다.

"너는 VB 의안을 장착하지 않았네." 스콧 맥케이는 라디오 주파수를 돌리면서 슬쩍 질문을 던졌다. "너 같은 평범한 여자가 이렇게 히치하이크를 하다니 감탄스러워."

피아는 눈을 깜빡였다. 흐릿하게 이중으로 보이던 차내 시계가 또렷이 보이기 시작했다. 저녁 9시 36분. 졸음이 머릿속을 살짝 마비시키고 있었다.

젖은 창밖 풍경은 여전히 캄캄했으나 트럭이 고속도로에서 벗어난 것만은 확실히 알 수 있었다.

"여기는 어디야?" 맥케이는 대답 없이 그대로 액셀을 밟아 댔다.

눈에 들어오는 풍경은 오직 검은 밤하늘과 더 어두운 숲뿐이었다. 차내 디지털시계가 아주 느리게 9시 37분, 38분, 39분으로 바뀌어 갔다.

"그냥 피아인가, 좋네."

맥케이의 목소리가 불길한 울림과 함께 귓가에 되살아났다. 그리고 디지털시계가 9시 40분이 된 순간, 피아는 깨달았다. 직전에 얻어 탔던 트럭에서 손으로 남자의 성욕을 달래줘야만 했던 찜찜함이 단숨에 날아가고 대신 공포가 찾아와 뒷덜미를 훑고 지나갔다.

주머니에 숨긴 나이프를 꺼내 주저 없이 맥케이의 팔을 찔렀다. 남자는 비명을 질렀고 트럭은 이리저리 흔들리다 급정거했다. 앞 유리창에 머리를 부딪친 피아의 손에서 나이프가 떨어졌다. 문을 열려는 그녀의 머리카락을 맥케이가 움켜쥐고 뒤에서 덮치듯 끌어안았다.

"얌전히 있어! 안 그러면 네 손해야!"

피아는 몸을 비틀어 발로 남자를 차려 했으나 얼굴을 맞고 말았다. 눈앞에서 별이 번쩍이고 뜨듯한 피가 콧속에서 목구멍으로 넘어갔다. 맥케이는 뭐라고 고함을 치며 다시 사정없이 주먹을 휘둘렀다.

"말했잖아! 내가 말했지?! 나는 한다면 하는 놈이라고!"

피아는 격렬하게 기침하며 다리를 버둥거리고 두 팔로 얼굴을 감쌌다. 바닥에 떨어진 나이프가 시선 끝에 스쳤으나 그걸 주우려던 팔은 곧바로 맥케이에게 잡혀 비틀렸다. 팔꿈치가 얼굴로 날아들었다. 두 사람의 아우성과 거친 숨소리가 차 밖까지 가냘프게 흘러나왔다.

그때 헤드라이트 불빛이 눈물로 얼룩진 눈에 따갑게 날아들었다.

"살려줘요!" 피아는 그 한 줄기 빛에 매달렸다. 맥케이를 발로 차고 목소리를 짜내며 창문을 두드렸다. 창문에 피와 침이 튀었다. "도와줘! 도와줘요!"

천천히 다가온 헤드라이트가 그 남자의 트럭임을 깨닫지도 못했다. 맥케이의 손이 그녀의 셔츠를 찢었다. 혀를 날름거리는 짐승에게서 도망치려고 몸을 웅크렸을 때 문이 열렸다.

"살려줘!" 머리를 흔들며 소리쳤다. "부탁이에요. 도와줘요!"

"어이, 창녀." 조수석으로 올라온 남자가 누런 이를 드러내며 웃었다. "우리가 더 멀리 데려다줄게."

피아의 눈이 크게 벌어졌다. 인간의 형태를 한 절망이 거기 있었다.

"이년이 나를 찔렀어! 젠장. 나이프가 있다는 소리는 왜 안 했어?" 맥케이가 고함을 쳤다.

"어이, 더 퍼스트 스타. 얘기를 꺼낸 사람은 너야. 나는 전혀 상관없었다고." 남자는 피아의 머리를 움켜쥐고 대시보드에 처박았다.

"네가 그렇게 선동했잖아. 그런 식으로 말하면 누구나 그런 마음을 먹지." 맥케이는 벨트를 풀면서 고함을 쳤다.

"나는 있는 그대로 말했을 뿐이야. 손으로 해주는 여자가 근처에 있다고. 해치우자고 한 사람은 너야."

"봐, 피아!"

"우는소리 좀 그만하고 여자 좀 잘 막아봐." 남자는 울부짖는 피아를 짓누르고 어깨 너머로 외쳤다. "어이, 미키. 너도 빨리 와."

처녀 회임의 전설은 반드시 그리스도교만의 전매특허는 아니다. 바위나 바람, 사체의 일부에서 적자가 탄생하는 이야기는 세계 각지의 신화에서 등장한다.

예수의 수태는 대천사 가브리엘의 '수태 고지'라는 성스러운 **목소리**에 의해 전해졌기 때문에, 오래전 예수는 처녀 마리아의 **귀**에서 탄생했다고 믿어졌다. 이와 마찬가지로 원죄 없는 잉태는 인도에도 있었다. 마야부인은 여섯 개의 이빨을 지닌 하얀 코끼리가 태내에 들어오는 꿈을 꾼 후, 회임하여 오른쪽 옆구리로 붓다를 낳았다. 베들레헴으로 오는 긴 여행 끝에 마리아는 마구간에서 예수를 낳았는데 마야부인 역시 여행길의 룸비니에서 붓다를 낳았다. 어머니가 섹스하지 않았다는 것만으로는, 성스러움이 충분하지 않았을지도 모른다. 이 두 전설은 만약 예수와 붓다가 제대로 산도를 거쳐 나왔다면 그들의 위엄은 반감되었을 것임을 말해준다. 나아가 마침 그들은 둘 다 고향이 아닌 곳에서 태어나 목격자가 거의 없었다. 예수의 출산에 입회한 사람은 요셉뿐이었고 마야부인은 붓다를 낳고 일주일 뒤에 죽었다.

만약 그들 시대에 VB 의안이 개발되었다면 기적의 아이들이 탄생하는 장면은 부모에 의해 뉴럴 네트워크에 업데이트되었을 것이고 친족으로부터 축하 메시지를 잔뜩 받았을 것이다. 그들이 정말 귀나 옆구리에서 태어났다면 출산 장면의 재생 횟수는 천문학적 숫자에 달했을 것이다. 그러나 과거에는 VB 의안도 뉴럴 네트워크도 없었다. 이런 일은 당당하게 가슴을 펴고 이야기할 일도 아니었으나, 그 모호함은 전설이 탄생하는데 꼭 필요한 요소였다.

이처럼, 생각해 보면 너새니얼 헤일런의 탄생에는 전설의 골격이 될 모호함이 전혀 없었다. 그 자세한 내용은 롤리 경찰의 조서에, 그리고 스콧 맥케이와 짐 재커맨의 재판 기록에 극히 상세하게 기록되어 있다. 두 사람은 어이없이 잡혔다. 피아 헤일런이 도넛과 커피를 산 싸구려 식당의 종업원이 맥케이의 트럭을 정확하게 기억하고 있었기 때문이다.

"고속도로 95호선 도로변 식당에서 일하는 사람이라면, 아마도 조지아주에서 코네티컷주까지 모두 스콧의 트럭을 알고 있을 거예요. 만약 95호선이 리우데자네이루까지 뻗어있다면 브라질 사람들도 절대 잊지 못할 거예요. 차체 가득 우타마로 같은 파도가 그려져 있으니까요." 수잔 키치는 말했다.

수잔은 일본의 판화가 기타가와 우타마로를 말한 것이다. 그러나 굳이 따지자면 오히려 가쓰시카 호쿠사이 쪽일 것이다. 경찰이 찍은 사진을 보면 맥케이의 세미 트레일러에는 호쿠사이가 그린 것 같은 거친 흰 파도가 그려져 있었다. 운전석 문에는 '더 퍼스트 스타'를 뜻하는 '일번성一番星'이라는 한자도 적혀있었는데 이는 옛날 일본 영화에 나오는 허랑방탕한 트럭 운전사의 별명이었다. 트럭 운전사 사이에서 맥케이는 이를 자기 이름으로 쓰고 다녔다.

피아 헤일런의 체내에서 세 사람의 체액이 검출되었는데 너새니얼 헤일런의 DNA와 일치한 사람은 맥케이도 재커맨도 아니었다. 즉, 소거법에 따르면 너새니얼 헤일런의 생물학적 아버지는 행방불명된 남자 미키 멜로지야라는 소리다.

사실 맥케이는 그날 미키 멜로지야라는 남자를 처음 봤다. 재커맨은 멜로지야와 예전부터 아는 사이였으나, 몇 번 짐을 내리는 데 도움을 받은 게 전부였다. 재커맨의 진술에 따르면 멜로지야는 여기저기 옮겨 다니며 일하는 떠돌이 노동자로 체격은 훌륭하나 내용물은 그냥 그래서 피아를 덮쳤을 때도 마치 고릴라처럼 거친 숨소리를 냈다고 한다.

처음에는 미키 멜로지야도 곧 체포되리라고 생각했다. VB

의안이 보급되기 시작될 무렵이라 경찰은 직접 보기만 해도 순식간에 전과자 정보를 망막에 불러낼 수 있었기 때문이다. 그러나 멜로지아에게는 전과가 없었고 그는 그날 밤 이후로 자취를 감춰버렸다. 노스캐롤라이나주와 버지니아주와 테네시주 경찰은 손을 잡고 담배밭, 보리밭, 목화밭, 옥수수밭을 운영하는 농장주들을 상대로 탐문을 했으나 수확은 없었다. 그도 그럴 것이 뚱뚱하기만 한 농장주들은 현장을 제대로 파악하지 못했고, 마르기만 한 멕시코인은 떠돌이 노동자들을 이름이 아니라 그저 머릿수로만 인식하고 있었기 때문이다. 테오도르 아르멘타라는 남자는 경찰에 다음과 같이 말했다.

"미키는 똑똑히 기억하고 있죠. 체격이 큰 녀석으로 아마도 키가 한 2미터는 될 겁니다. 난폭했냐고요? 아뇨, 나는 그렇게 생각하지 않아요. 완력은 세도 미키는 늘 생글생글 웃고 다녔어요. 술도 담배도 하지 않았고요. 주인이 시키는 일은 언제나 싫은 내색 없이 했으니까요. 좋은 일인지 나쁜 일인지는 미키에게 중요하지 않아요. 그냥 시키면 했죠. 아이를 돌보라고 하면 갓난아이를 다정하게 돌보고, 도둑질을 한 녀석을 손보라고 하면 조금도 주저하지 않고 도둑놈의 다리를 분질렀어요. 언젠가는 이런 일도 있었죠. 주인님이 돼지우리를 청소하라고 했는데 정작 주인님은 이 말을 완전히 잊고 외출한 거예요. 그랬더니 그 녀석은 하룻밤 내내 삽으로 돼지 똥을 퍼냈다니까요. 아시겠어요? 미키란 녀석은 개 같은 놈이었어요. 만약 녀석이 여자를 덮쳤다면 틀림없이 누가 그러라고 시켰을 겁니다."

우연히 차를 타고 지나가던 조 카렐이라는 아마추어 각본가가 황무지에 쓰러져 있던 피아 헤일런을 발견했다. 그는 노예 시대를 무대로 한 서스펜스 영화의 각본을 쓰려고, 취재차 자동차로 예전의 노예주를 돌아보는 여행을 하고 있었다.

"이미 정오가 다가오고 있었을 겁니다. 저는 버지니아주로 가고 있었어요. 처음에는 동물의 사체라고 생각했죠. 그런데 가까이 가보니 여자였어요. 청바지가 벗겨져 있었고 딱 봐도 폭행당했다는 걸 알겠더라고요. 저는 서둘러 그녀를 차에 태우고 병원으로 데려갔어요. 불쌍하게도…… 전날 밤에 폭행당했다면 그녀는 코요테가 득실대는 황무지에 밤새 버려져 있었단 거잖아요. 차에서도 한곳을 제대로 보지 못하고 자기 몸을 부둥켜안은 채 부들부들 떨었어요. 안됐다고 생각했죠. 그런데 난데없이 뉴욕으로 가달라고, 오디션이 있다고 난리를 치잖아요. 네, 그녀가 댄서 지망생이라는 것은 들었어요. 하지만 오디션을 볼 상황이 아니었어요. 무엇보다 제대로 서지도 못했으니까요. 저는 일단 그녀를 병원으로 데려가 경찰에 신고해 달라고 직원에게 부탁했습니다."

너새니얼 헤일런은 원죄 없는 잉태로 탄생한 것도 어머니의 귀나 옆구리에서 태어난 것도 아니었다. 그는 폭력과 피, 그리고 사랑과는 거리가 먼 절규로 가득한 산도를 통해 이 세상에 나타났다. 그러나 그것이 오히려 그의 신화를 견고하게 하지 않았을까. 중서부와 남부를 여행하는 길에 나는 블랙라이더를 신봉하는 사람들에게 많은 이야기를 들었다. 사소한 부분—피아를 덮친 남자의 수와 장소 등—에는 차이가 있었으나 누구나 너새니얼이 범죄 행위 끝에 태어난 아이임을 알고 있었다. 그래도 블랙라이더의 성스러움에는 전혀 흔들림이 없었다.

애당초 이런 일 정도는 놀랄 일이 아닐 수 있다. 신화를 살펴보면 고대의 신들이 비열하기 그지없는 방법으로 적을 물리치고, 절로 눈을 돌릴만한 잔혹성을 발휘하고, 근친혼을 되풀이하는 우화는 얼마든지 있다. 최고의 신 제우스의 부모는 남매지간이었고 심지어 아버지는 태어난 아이들을 먹어 치웠다. 고야가 그린 무시무시한 〈자식을 잡아먹는 사투르누스〉 그림 그대로다. 제우스는 운이 좋아 구사일생했으나 그 또한 자신의 누나를 아내로 맞이했다.

그러니까 이렇게 이야기하고 싶다. 근친혼이더라도 신의 신성이 훼손되지 않는다면, 강간으로 태어난 아이라도 신이 될 기회는 있지 않을까?

신화에 일관성을 요구하는 건 무의미한 일이다. 만약 신화가 세계를 이해하기 위해 쓰인 이야기라면 그 안에는 필연적으로 모호함과 모순 그리고 사랑과 잔혹함, 비열함을 내포하게 된다. 왜냐하면 우리가 사는 이 세계 자체가 모호하고 모순투성이이며 사랑과 잔인함, 비열함으로 가득 차있기 때문이다. 6·16 이후에 내서니얼 헤일런이라는 한 젊은이가 신격화된 것도 이 문맥에서 이해할 수 있다. 무시무시한 수태의 순간부터 신의 축복과는 전혀 무관한 그의 탄생은 신의 축복과는 인연이 없기에 오히려 초토화된 세계를 비추는 한 줄기 빛이 될 수 있었다. 신에게 버려진 이 세계의 상징이 될 수 있었다. 신이 없는 세계의 신화가 될 수 있었다. 사람이 사람을 먹는 황야를 이해하기 위해, 너새니얼 헤일런은 우리가 협동해 만들어낸 신화라고 할 수 있다.

재판이 시작되기 전에 피아 헤일런은 병원에서 도망쳤다.

다시 뉴욕으로 가려 했을 텐데 증거가 없으므로 나로서는 그녀가 오디션을 봤는지는 알 수 없다. 임신 사실을 몰랐다면, 어쩌면 몇 군데 오디션에 붙었을지도 모르는 일이었다. 일이 잘 풀린 것 같지는 않았다. 적어도 〈성역의 쥐〉의 백댄서로 피아 헤일런의 이름이 오른 적은 없었다. 〈성역의 쥐〉만이 아니다. 2152년 이후에 브로드웨이와 오프브로드웨이*에서 상연된 작품 가운데 그녀의 이름이 나온 공연은 단 하나도 없었다.

그러나 피아가 북쪽으로 향한 것만은 분명하다. 그녀는 앨라배마주에서 노스캐롤라이나주까지 달려온 부모님에게서 354달러를 훔쳐 어느 날 아침 홀연히 자취를 감췄다. 맥케이와

---

* 뉴욕 브로드웨이 외곽 지역의 소극장 거리를 지칭하며, 브로드웨이 공연보다 규모가 작은 공연을 뜻한다.

재커맨의 재판을 끝까지 지켜본 사람은 헤일런 부부였다. 각자에게 강간, 상해죄 판결이 내려져 맥케이는 9년 반, 재커맨은 종신형을 받았다. 노스캐롤라이나주에서는 1994년부터 삼진법*을 시행하고 있었는데 재커맨은 이미 부녀자 폭행과 마약 소지로 투 스트라이크를 먹은 상태였다.

롤리의 지역 방송국 인터뷰에서 피아의 아버지 로널드 헤일런은 다음과 같이 대답했다. 인터뷰 장소는 헤일런 부부가 재판 중에 머물던 모텔 방 안이다. 어두컴컴한 방에 창문만 새하였다. 로널드는 일인용 소파에 깊이 앉아있었고 헤일런 부인은 팔걸이에 걸터앉아 있었다.

"글쎄요. 도무지 모르겠습니다." 피아의 생각에 관해 묻자 로널드는 힘없이 고개를 흔들었다. "이토록 끔찍한 일이 우리 가족에게 일어나다니……. 저도 가슴이 찢어질 것만 같은데 피아는 그보다 몇 배는 더 힘들겠죠. 그 아이의 마음을 제가 헤아리는 일은 불가능합니다. 하지만 단언할 수 있는 한 가지는 피아가 복수에 나선다고 해도 저는 놀라지 않을 겁니다. 그 짐승 같은 놈이 고통받는 건 당연한 일입니다. 내 손으로 직접 놈들을 죽이고 싶습니다."

— 피아는 어떤 따님이셨나요?

* 전과가 이미 두 번 있는 자가 세 번째 유죄 판결을 받으면 범죄의 종류에 상관없이 즉시 종신형이 내려지는 법률.

"고등학교 때는 미인대회에 몇 번 나갔었습니다. 우리 마을의 미스 롱보우와 사무엘슨고등학교 퀸으로도 뽑혔죠."

"미스 몽고메리에도요. 하겠다고 마음먹으면 반드시 해내는 아이였어요. 피아는." 헤일런 부인이 말했다.

— 부모님이 모르는 면이 있지 않았을까요? 짐 재커맨의 진술을 보면 피아 씨가, 그러니까……. 그 트럭에서 문란한 행위를 했다고 진술했는데요. 그 사실을 스콧 맥케이가 트럭 무선으로 듣고 이번 범행을 계획했다는데요.

"설사 그게 사실이더라도 그 누구도 피아의 의사에 반하는 짓을 할 수 없습니다. 아닌가요?" 헤일런 부인은 고개를 돌리고, 로널드는 카메라를 노려봤다.

— 맞는 말씀입니다.

"스스로 결정한 일과 다른 사람에게 억지로 강요당한 것은 완전히 다릅니다." 로널드는 심호흡하고 말을 이었다. "억지로 강요당한 부조리함에는 단연코 맞서 싸워야 합니다. 피아는 싸웠습니다. 저희 딸은 그런 딸입니다. 2년쯤 전 일인데 피아를 시기한 동급생이 피아의 얼굴 사진을 누드 잡지 모델에 붙여 뉴럴 네트워크에 올린 일이 있었습니다. 악질적인 장난이었죠. 피아가 어떻게 했을 것 같나요? 범인인 제시카 로버츠의 집에 쳐들어가 어느 쪽 눈이냐고 물었어요. 어느 쪽이야? 제시카는 너무 놀라 대답하지 못했죠. 그러자 피아는 제시카를 제압하고 몰래 가져온 칼로 그녀의 오른쪽 안구를 파냈습니다! 네, 물론 큰 소동이 벌어졌죠. 다행히 제시카가 오른쪽 눈에 VB 의안을 넣었던 터라 다행이었죠. 자칫했으면 피아는 그녀의 진짜 눈을 파낼 뻔했으니까요. 어쩌면 피아는 처음부터 제시카의 오른쪽 안구가 VB 의안임을 알았을지 모릅니다. 알고 일부러 위협한 거죠. 나를 화나게 하면 그냥 안 넘어가, 이번에는 VB 의안으로 끝나지만 이런 행운은 또 오지 않을 거야. 이런 말을 전한 거죠. 네, 압니다. 지나쳤죠. 그러나 그게 헤일런 가문의 피랍니다."

— 그녀는 댄서가 되려고 집을 나왔죠? 만약 당신이 그녀의 꿈을 인정해 줬다면 이번 같은 일은 일어나지 않았을까요?

덩치가 좋은 로널드는 뚱한 표정으로 입을 다물고 뺨을 덮고 있는 하얀 수염을 수없이 쓰다듬더니 안경을 벗고 눈을 문질렀다. 그 모습은 피로에 지친 눈을 풀려는 듯도, 그런 척하며 눈물을 닦는 것처럼도 보였다. 옆에 있던 헤일런 부인이 그의 팔에 손을 얹었다.

"그 애는 스스로 기회를 잡을 수 있다고 믿었을 겁니다." 로널드는 안경을 다시 쓰고 또렷한 목소리로 대답했다. "너새니얼 삼촌의 영향이겠죠. 아내의 동생입니다. 너새니얼 윈 주니어는 탐험가로 세계 각지의 변방을 돌아다녔는데 피아가 열세 살 때 인도네시아 바다에서 상어의 습격을 받아 사망했습니다. 그 애는 너새니얼 삼촌이 들려주는 얘기를 아주 좋아했어요. 어렸을 때부터 너새니얼 삼촌의 이야기를 들었죠. '피아, 잘 들어라. 인생에 불가능은 없단다. 두 다리만 있으면 어디든 갈 수 있고 두 팔만 있으면 못 오를 산은 없단다. 스스로 자기의 한계를 정하면 안 된다. 그렇게 되면 너는 이미 죽은 거나 다름없단다.' 저는 분명 피아가 뉴욕에 가는 걸 반대했습니다. 부모로서 딸에게 힘든 일을 시키고 싶지 않았죠. 하지만 내가 반대한다고 포기할 정도라면 그 정도의 꿈이었다는 거겠죠? 꿈을 이루려면 강철 같은 의지가 필요합니다. 아이가 하는 일에 늘 두 손 들어 찬성하면 그 아이의 진심이 무엇인지 알 수 없게 되죠. 피아는 진심이었습니다. 진심으로 댄서가 되려 했죠. 그 꿈이 이런 결말을 맞을 줄은 아무도 예상하지 못했습니다."

댄서가 된다는 꿈이 깨진 피아 헤일런의 기록이 다시 나타난 곳은 매사추세츠주의 제퍼슨 종합병원이다. 2153년 4월 28일, 그러니까 스콧 맥케이 일당에게 폭행당한 지 9개월 5일 뒤에, 그녀는 그곳에서 쌍둥이 남아를 출산한다. 선천적으로 심장 질환을 가지고 태어난 형에게는 우드로라는 이름을 붙였다. 이는 그녀의 친할아버지 이름이기도 했다. 조부인 우드로 헤일런이 피아에게 어떤 영향을 미쳤는지는 신만이 알겠지만, 동생 이름의 내력은 분명하다. 맞다. 그녀가 존경하고 사랑한 너새니얼 삼촌의 이름을 붙인 것이다.

14년형 로얄엔필드

통통 부은 눈과 찢어진 입술, 코는 휴지로 막은 상태로 집에 돌아오자, 형이 거실에서 멍하니 스포츠뉴스를 보고 있었다.

찢어진 블라인드 사이로 들어온 석양이 방을 비스듬히 가르고 있었다. 남은 빛은 형이 앉아있는 소파 뒤로 들어와 어질러진 테이블에 떨어졌다가 어머니의 전 남자친구가 취해서 쏜 벽의 총알구멍까지 뻗어갔다.

"우디, 약 잘 챙겨 먹었어?"

우드로는 로우라인비전의 구식 스크린을 응시한 채 대답하지 않았다. 하얀 메인테이트 알약을 올려놓은 접시는 비어있었다.

스크린의 푸른빛에 물든 우드로의 안경에 브루클린 네츠 선수들의 영상이 비쳤다. 이틀 전 게임이다. 원정용 검은 유니폼을 입은 리틀 웨인 딕슨이 보스턴 셀틱스의 공을 뺏어 노마크로 덩크슛을 날리는 장면이다. 현관문이 쾅 닫히자 로우라인의 전파가 흔들려 입체적으로 보이던 농구 선수들이 획 일그러졌다.

너새니얼은 해설자의 목소리를 들으면서 부엌으로 가서 후드티 모자를 뒤집어쓴 채 냉장고를 열었다. 절망에 가까운 노란빛이 냉기와 함께 흘러나왔다. 시든 당근과 먹다 남긴 피자 한 조각 외에는 어머니의 보드카와 거기에 넣을 오렌지주스밖에 없었다. 그 황량한 광경은 언제나 그에게 인류가 멸종한 뒤의 세계를 연상시켰다. 그는 오렌지주스를 꺼내면서 생각했다. 텅 빈 세계는 텅 빈 냉장고에서 슬금슬금 시작되고 있다고.

주스를 통째로 들고 입을 대고 마셨다. 상처에 닿아 너무 아팠다. 코를 막고 있던 휴지를 꺼내니 출혈은 멈춰있었다. 휴지를 버리고 방치된 더러운 접시와 구토물 냄새가 얼핏 남아있는 싱크대에서 얼굴을 씻었다. 물은 배수구로 내려가지 않고 계속 싱크대 안에 고여있었다.

기름이 뜬 검은 물을 내려다봤다. 막힌 배수구, 텅 빈 냉장고, 자기 세계에 틀어박힌 형, 정신을 잃을 때까지 스크루드라이버 칵테일을 마시는 어머니. 각각의 현상이 단 하나의 커다란 화살처럼 여겨졌다. 모든 게 그가 가야 할 곳을 큰 소리로 울부짖고 있었다. 언젠가 사랑이나 꿈을 만날 수 있다는 생각 따위는 절대 하지 말라고 싱크대에 담긴 물이 키득키득 웃었다. 네가 가는 길에 떨어져 있는 건 개똥뿐이야. 텅 빈 냉장고가 으르렁댔다.

"그렇게 둘 것 같아?" 오렌지주스를 냉장고에 다시 넣고 거칠게 문을 닫았다.

길은 얼마든지 있어. 그게 아니라면 신은 왜 내게 오토바이를 줬겠어?

피아 헤일런이 매사추세츠주에 자리를 잡은 덕분에 2173년 6월 16일 이후로도 너새니얼 헤일런의 공유 스피크업은 꺼지지 않은 채 인터넷에 남아있었다.

사실 나사NASA는 2004년부터 일찌감치 6·16의 도래를 예측했다. 당시 발표는 '2029년 4월에 지름 약 400미터의 소행성이 300분의 1의 확률로 지구에 충돌한다.'라는 것이었다. 그러나 2004년에 미국의 신문을 요란하게 장식한 기사는 뉴저지주 주지사가 동성애를 고백한 것과 조지 워커 부시의 대통령 선거 승리, 보스턴 레드삭스가 16년 만에 월드 시리즈에서 우승했다는 한심한 뉴스들뿐이었다. 그로부터 10년 전, 1994년에는 슈메이커-레비9 혜성이 분열하면서 목성에 충돌한 일도 있었는데 말이다. 어쨌든 2029년의 메가 임팩트에 대비하려 한 사람은 하나도 없었다.

잘 생각해 보길 바란다. 300분의 1이라는 확률은 정말 신경쓸 필요 없을 만큼 낮은 것일까? 야구에서 투수가 노히트 노런을 달성할 확률은 물론 여러 제반 조건에 따라 다르지만, 대체로 1,200분의 1이다. 단판 승부인 포커에서 로열 스트레이트 플러시*가 나올 확률은 1만분의 1이고, 골프에서 홀인원이 나올 확률은 1만 5,000분의 1이다. 300분의 1이라면 내게는 꽤 높은 확률로 여겨지는데 옛날 사람들은 정말 태평했던 게 분명하다.

끝내 인류는 아무 일 없이 2029년까지 살아남았다. 나사의 이어진 예측은 '2099년 12월에 지름 200미터의 소행성이 125분의 1의 확률로 지구에 충돌한다.'라는 것이었다. 물론 이 예측도 빗나갔다. 그래도 연구자들은 포기하지 않았다. '2155년 7월에 지름 6,000미터의 소행성이 46분의 1의 확률로 충돌한다.'라고 예측했다. 또 저런다! 하지만 이 예측은 '서드 타임 러키Third Time Lucky'** 즉, 사실이었다. 예측에서 벗어난 것은 발견자의 이름을 붙여 명명한 이 '나이팅게일 소행성'의 충돌 시기뿐이었다.

인류는 핵을 이용해 나이팅게일 소행성을 분쇄했으나 그 덕분에 수십 미터 혹은 수백 미터짜리 파편이 대지에 쏟아졌다. 분산된 메가 임팩트의 영향은 지구 곳곳에 미쳤다. 미국만 얘기하자면 북동부는 중서부나 남부의 상황보다 훨씬 나았다. 중

* 무늬가 같은 A-K-Q-J-10으로 구성된 패.
** 영국의 속담으로, 세 번째 시도 끝에 성공했을 때 쓰이는 말이다.

서부는 와이오밍주를 중심으로 완전히 붕괴했고 광대한 토지는 지금도 방사능에 오염되어 있다. 남부 최남단은 멕시코에 떨어진 나이팅게일 파편들의 영향을 피할 수 없었다. 북동부만이 방사능의 영향을 거의 받지 않았고 자기장의 혼란도 비교적 덜했다. 덕분에 생명선도 짧은 기간에 다시 구축되었다.

만약 피아 헤일런이 자신이 당한 그 끔찍한 사건에서 조금이라도 멀어지려고, 그러니까 서해안 쪽으로 향했다면 너새니얼은 6·16에서 살아남지 못했을 것이다. 그리고 사후 15년이나 지나 나 같은 사람에게 자신의 스피크업 다이어리를 듣게 하지도 않았을 것이다. 내가 이 책에 쓴 내서니얼의 심정 대부분은 그의 스피크업에서 발췌한 것이다.

그는 학교에 거의 다니지 않았고 홈스쿨링으로 읽기와 쓰기, 간단한 계산을 배웠다. 결코 머리가 나쁘지는 않았다. 그 증거로 초등학교 5, 6학년 때쯤의 성적표는 거의 'A'였다. 운동 신경도 좋았다. 초등학교 6학년 때는 50미터를 6초대에 달렸고 학교 농구부에서는 포인트가드로 활약하기도 했다.

하지만 초등학교를 졸업한 뒤로는 전혀 학교에 가지 않았다. 첫째는 아르바이트로 돈을 벌어야 했고, 둘째는 형 우드로 헤일런을 돌봐야 했기 때문이다. 그러나 가장 큰 이유는 어머니 피아 헤일런이 의무교육의 필요성을 전혀 느끼지 못했기 때문이다. 그녀는 언젠가 아들에게 VB 의안 수술을 받게 할 생각이었다. 실제로 너새니얼은 열일곱 살 때 불법 수술을 받아 트랜

스미터가 내장된 인공 안구를 왼쪽 눈에 넣었다. 왼쪽 눈으로 한 것은 그가 왼손잡이였기 때문이다. VB 의안만 있으면 순식간에 뉴럴 네트워크로부터 필요한 정보를 받아 계산력과 어휘력이 비약적으로 높아질 뿐만 아니라 다른 이의 목소리와 눈의 움직임, 땀 흘리는 정도 등을 통해 위험신호까지 감지할 수 있었다. 그 무렵 부유층 대다수가 학교 교육에 관심을 끊은 것도 무리는 아니었다.

하지만 학교는 공부만 하는 곳이 아니다. 인간관계를 맺는 방법이나 윗사람에 대한 예의를 배우고, 우정을 다지고, 운이 좋으면 애정도 찾고 협동심을 단련하는 곳이기도 하다. 그런 의미에서 열네 살이 된 너새니얼이 언제나 고개를 숙이고 다른 이의 눈을 제대로 보지 못하고, 늘 비굴함과 어린애 같은 유치함이 공존한 것도 어쩔 수 없는 일이었다.

2167년, 6·16이 일어나기 6년 전. 너새니얼 헤일런은 열네 살이 되었다. 빈말이라도 체격이 좋다고 할 수 없었다. 키는 170센티미터, 몸무게는 간신히 60킬로그램 정도밖에 되지 않았다. 어머니를 닮은 단정한 이목구비에 어머니와 똑같은 밝은 금발이 눈을 가리고 있었다. 사진으로 보기에는 살짝 당황한 듯도, 신경질적인 듯도 한 차가운 인상이었지만, 어쩌면 그건 그의 회색 눈동자 때문일지도 모른다.

너새니얼은 후드 모자를 벗고 시리얼 상자와 가득 쌓인 재떨

이, 청구서와 빈 맥주캔이 널브러진 식탁에서 소형 인코그니토를 찾아내 열었다.

마이크에 대고 암호를 속삭여 로그인했다. '어서 와, 너트.'라는 메시지에 이어 스피크업의 입체 화면이 나타났다.

메시지가 몇 개 와있었다. 모두 귀도 앨런의 잔인한 짓에 대한 분노나 동정이었고 자신도 같은 문제를 안고 있다는 고백 혹은 오토바이의 구조에 대한 강의나 그가 필요로 하는 부품에 대한 정보들이었다.

그는 방금 자신에게 일어난 일을 얘기했다. 즉, 오토바이 부품을 찾으러 철물점을 돌아다니다가 하필 귀도 앨런에게 붙잡혀 죽도록 맞은 사실을 밝혔다. 하지만 괜찮다고 신경 쓰지 않는다고 말했다. 스피크업은 가공된 그의 목소리를 기록하고 팔로잉하는 사람들에게 공개한다. 그래도 오늘은 내 오토바이에 맞는 진공식 기화기를 드디어 발견했으니까. 엔진은 역시 로얄엔필드지만, 아무리 찾아도 없으니 다른 걸로 맞추는 수밖에 없지.

그리고 3D 디지털카메라로 찍은 2114년형 로얄엔필드 클래식 150 조커의 사진을 올렸다. 그가 태어나기 40년 전 영국에서 만든 아름다운 오토바이다. 조립 중인 오토바이에는 엔진과 시트와 앞바퀴가 아직 붙어있지 않았다. 하지만 구겨졌던 팬 부분은 말끔하게 펴져있고, 번쩍번쩍 닦은 기름 탱크에는 '로얄엔필드'의 로고가 자랑스럽게 빛나고 있었다.

그 은색 오토바이는 보일스턴에서 클린턴으로 향하는 주의 도로 62호선, 와추셋 저수지 언저리에 부서진 채 버려져 있었다.

스피크업 다이어리에 따르면 너새니얼은 폐품을 회수하다 우연히 그 로얄엔필드 잔해를 발견한 게 아니었다. 그날 폐품을 줍던 너새니얼의 귀에 작은 목소리가 들려왔다. *어쩌면 아직 거기에 있을지도 모르겠네.* 얼마 전에 고철상 주인 바비 로스가 한 말이 불현듯 떠올랐다.

"너트, 혹시 그거 아냐?" 바비는 윤활유로 새카매진 손가락에 침을 발라 구깃구깃한 돈다발을 새서 폐품 대금을 치렀다. "얼마 전에 와추셋에서 사고가 일어났었대. 엄청난 속도로 오토바이를 몰던 멍청한 외지인이 커브를 돌다가 가드레일을 받고 저수지에 떨어졌다고 하더라."

고철상은 주변에 아무것도 없는 외곽에 있었으나 멀리서도 바비 로스를 둘러싸고 있는 그 삭막한 공기를 맡을 수 있었다. 부지에 들어가면 양쪽에 고철이 산처럼 쌓여있었고 그 사이로 좁은 길이 뻗어있었다. 바비 로스의 판잣집은 그 길 끝에 있었다. 판잣집 앞에는 언제 가도 물웅덩이가 있었다. 그리고 그곳에는 다리가 세 개밖에 없는 셰퍼드 한 마리가 있었는데 이름은 칼 하인츠였다. 칼은 다정한 개였다.

"이건 너무 적어요." 너새니얼이 그렇게 말하자, 눅눅한 땅에 누워있던 칼 하인츠의 귀가 쫑긋 섰고 바비 로스의 한쪽 눈썹도 치켜 올라갔다.

"뭐라고?"

"이 액수는 너무 적다고 했어요." 너새니얼은 카고 트레일러에 쌓인 고철을 가리켰다. "오늘은 거의 스테인리스예요. 당신은 알루미늄 가격으로 계산했고요."

"저 라디에이터는 알루미늄이야."

"저거 빼고는 스테인리스잖아요."

"잘 들어라, 꼬마야." 바비 로스는 얼굴을 바싹 가져다 대고 어젯밤 마신 위스키 냄새가 나는 숨을 내뿜었다. "내가 네 돈을 슬쩍할 것 같아? 매춘부 엄마와 머리가 돈 형을 부양하는 너처럼 훌륭한 녀석한테?"

"맞아요. 당신은 나 같은 놈한테도 푼돈을 슬쩍할 사람이죠." 너새니얼이 대답했다. "오늘은 구리 선도 주웠다고요. 그것만 해도 지금 당신이 준 돈의 다섯 배는 될 텐데요. 내가 요즘 구리 가격을 모를 줄 알아요?"

"내가 사는 가격이 마음에 안 들면 어디든 다른 데로 가." 바비 로스는 돈다발 든 손을 휘둘렀다. "하지만 말이다. 내 부지에서 한 걸음이라도 나가면 다시는 여기에 발을 들여놓지 못할 거다."

너새니얼은 상대를 가만히 응시했다. 색 바랜 파란 점퍼를 밀어내는 뚱뚱한 배를 보고, 알파벳 문신을 새긴 단단한 주먹을 힐끗 보고, 로마 사람 같은 코가 자리 잡은 동그란 얼굴로 눈길을 옮겼다. 그리고 아무 말 없이 자전거에 올라탔다.

"그래, 잘 생각했어! 가라, 어디든 가보라고! 나란 놈이 너 같은 녀석을 속인다고? 멍청한 것도 정도가 있어야지!" 진흙탕에 바퀴가 자꾸 걸렸으나 카고 트레일러를 달고 방향을 전환했다. "이 꼬마야! 갈 테면 가. 나는 조금도 곤란할 게 없다고! 하하하. 너랑 어울리는 것도 이제 끝이다! 어이, 내 말 듣고 있어? 곤란한 사람은 너지, 내가 아니라고. 너라고. 어이, 너트!"

너새니얼은 브레이크를 잡고 고개만 돌려 바비를 바라봤다. 고철상은 귀까지 새빨개진 채 이쪽을 노려보고 있었다. 하나 없는 앞다리를 짚고 칼 하인츠가 자리에서 일어나 꼬리를 흔들고 있었다.

"너트, 돌아와." 고철상은 인상을 찌푸리고 떨떠름하게 손짓하며 낮은 목소리로 말했다. "자, 돈 줄 테니까 돌아오라고."

칼 하인츠가 그런 주인이 자랑스럽다는 듯 올려다보며 컹컹 짖었다. 맞아요, 라고 하는 듯했다.

'이 사람은 근본이 나쁜 사람은 아니에요. 그건 당신도 알죠, 너트?'

'응, 알아.'

자전거에서 내린 너새니얼은 개 칼 하인츠의 머리를 쓰다듬었다.

'그저 돈에 집착할 뿐이지.'

너새니얼이 엄지와 검지를 비비자 바비 로스가 혀를 차며 돈 다발에서 지폐를 거칠게 뽑아 돈을 더 넘겼다.

"짐 내리는 건 도와야 한다."

"그 녀석, 죽었어요?"

"누구?"

"저수지에 떨어진 녀석이요."

"글쎄다." 고물상은 어깨를 으쓱했다. "하지만 오토바이란 말이야, 일단 구르면 죽으라고 존재하는 물건이니까."

바비 로스와 이런 대화를 나눈 게 일주일 전이었다.

어쩌면 그대로 남겨져 있을지 모른다고 너새니얼은 생각했다. 그래, 망가진 오토바이를 가져오기만 하면 꽤 벌이가 될 것이다. 그렇게 생각했을 때는 이미 와추셋 저수지를 향해 카고 트레일러가 붙은 자전거 페달을 밟고 있었다.

단풍나무 숲 사이로 난 주도로를 끽끽 페달 소리를 내며 나아갔다. 길가에는 아직 눈이 남아있었는데 봄의 햇살은 날카로운 창처럼 가지 사이를 뚫고 젖은 아스팔트 위에 꽂혔다. 풀밭에는 노란 팬지꽃이 빼꼼 얼굴을 내밀고 있었다. 이따금 차가 지나갈 때마다 그 팬지꽃들이 바람에 나부꼈다. 열흘 동안 비구름에 덮여있던 하늘은 이날, 너새니얼에게 뭔가를 알리려는 듯 맑게 개어있었다.

지루한 여정의 무료함을 달래려고 자전거 핸들에 걸어놓은 휴대형 라디오를 켰다. 몇 곡인가 모르는 노래가 나온 다음 나이팅게일 소행성에 관한 뉴스가 잠깐 나왔다.

1908년 러시아 상공에서 대폭발이 일어났습니다. '퉁구스카 대폭발'로 불리는 이 폭발은 지름 약 100미터, 중량 10만 톤으로 추정되는 운석이 일으킨 것이었습니다. 당시, 반경 30킬로미터 범위의 삼림이 불타고 2,000제곱킬로미터 안의 나무가 소실되었습니다. 폭발로 인한 섬광은 유럽까지 영향을 주어 런던에서는 한밤임에도 신문을 읽을 수 있을 정도로 밝았다고 합니다. 반면 나이팅게일 소행성은 지름 6,000미터, 단순 계산으로도 퉁구스카 대폭발의 60배에 달하는 규모입니다. 이는 6,500만 년 전 현재의 유카탄반도에 충돌해 공룡 등을 멸종시킨 운석의 대략 반 정도 크기이기도 합니다. 나사의 예측은 또 빗나갔습니다. 그러나 청취자 여러분, 나이팅게일 소행성은 소멸한 게 아닙니다. 나사는 지금도 나이팅게일 소행성의 궤도를 계속 계산하고 있고 곧 새로운 예측을 발표할 예정입니다. 자, 다음은 교통 정보입니다…….

나사 녀석들은 자기들의 예측이 맞길 바랄까? 아니면 빗나가길 바랄까? 너새니얼은 이마에 땀을 흘리며 페달을 밟았다. 하지만 그런 한심한 예측이 맞다고 해도 지구 반대편으로 도망치면 그만 아닐까? 응, 틀림없이 그럴 거야. 그러니까 진짜 그 오토바이를 발견하면 여차 싶을 때를 대비해 달릴 수 있도록 수리해 놓는 게 좋겠군.

와추셋 저수지를 목적지로 정한 게 아침 7시였는데 실제로 도착해 보니 정오가 다 되어있었다.

따뜻한 햇살을 받아 짙은 녹색의 수면은 반짝반짝 빛나고 있었다. 너새니얼은 잠시 생각한 뒤 시계 방향으로 저수지를 돌기 시작했다. 3분의 1쯤 돌았을 때 무언가가 가드레일을 긁고 간 흔적을 발견했다. 바비 로스가 말했듯 딱 커브로 접어드는 곳이었다. 조금 더 가자 앞바퀴가 납작해진 은색 오토바이가 도로 옆에 버려져 있는 게 보였다.

브레이크를 잡고 자전거에서 내렸다. 멀리서 그 오토바이를 살폈다. 눈을 가늘게 뜬 너새니얼의 얼굴은 불로불사의 복숭아를 바라보는 중국인 같았다. 그동안 쏟아진 비 탓에 차체는 아직 젖어있었다. 낙엽이 차체 위를 휩쓸고 지나갔다. 은색 탱크는 심하게 패었고 엔진은 이미 누군가가 빼간 뒤였다. 흘러나온 기름으로 아스팔트는 거뭇했다. 시트도 사라져 아래쪽 스프링이 그대로 드러나 있었다. 한참 오토바이 잔해에 눈길을 빼앗겼으나 천천히 자전거에 올라타 온 길을 되돌아갔다. 고철을 담던 카고 트레일러는 너무 작아 오토바이는 실을 수 없었다.

너새니얼은 닷새 연속 오토바이를 보러 갔다.

늘 멀리서 바라볼 뿐 절대 손은 대지 않았다. 어쩌면 손대는 게 두려웠을지도 모른다. 모든 오토바이에 담긴 대담한 이야기에 영혼을 빼앗겨, 마음에 크롬의 날개가 생길 듯한 죄책감을 느꼈을지 모른다. 그러나 인간이란 존재는 죄책감을 느낀 순간 그 죄책감을 받아들인다. 그도 마찬가지였다. 이 오토바이를 다시 달리게 할 수 있으면 새로운 자신으로 다시 태어날 것만 같았다. 그야 나는 죽은 것을 다시 살려냈으니까. 그는 다이어리에 그렇게 녹음했다.

죽은 걸 살려낼 수 있는 자는 신뿐이다. 그러므로 나는 신이다. 그리고 신은 자기가 행한 일보다 위대할 수는 없다. 이 로얄엔필드가 없다면 어차피 나는 신이 될 수 없었을 것이다.

바비 로스에게 부탁하는 건 영 내키지 않았다. 그는 트럭을 가지고 있었으나 일단 가격 책정이 짰다. 적당히 요구하면 좋겠는데 잘못하면 오토바이 자체를 고철로 취급할지도 모른다. 하지만 달리 방법이 없었다. 눈을 내리깔고 더듬더듬 사정을 설명하자 바비 로스가 바로 대답했다.

"그럼 우리는 이제 뭘 해야 하냐?"

"네?"

"네가 가지고 싶어 하는 거라면, 다른 놈들도 가지고 싶어 할 거 아니냐." 그렇게 말하면서 이미 트럭을 향해 걷기 시작했다. "너 트, 뭘 그러고 서있어? 나더러 혼자 가져오라는 소리야?"

칼 하인츠는 판잣집 현관에서 해바라기 중이었다.

"바비, 괜찮겠어요?" 너새니얼은 놀라며 고철상을 쫓았다. "하지만 왜? 혹시 내 오토바이를 노리는 건……."

"내 오토바이라고?" 너새니얼은 조심스레 걸음을 멈췄다. "이 불행하고 건방진 꼬마야. 너무 불행해서 다른 사람의 친절을 믿지 못하는구나."

"너트, 걱정하지 마라. 가끔은 멋진 척하는 것도 나쁘진 않네." 바비 로스는 운전석에 올라타 문을 닫기 전에 말했다.

너새니얼은 마지막까지 고철상을 의심했다. 그렇게 말은 했으나 사실은 끝에 가서 배신하지 않을까? 그래서 주머니에 어머니의 나이프를 숨겨 왔다. 피아 헤일런이 스콧 맥케이를 찌른 그 나이프였다.

트럭은 팬지꽃의 배웅을 받으면서 눈이 녹기 시작한 길을 따라 저수지를 향해 덜컹덜컹 달렸다. 내비게이션은커녕 라디오조차 없어서 가는 동안에는 바비 로스의 엉터리 노래를 들을 수밖에 없었다. 노래는 자메이카에 사랑스러운 아가씨를 남기고 바다로 떠나는 남자의 노래였다. 오토바이를 트럭에 싣고 우회전해 덜컹덜컹 돌아와 자기 집 뒷마당으로 실어 올 때까지 너새니얼은 단 한순간도 방심하지 않았다.

그러나 바비 로스는 너새니얼이 예상한 것처럼 탐욕스럽고 무자비한 남자가 아니었다. 오히려 엿처럼 구부러진 프런트포크 대신 쓸 물건을 고철 속에서 찾아내 가져가게 해주었다. 사람을 보는 눈에 관해서는 개가 열네 살의 너새니얼보다 훨씬 나았다.

부엌 입구에서 기척이 나 인코그니토에서 고개를 들었다.

"아! 시간이 벌써 이렇게 됐네. ……우디, 오늘 상대는?"

"필라델피아 세븐티식서스." 우드로는 차분하게 말했다. "나, 배고파."

쌍둥이 형은 너새니얼과 모든 게 똑같지는 않았다. 얼굴이나 몸은 거의 다르지 않았으나 둘을 착각하는 사람은 없었다. 그럴만한 것도 우드로 헤일런이 너새니얼보다 딱 보기에도 30킬로그램 정도 더 나갔기 때문이다.

벽시계를 보니 오후 7시가 넘어있었다.

"알았어. 파스타를 만들어줄게." 너새니얼은 인코그니토를 닫았다.

"나, 배고파. 오늘 상대는 필라델피아 세븐티식서스."

"우디, 잠깐만 기다려."

"나, 배고파."

우드로는 거실로 돌아가 등을 꼿꼿이 편 채 소파에 앉아 시커먼 스크린을 바라봤다.

너새니얼은 파스타를 2인분 삶고 미트소스 통조림을 따뜻하게 데웠다. 이대로 내가 죽으면 우디는 어떻게 될까? 거의 매일 머리에 떠오르는 생각이 다시 떠올랐다. 틀림없이 굶어 죽을 때까지 널빤지처럼 앉아 기다리겠지.

통조림이 따뜻해지자, 싱크대에서 그나마 덜 더러운 접시를 두 개 꺼내 뜨거운 물을 부었다. 일일이 접시를 씻는 대신 늘 그렇게 했다. 파스타가 다 익자 파스타 삶은 물을 그릇에 끼얹어 씻었다. 그렇게 해도 오래된 기름은 접시에 들러붙어 미끌미끌했다. 떨어져 깨지지 않도록 조심해야만 했다.

니므롯 롱크

방이 두 개밖에 없는 좁은 집이라 현관문에 열쇠 꽂는 소리가 마치 어둠에 금이 가듯 우렁차서 너새니얼의 꿈을 깨웠다.

캄캄한 천장을 멀거니 바라보고 있는데 현관문이 조금 삐거덕거리며 열렸다. 잠든 사람을 조금도 신경 쓰지 않는 듯, 그렇다고 조급하지도 않다는 듯 문을 닫았다. 몸을 일으켜 2층 침대 위층에서 훌쩍 뛰어내렸다. 커튼 틈으로 달빛이 흘러들어와 아래층에서 자는 형의 얼굴에 푸른빛을 드리우고 있었다. 창밖에서는 개구리가 슬프게 울고 있었다. 거실에서 열쇠 다발 떨어지는 소리가 났지만, 줍는 소리는 들리지 않았다. 고양이처럼 잠시 숨을 죽이며 기다렸다가 너새니얼은 침실을 나갔다.

어둠 속에서 어둠보다 짙은 그림자가 소파에 살짝 걸터앉아

있었다. 호리호리한 그림자는 마치 면접이라도 보듯 꼼짝하지 않고 등을 펴고 꼭 붙인 무릎 위에 두 손을 올려놓고 있었다. 벽에는 시계가 걸려있었는데 너무 어두워 시간을 읽을 수는 없었다. 바늘이 움직이는 마른 소리만이 마치 깊은 정적을 재는 탐지기처럼 소리를 냈다가 사라졌다.

너새니얼은 거의 열흘 만에 만난 어머니가 놀라지 않도록 말을 걸기 전에 몸을 조금 움직였다.

"엄마, 왔어?"

어머니는 움직이지 않았다. 그저 잠자코 어둠 속에 가만히 앉아있었다. 뼈까지 굳어버린 것만 같았다. 그리고 천천히 아들에게 고개를 돌렸다.

"옷을 가지러 왔어."

어머니는 지금 어디서 살고 있을까? 이번 남자는 어떤 녀석일까? 그 남자도 여자를 때리는 놈일까? 우리를 알고 있을까? 너새니얼은 어떤 질문도 하지 않았다. 늘 하던 대로 그저 살짝 고개를 끄덕였을 뿐이다.

"우디는?"

"엄마가 직접 봐."

말을 끝내기 전부터 벌써 후회했다. 우드로의 존재는 어머니의 오랜 상처를 후벼 파는 칼과 같다는 걸 그럭저럭 이해할 수 있는 나이가 되었다. 그래서 냉담함을 가장해 상황을 무마하려 했다.

"시간이 이렇게 늦었으니 당연히 자고 있지."

피아는 핸드백에서 지갑을 꺼내 어질러진 거실 테이블에 지폐 몇 장을 놓았다. 차갑게 내던진 것도, 미안해하는 태도도 아니었다. 그저 조용히 지폐를 놓았다.

"네 VB 의안 수술 말인데, 조금만 기다려."

"나는 딱히 필요 없어."

"너는 수술받을 거야."

"필요 없다고." 나도 모르게 말이 튀어나왔다. "다들 그 수술이 사람을 이상하게 만든대. 자신은 다른 사람보다 훌륭하다고 착각하게 만든대. 다들 그렇게 말해. 고철상 바비 로스도 말했어. VB 의안을 넣은 사람은 뱀처럼 차가운 사람이 된다고. 바비네 개는 다리가 셋밖에 없는데 전 주인이 총으로 쏴서 그렇게 됐어. 그 녀석은 VB 의안을 넣고 그와 연결된 권총을 시험해 보고 싶었다고 해. VB 의안을 넣기 전에는 그런 사람이 아니었다고 했어. 그리고 보라고! 귀도 알지? 초등학교 때 농구를 같이 한 귀도 앨런 말이야. 옛날에는 얌전한 녀석이었는데 수술받고 나서 귀도도……."

"그래도 너는 수술받을 거야." 너새니얼은 입을 다물었다.

어머니는 완고하게 그를 바라봤다. 마스카라를 검게 칠한 그 눈은 폭풍우를 가로막아 주는 창문처럼 맑았다. *너는 VB 의안을 장착하지 않네.* 피아가 이토록 VB 의안 수술에 집착하게 된 것은 스콧 맥케이가 말한 그 한마디 때문일지 모른다. 그녀를 덮치기 전에 맥케이는 그렇게 말했다. *너는 VB 의안을 장착하지 않았네. 너 같은 평범한 여자가 이렇게 히치하이킹을 하다니 감탄스러워.*

너새니얼은 돈에 관해 묻지 않았다. 떠오른 생각으로부터 어떻게든 눈길을 돌렸다. 수술비를 마련하기 위해 어머니가 하는 끔찍한 일은 아주 오랫동안 그의 무의식과 의식의 경계선 위에서 오락가락하고 있었다. 그런 감각은 80퍼센트쯤 이미 깨어있는데 아직도 잠을 붙들고 늘어지는 아침과 비슷했다. 나는 수술 같은 거 안 받아도 좋으니까 집으로 돌아와, 라고 부탁하지 않았다. 16년 전에 어머니가 당한 끔찍한 사건은 만약 그녀가 VB 의안을 넣었다면 막을 수 있었을지 모른다. 그것이 내가 어머니의 잠꼬대를 조각조각 이어 붙여 내린 결론이었다.

"아니, 아니야. ……오지 마. ……나, VB 의안을 넣었어."

잠든 채 심하게 식은땀을 흘리면서 어머니는 침대 위에서 뒹굴었다. 수없이 많은 밤을.

"아니야, 오지 마……. 나 VB 의안을 넣었다고……."

그럴 때 어머니를 만지면 언제나 저절로 손이 움찔해질 정도로 차가웠다.

그렇지만, 이라고 생각한다. 만약 어머니에게 그런 일이 일어나지 않았다면 나도 우디도 태어나지 않았다. 물론 어머니도 만나지 못했다. 그렇다면 우리는 그 일을 어떻게 생각해야 할까? 어머니는 우리를 사랑하지 않을지도 모른다. 아니, 사랑할리가 없다. 하지만 그렇다면 왜 내게 VB 의안 수술을 받게 하려는 것일까?

"한 번 발명된 건 없어지지 않아." 아들을 설득하기 위해 피아가 들고나오는 논리는 스콧 맥케이에게 한 말과 똑같았다. "칼로 싸우던 시대에 권총이 발명되면 모두 권총으로 싸우게 되지. 칼싸움은 크리스마스카드처럼 의례적인 게 되어버려. VB 의안도 마찬가지야. 이미 없었던 것으로 만들 수는 없어. 다들 권총을 들고 있는데 너만 칼을 들 셈이니?"

"하지만……."

"너는 수술받을 거야, 알겠니?"

"……우디는? 우디도 받게 할 거지?" 너새니얼은 눈을 내리깔고 말했다.

"우디에게는 필요 없어. 저 애는 내가 데려갈 테니까." 피아는 딱 잘라 말했다.

너새니얼의 눈이 허공을 헤맸다. 어머니가 하는 말을 이해할 수 없었다. 그저 막연히, 이제 곧 자신은 이 집을 나가야만 한다는 사실만은 알았다. 아마도 어머니는 형만 데리고 어디선가 찾아낸 마음 좋은 사람과 함께 살 생각인가 보다. 나를 혼자서도 살 수 있게 한 다음에, 수술비를 벌려고 내내 없는 사람 취급해 온 우디에게 쳇값을 치를 생각인가 보다.

그는 어머니가 일어나 자기 방으로 들어가는 모습을 지켜봤다. 그리고 침실로 돌아와 2층 침대 위층으로 기어올라가 똑바로 누웠다. 우드로의 가는 숨소리를 들으면서 두 손으로 머리를 괴고 천장을 노려봤다. 어머니의 방에서 흘러나오는 구차하고 비굴한 소음은 듣고 싶지 않아도 들려왔다. 이윽고 떨어져 있던 열쇠 다발이 들어 올려지더니 문이 열렸다 닫혔다. 바깥의 개구리들은 인간의 발소리가 멀어질 때까지 조용해지더니 다시 아무 일도 없었다는 듯 달을 향해 울기 시작했다. 자동차 엔진이 숨을 들이켜더니 마치 아이를 막 버린 사람처럼 조용하고도 단호하게 떠났다.

"너트가 내 메시지를 들은 게 그날 밤이었어." 훨씬 나중에 니므롯 롱크는 내게 그렇게 말해주었다. "녀석은 말했어. '옷을 가지러 온 엄마가 나간 후 스피크업을 확인했어. 그랬더니 당신이 내 로얄엔필드에 맞는 엔진을 찾았다는 메시지를 남겼더라고.' 나는 가끔 너트의 스피크업을 살폈지. 예쁘장한 얼굴을 한 녀석이라고 생각했어. 그래서 녀석이 나와 그리 멀지 않은 곳에 산다는 것 정도는 알고 있었어. 나는 오토바이에 관해 잘은 모르지만, 너트는 브루클린 네츠에 관해 자주 말했어. 아, 맞아. 나는 네츠 팬이거든. 녀석은 비하인드 백 드리블이나 레이업슛이나, 그래, 맞아, 20회 연속 3점슛을 넣었을 때의 동영상도 올렸어. 아무도 없는 공원 코트에서 말이야. 아아, 그 녀석, 친구가 별로 없구나 싶었지. 그야 혼자서 3점슛을 내내 쏘고 있었으니까. 뭐, 나도 마찬가지였지만. 학교에도 안 다니는 것 같았고. 어쨌든 우리 둘째 형이 일제 오토바이를 가지고 있었는데 그때쯤 사고로 폐차하게 되었어. 아, 괜찮아. 형은 그리 크게 다치지 않았어. 그래서 형에게 엔진을 가져가도 되냐고 물었더니 마음대로 하라잖아. 나는 필요 없는 엔진이 있고 네츠를 좋아하는 외톨이 녀석이 그 엔진을 원하니 연락해 뒀지."

너새니얼은 안절부절 가만히 있을 수 없었다. 니므롯 롱크에게 끈질기게 스피크업으로 메시지를 보내고 상의해 닷새 후, 그 엔진을 받으러 출발했다.

2168년, 그가 저수지에서 오토바이를 주운 후 1년 이상이 지나 있었다. 계절은 한여름에 접어들었고 열다섯 살이었던 너새니얼의 기분도 뜨겁게 타올랐다.

편도 80킬로미터. 하루 만에 다녀올 수 있는 길이 아니라 형을 혼자 집에 남겨둘 수는 없었다. 그는 배낭에 식량과 물, 지도, 우드로의 베타 차단제*를 잊지 않고 챙겼다. 그리고 네츠 야구모자를 씌운 우드로를 자전거 뒤에 연결한 카고 트레일러에 태우고, 포플러 나무가 시원한 그늘을 드리운 새벽녘에 주도로를 따라 페달을 밟기 시작했다.

반바지 밖으로 나온 두 다리는 꼬인 철사처럼 탄탄하고 강력했다. 그는 몇 년 전에 어머니에게 크리스마스 선물로 받은 후 내내 소중하게 간직해 온 하얀색 네츠 유니폼을 입었다. 정성

* 심부전 악화를 막는 약.

스레 접어놓아 생긴 주름이 아직 그대로 있었다. 그로서는 니므롯 롱크에게 최대한의 경의를 표한 것이었으리라. 옛날에는 아주 컸던 유니폼도 지금은 몸에 꼭 맞았다. 앞으로 1, 2년만 더 지나면 몸이 유니폼 크기를 추월할 테지만, 당시에는 아직 두말할 필요 없이 너새니얼이 가진 것 중 최고였다.

롱크의 집은 매사추세츠주와 코네티컷주 경계에 있었으므로, 그는 주간고속도로 395호선을 따라 남쪽으로 향했을 것이다. 그렇다면 그 유명한 웹스터 호수도 지나갔을 게 틀림없다.

"우디, 알아?" 너새니얼이 페달을 밟으면서 목소리를 높였다. 이마의 땀을 닦는데 등 번호—리틀 웨인 딕슨의 16번—에도 커다랗게 땀자국이 번져있었다. "이 웹스터 호수는 원래 이름이 웹스터가 아니었어. 잘 들어. 이 호수의 진짜 이름은 차고그가고그만차우구가고그처바너강거모그Chargoggagoggmanchauggagoggchaubunagungamaugg였대."

웃으면서 고개를 돌려보니 우드로는 뙤약볕을 받아 눈부시게 흔들리는 호수를 멍하니 바라보고 있었다.

"굉장하지?" 기분이 날아갈 것 같았다. 자전거 핸들에 단 휴대형 라디오가 신나는 컨트리 음악을 노래하고 있었다. "다시 말할게. 차고그가고그만차우구가고그처바너강거모그. 자, 따라 해봐."

"차기고만……."

"그게 아니라니까. 자, 날 따라 해봐. 차고그."

"차고그."

"가고그만."

"가고그만."

"그래, 그렇게 하는 거야. 우디, 차고그가고."

너새니얼이 호수의 이름을 짧게 끊어 발음하자, 우드로도 더 듬더듬 복창했다. 그것을 세 번 되풀이했다.

"미국에서 제일 긴 지명이야. '당신은 저쪽에서 낚시하고 나는 여기서 낚시하고 가운데에서는 아무도 낚시하지 않는다.'라는 뜻이라고 하는 사람도 있는데 내 생각에는 엉터리 같아. 우디, 속이 안 좋아? 괜찮아?"

"나 배고파." 우드로는 억양 없는 목소리로 호소했다. "차고그가고그만차우구가고그처바너강거모그."

"와, 대단하다! 벌써 외웠어?" 너새니얼은 자전거를 길가에 세우고 우드로의 야구모자를 벗기고 수건으로 얼굴 땀을 닦아 주었다.

"나 배고파."

너새니얼은 배낭에서 물통과 아침에 만든 땅콩버터 샌드위치를 꺼내 랩을 벗기고 우드로에게 주었다. 우드로는 양손으로 샌드위치를 들고 성큼 베어 물지도 않았고, 맛있지도 않은 듯 그저 기계적으로 씹었다.

"맛있어?" 대답은 없었다.

너새니얼은 물통의 물을 마시고 카고 트레일러에 기대어 지도를 바라봤다. 해가 뜨고 나서, 집을 나와 이래저래 여덟 시간이나 자전거를 몰아서, 다리가 터질 것만 같았다. 그래도 곧 로얄엔필드의 심장을 손에 넣을 수 있다는 생각에 고양되는 마음을 억누를 수 없었다. 그런데 우드로는 마치 자신이 정한 숫자만큼 씹지 않으면 지옥에라도 떨어질 것처럼 오로지 샌드위치만 씹고 있었다.

너새니얼은 형의 안경을 벗겨 옷자락으로 렌즈를 닦은 다음 다시 씌워주었다.

맑게 갠 푸른 하늘에 뭉게구름이 크게 피어있었다. 오가는 차가 끊겨 어느새 모든 소음이 오후의 햇살 속에 잠겼다. 리본처럼 출렁이며 뻗어있는 진흙투성이 도로가 신기루에 흔들렸다.

뜨거운 바람이 너새니얼의 이마에 땀을 만들었다. 밝은 금발이 이마에 들러붙었다.

"저기, 우디." 고무줄로 긴 머리를 위쪽으로 묶으면서 너새니얼이 말했다. "내가 오토바이를 가지고 있는 건 알지? 오늘 니므롯 롱크라는 사람에게 엔진을 받으면 다시 그 오토바이를 달리게 할 수 있어. 그러면 어디로든 갈 수 있다고."

"어디로든?"

"응. 어디로든 말이야. 우디, 어디 가고 싶은 데 있어?"

"나는 브루클린 네츠의 경기를 보고 싶어."

"뉴욕이야? 그 정도야 쉽지."

"브루클린 네츠에서 경기하는 너트를 보고 싶어."

"……"

"언제 경기에 나와? 언제 브루클린 네츠에 들어가? 너트?"

"네츠 같은 데 안 들어가. 그런 말은 어릴 때 그냥 한 말이지. 벌써 농구도 그만뒀는데." 너새니얼은 고개를 숙이고 괜스레 조약돌을 발로 찼다.

형은 아무 말도 하지 않았다. 자신만 보이는 어떤 것을 응시하고 있는 듯했다.

"네츠에는 들어가지 못하지만, 우리에게는 오토바이가 있어. 형이랑 나랑 어디든 갈 수 있다고. 나는 낙타처럼 피곤한 걸 모르니까 한없이 달릴 거야. 그리고 누구나 행복하게 사는 곳을 찾을 거야."

"어딘데?"

"몰라. ……하지만 가면 알겠지."

"우리는 가면 아는 곳으로 간다."

"맞아. 그곳이 우리가 가려는 곳이야."

"엄마는?"

"응?"

"엄마는?"

"아아! 엄마도 같이 가야지. 그야 당연하지."

"나는 엄마가 만들어준 라자냐가 먹고 싶어."

"그거 맛있었지."

"나는 엄마가 만들어준 라자냐가 먹고 싶어."

"그러면 오토바이를 다 고치고 나서 엄마랑 어디론가 가서 라자냐를 만들어 달라고 하자." 우드로는 그저 몸을 앞뒤로 흔들 뿐이었다. "그 오토바이가 있으면 어디든 갈 수 있어."

배낭에서 플라스틱 약병을 꺼내면서 너새니얼이 말했다.

"자, 우디. 다 먹었으면 이제 약 먹어."

"너트와 우디는 내비게이션도 없이 우리 집을 찾아왔어." 니므롯 롱크는 그리운 듯 눈을 가늘게 떴다. "믿을 수 있어? 요즘 세상에 지니폰도 안 가지고 있더라고. 초등학생들도 가지고 있는 걸 말이야. 어쨌든 둘은 지니폰 없이 우리 집을 찾아왔어. 나는 스피크업으로 너트의 얼굴은 알고 있었는데 처음 실물을 보고는 넋을 살짝 놓았어. 우리 어머니도 눈을 크게 뜨고 '모리가 임신 중이길 잘했지. 안 그랬으면 얘가 네 매형이 됐겠다.'라고 말했을 정도니까. 아, 모리는 내 누나인데 아주 쌍년이지. 열여섯 살에 아이를 낳고 열여덟 살에 다른 남자의 아이를 낳았어. 너트가 우리 집에 왔을 때는 또 다른 녀석의 아이로 배가 산만했지. 하지만 어머니가 그렇게 말한 것도 무리는 아니었어. 긴 머리칼을 위로 하나로 묶은 너트는 정말 계집애 같았어. 형들도 휘파람을 불어댔으니까. 그러고 보면 녀석이 교도소에 들어간 2년간은 정말 힘들었을 거야. 여자처럼 예쁘장하게 생긴 얼굴의 백인이 교도소 안에서 어떻게 되는지는 당신도 상상할 수 있겠지? 아니, 어쨌든 나는 아침부터 몇 번이나 집 앞에 나가 너트를 기다렸어. 하지만 해가 저물 때까지 기다렸는데도, 오지를 않는 거야. 그런데 오후 네다섯 시쯤이었나. 카고 트레일러를 끌고 자전거 한 대가 달그락달그락 달려왔어. 녹색 자전거에 그것과 똑같은 색깔의 카고 트레일러가 달려있었지. 엄청나게 더운 날이었고, 막 해가 저물기 시작할 무렵이었어. 축축한 길에 물웅덩이가 여러 개 생겼지. 젖은 쥐 같은 꼴로 너트는 푸른 하늘을 비추고 있는 물웅덩이를 박차며 달려왔어. 설마 자전거로 올 줄은 몰랐던 터라 나도 모르게 묻고 말았어. '너, 여기까지 자전거로 왔어?' 그게 내가 제일 먼저 한 말이었어. '그래서 시간이 이렇게 늦어졌구나.' 내 말에 너트는 눈을 내리깔고 부끄러워하며 고개를 끄덕였어. 나는 녀석보다 두 살 위인 열일곱 살이었는데 녀석은 열세 살 정도로밖에 안 보였어. 몸이 아주 가녀렸거든. 그런 녀석이 80킬로미터 길을 자전거로 왔다니. 게다가 태양광 엔진이 붙은 것도 아니었어. 원시적이게도 동력은 자기 다리만 필요로 하는 자전거였다고. 그 로얄엔필드가 녀석에게 얼마나 소중한지 그거 하나로도 알 수 있겠지? 형은 사고 난 오토바이에서 엔진을 꺼내 창고에 보관해 뒀는데 그것을 보여줬을 때의 너트의 표정도 볼만했지. 당장이라도 엔진을 껴안고 키스하는 게 아닐까 싶었다니까. 맞아. 카고 트레일러에 타고 있던 뚱뚱한 쪽이 우디였지. 너트의 쌍둥이 형이라는데 전혀 안 닮았더라고. 한눈에 알았어. 우디는 조금, 그러니까…… 정신이 이상했지. 하지만 네츠와 관련된 일이라면 뭐든 알더라고. 내 큰형과 네츠에 관해 그렇게 많이 떠드는 녀석은 못 봤어. 둘 다 아주 옛날 농구 선수였던 제이슨 키드의 열혈 팬이었어. 뉴욕 네츠, 뉴저지 네츠, 브루클린 네츠. 우디란 녀석은 일단 모든 시대의 네츠라면 다 알았다니까. 이쪽이 몇 년 몇 월 며칠이라고 말하면 그날 네츠가 상대한 팀 선수와 점수까지 다 나오더라고! 그리고 너새니얼 헤일런은 제이슨 키드보다 더 뛰어난 포인트가드라고 해서 그날 밤 우리는 저녁을 먹고 뒤뜰에서 농구를 했어. 실제로 너트의 드리블은 굉장했어. 우리 형들은, 아니, 나도 운동 신경이 그리 나쁜 편은 아냐. 둘째 형, 그러니까 너트에게 엔진을 준 형은 고등학교 때까지 농구를 했다고. 그런데도 너트의 공은 좀처럼 뺏지 못했어. 정말 민첩하더라고. 어머니가 늘 부르는 노래가 집 안에서 들려왔어. 멕시코의 전통 음악인 노르테뇨지. '여러분, 내가 남자 중의 남자야.'라는 가사가 있어. 아아, 그 녀석들은 그날 밤 우리 집에 묵었어. 너트는 집에 가겠다고 했는데 어머니가 영 말을 듣지 않았어. 녀석이 행복한 가정에서 자라지 않았다는 사실 정도는 알았지만, 예의 바르고 조심성도 있어서 우리 가족은 다 너트를 마음에 들어 했어. 너트에게는 뭐라고 해야 할까, 기품이 있었어. 밥도 깨끗하게 먹고. 그런 거 있잖아. 보통 그런 가정에서 자란 녀석은 몸에 비루함 같은 게 배어있잖아? 묘하게 눈치를 보거나 눈빛이 나쁘거나 귀여움이 없다거나 말이야. 너트와 우디에게는 그런 게 전혀 없었어. 둘 다

있는 그대로 당당했어. 차림새는 허술했으나 잘 자란 집 도련님 같았지. 그야 우리도 부자는 아니었지만, 어머니에게 예의만은 제대로 배웠으니까. 누나 모리는…… 아니, 어느 가정이나 하나쯤은 어긋나는 애가 있잖아? 여하튼 제일 중요한 점은 너트가 말하는 방식이려나? 아주 차분하게 말했어. 가슴이 두근대는 거 알아? 녀석이 말하면 대단한 말도 아닌데 모두가 귀를 기울이게 된다고. 너트가 정말 그래. 엔진을 준 형에게 수없이 감사 인사를 했는데 형이 부끄러워 몸 둘 바를 몰라 했다니까. 형에게서 오토바이에 관해 많이 배워갔어. 다음 날 아침, 큰형이 차로 집까지 데려다주겠다고 했는데 형의 차에는 그 카고 트레일러를 단 자전거가 실리지 않았어. 그래서 너트는 다시 우리에게 감사 인사를 하고 우디와 엔진을 카고에 싣고 자전거를 타고 돌아갔어. 이게 나와 너트의 첫 만남이었지."

니므롯 롱크가 다섯 살이었을 때 그의 아버지 키스 롱크는 토네이도 사진을 찍으러 나갔다가 그대로 사라졌다. 이후 어머니 앤헤리타가 네 명의 자녀를 혼자 키웠다. 깡마른 앤헤리타는 키는 작지만, 눈빛은 날카롭고 무슨 일이든 척척 해냈다. 호불호가 심해 한 번 싫어하면 끝까지 갔다. 외동딸인 모리와도 죽을 때까지 말을 섞지 않았다. 마음에 안 드는 게 있으면 토르티야를 미는 봉으로 아이들을 두들겨 팼다.

"여자는 마음을 따르는 동물이고, 남자는 영혼을 따르는 동

물이야. 잘 들어라. 너희들 그걸 착각해서는 안 돼." 앤헤리타
는 늘 그렇게 말하며 한탄했는데 그럴 때마다 반드시 가슴에
걸고 있는 묵주 목걸이에 키스했다. "남자는 반한 여자에게 마
음을 바치지. 그런데 여자는 반한 남자의 영혼을 절대 속박해
서는 안 된다. 나는 너희들 아버지의 영혼을 온전히 받아들였
다. 왜냐? 너희 아버지가 내게 마음을 바쳤기 때문이야. 그렇
게 남자와 여자는 하나가 된단다. 모리의 실패는, 내 딸의 실패
는 말이야. 마음을 주지 않는 남자의 영혼을 속박하려 해서 그
런 거야."

오래된 노래를 좋아하는 앤헤리타는 늘 고향 멕시코의 전통
음악인 노르테뇨와 마리아치를 낡은 레코드플레이어로 틀었다.

어머니의 멕시코 피와 리듬을 물려받은 니므롯은 검은 곱슬
머리에 구릿빛 피부를 지닌 남자다운 이목구비를 가진 소년이
었다. 입만 열면 멕시코 민속 노래인 코리도를 부르는 가수처
럼 애수 넘치는 목소리로 이야기했다. 그뿐만 아니라 그는 어
머니의 한 우물만 파는 성격도 물려받았다. 학교에 가는 것보
다 일하며 가계를 지탱하는 데서 인생의 보람을 찾아내고 열일
곱 살부터는 이미 슈퍼마켓 계산원, 토목 작업 인부, 암표상, 수
영장 청소부, 피자 배달부, 해충 구제 등 다양한 일을 해왔다.

재미있는 일화가 있다.

어느 날, 니므롯은 퇴근길에 들른 슈퍼마켓에서 2인조 강도
를 만났다. 계산대의 남자가 다리에 총을 맞았고 공황 상태에

빠진 손님들은 모두 바닥에 바싹 엎드렸다. 얌전히 있으면 아무도 다치지 않는다는 익숙한 호통이 주위를 제압했다. 강도 하나가 계산대의 돈을 주머니에 담고 다른 하나가 주위를 경계하고 있었다. 강도들은 약속을 지킬 생각이었을지도 모른다. 불필요한 살상은 피하고 싶었을지 모른다.

하지만 그들의 일이 마지막 단계에 들어설 무렵, 숨어있던 경비원이 뛰쳐나와 사격을 시작했다. 나이 든 흑인 경비원으로 덩치도 있고 완력도 있었다. 총알은 망을 보던 남자의 뺨을 관통했다. 돈을 모으고 있던 쪽이 바로 산탄총으로 경비원을 벌집으로 만들었다. 그것만으로는 도무지 성이 차지 않았는지, 화가 난 강도는 죽은 경비원을 발로 차댔다. 그리고 보복에 나섰다. 한 손님에게 산탄총을 들이댔다.

"너는 저 경비원이 보였을 게 분명해." 총구 앞에 선 여성은 몸을 움츠리고 벌벌 떨었다. "죽고 싶어?" 여성은 어색하게 고개를 저었다. "그러면 네가 한 명 골라. 대신 그 녀석을 죽여줄 테니까." 강도가 말했다. 여성은 벌벌 떨며 주위를 둘러봤고 바닥에 엎드린 사람들은 차례로 눈물로 젖은 눈을 돌렸다. "빨리 골라!" 강도가 호통치고 철커덕 총상의 앞부분을 당겨 약실로 총알을 보냈다. 여성은 애달프고 창백한 눈길로 허공을 방황하다가 검은 머리에 구릿빛 피부를 가진 소년에게서 딱 멈췄다.

니므롯은 여성의 눈을 피하지 않았다. 순간 두 사람 사이에 무언가가 오갔다. 여성의 공포가 그의 안으로 흘러들어와 뜨겁게 타오르면서 혈관 속을 내달렸다. 내 마음은 지금 죽을 만큼 겁먹었구나. 그는 생각했다. 하지만 내 영혼은 그렇지 않다. 내 영혼은 공포를 경멸한다.

끝내 여성은 그를 선택하지 않았다. 하지만 니므롯 롱크는 자기 발로 쓱 일어났다. 곧바로 총구가 겨눠졌다. 니므롯은 당당하게 서서 가슴의 묵주에 키스했다. 강도가 눈을 부릅뜨고 산탄총을 겨눴다. 뺨에 총을 맞은 남자가 다가와 파트너의 등에 대고 고함을 질렀다. 뭐라고 소리쳤으나 뺨에 생긴 구멍에서 피가 뿜어져 나와 잘 들리지 않았다. 갑자기 산탄총이 불을 뿜었다. 총성이 울리고 니므롯은 하얀빛을 본 듯했다. 얼굴에 피 칠갑을 한 쪽이 돈이 든 자루를 든 채 가게 출입구를 향해 돌진했다. 파트너를 쫓아가기 전에 연기가 피어오르는 산탄총을 든 강도가 씩 웃었다.

"아디오스, 꼬마!"

니므롯은 자기 가슴을 내려다봤다. 멀쩡했다. 천장을 올려다보니 총에 맞은 천장 자재가 손님들 위로 툭툭 떨어지고 있었다. 망연자실 주위를 둘러봤다. 싸구려 슈퍼마켓이 궁전처럼 빛나 보였다. 그 하얀빛은 산탄총의 발사광이었나. 멍하니 그런 생각을 했다. 아니면 내 안에서 뭔가가 죽었나. 가게를 나와서도 한동안 어쩔 줄 몰랐다. 가게 안에서 누군가가 울부짖고 있었으나 그의 귀에는 들어오지 않았다. 그렇게 걸어서 집으로 돌아왔다.

2166년 12월 3일, 코네티컷주 윈덤 카운티의 지방 신문《더 크로니클》이 이 강도 사건의 개요를 보도했다.

"눈이 마주쳤어요." 강도가 산탄총을 겨눈 서른여섯 살의 낸시 오마라는 자신을 위해 강도들에 맞서 일어났다가 아무 말 없이 사라진 라틴계 소년에 관해 신문 기자에게 말했다. "그 순간, 뭐라고 표현할 수는 없지만 뭐랄까 신성함을 느꼈어요. 아아, 이 아이는 스스로 총을 맞으러 가는 거구나. 그런 생각이 들었어요. 그리고 그는 정말로 그렇게 했어요. 비틀비틀 가게를 나가는 그에게 저는 말을 걸었어요. 감사의 말을……. 어쩌면 사과였을지도 모르겠네요. 하지만 그에게는 들리지 않았던 것 같아요."

니므롯 롱크가 너새니얼 헤일런을 만나기 약 2년 전, 니므롯이 열다섯 살 때 겪은 일이다.

너새니얼은 80킬로미터의 귀갓길을 자전거로 가면서 수없이 카고 트레일러를 돌아봤을 것이다. 일제의 낡은 직립 1기통 엔진을 바라보며 질주하는 로얄엔필드 클래식 150 조커를 수없이 공상했을 것이다. 얼마나 자랑스러웠을까.

앤헤리타 롱크가 싸준 토르티야를 형과 나눠 먹을 때도, 한없이 이어지는 언덕길을 오를 때도, 심술궂은 운전사가 욕설을 퍼부을 때도 그는 되살아난 오토바이의 고동만을 느꼈을 것이다.

스로틀 레버를 조금만 당겨도 속도계가 쑥쑥 올라간다. 클러치를 잡고 기어를 올리면 우리는 마치……. 마치, 그래, 타임머신처럼 다른 세계로 달려갈 수 있다. 모든 게 다 올바른 세계로, 모든 게 너무 늦지 않은 곳으로 말이야.

그러나 그 250cc의 엔진을 로얄엔필드에 다는 일은 일어나지 않았다. 주간고속도로 395호선을 따라 북상해 그대로 갔으면 되었을 일이다. 그러나 앨라배마주의 도시인 오번 바로 앞에서 워싱턴 도로로 들어갔다.

아침부터 자전거를 몰아 벌써 해가 저물고 있었다. 찜통 같은 더위였다. 길가 경사면에 선 버드나무가 서늘하게 눈에 들어왔다. 그 흐트러진 머리카락 같은 가지 아래를 너새니얼은 조용히 빠져나갔다. 집까지 2, 3킬로미터 정도 남은 지점이었다.

여름 풀이 무성한 황무지에 낯익은 빨간색 카마로가 서있었다. 급브레이크를 밟자 우드로가 카고 위에서 푹 고꾸라졌다. 차 주위에 몰려있던 세 사람이 반색했다. 순간 우회전해서 도망치려 했는데 카마로의 엔진이 위협하듯 으르렁거렸다. 그래서 귀도 앨런이 앞좌석에 있다는 걸 알았다.

너새니얼은 각오를 다지고 페달을 밟았다. 등에 식은땀이 흐르기 시작했다. 천천히 다가오는 자전거를 남자들은 표정 없이 기다리고 있었다. 쓰르라미 소리가 서글프게 울리다가 서서히 가늘어졌다.

쭈그리고 있던 릭 베케트가 일어나 마치 신기한 동물을 보듯

다가왔다. 너새니얼은 앞만 보며 릭 베케트의 비웃음 가득한 얼굴을 지나쳤다. 운전석의 귀도 앨런이 너새니얼의 창백한 옆얼굴을 눈으로 좇았다. 낯선 남자는 흥미 없다는 듯 담배를 피우고 있었다. 차에 기대어 있던 조지 기니가 침을 뱉은 것과 거의 동시에 카고가 쿵 내려앉았다.

앞으로 고꾸라진 너새니얼은 서둘러 브레이크를 잡았다.

"이건 뭐야? 야, 헤일런. 오늘 수확은 이 엔진뿐이야?" 카고로 뛰어오른 릭 베케트가 목소리를 높였다.

너새니얼이 입을 열었으나 대답한 사람은 우드로였다.

"그건 니므롯 롱크에게 받은 엔진이야."

"니…… 뭐라고? 고철 아니었어?"

"나와 너트는 코네티컷주까지 가서 이 엔진을 받아왔어."

"코네티컷주? 지금 코네티컷주라고 했어? 이 자전거로?" 릭 베케트가 동료들에게 양손을 크게 펼쳤다.

우드로가 입을 다물자 릭 베케트는 입 옆으로 혀를 쭉 내밀고 눈알을 데굴데굴 굴리더니 아아, 하며 일부러 비틀댔다. 조지 기니가 음험하게 웃었다.

"우디는 건들지 마. 거기서 내려와." 너새니얼은 자전거에서 내렸다.

"나한테 하는 소리야, 헤일런? 너한테 당한 이 앞니의 복수를 해줄까?" 릭 베케트가 빠진 앞니를 드러냈다.

"내려와."

"오호. 아주 소중한 엔진인가 보네. 응? 일부러 코네티컷주까지 받으러 갈 정도니까." 비웃으며 엔진 위에 다리를 올렸다.

너새니얼은 릭 베케트의 아주 미세한 눈의 움직임을 놓치지 않았다. 사이드 스텝으로 뒤에서 날아오는 공격을 피하고 조지 기니의 얼굴에 주먹을 박았다. 조기 기니가 날아가자 담배를 피우고 있던 남자가 돌진해 왔다.

"해치워, 퍼거스! 저 창녀의 새끼, 두들겨 패서 죽여!" 릭 베케트가 미친 듯 소리쳤다.

배를 차인 너새니얼을 조지 기니가 뒤에서 덮치더니 목을 졸랐다. 릭 베케트가 카고에서 뛰어내려 자기에게도 맞아보라는 듯 너새니얼의 관자놀이를 여러 번 때렸다. 너새니얼은 두 발로 릭 베케트를 차고, 뒷머리로 조지 기니의 콧등을 박았다. 조지 기니가 비명을 지르며 코를 감싸 쥐었다. 그 손가락 사이로 코피가 뚝뚝 떨어졌다. 두들겨 맞아 쓰러진 너새니얼은 허리를 굽혀 바지 주머니에서 나이프를 꺼냈다. 남자가 움찔한 순간 귀도 앨런이 차에서 내렸다.

차 문 닫히는 소리에 너새니얼은 반사적으로 그쪽으로 나이프를 겨누었다.

"이런 일이 생기니까 너도 VB 의안을 넣으라고 하는 거야." 귀도 앨런이 어깨를 움츠렸다. 랄프로렌의 하얀 셔츠에 일부러 낡아 보이게 만든 비싼 청바지를 입고 있었다. "안구를 뺀다고 해도 VB 의안을 넣으면 다 볼 수 있어. 게다가 어썰티드X는 뉴럴 네트워크에서 공짜로 다운로드할 수 있지."

어썰티드X는 경찰이 개발한 호신용 앱이다. 이로부터 몇 년
후, VB 의안 수술은 급격히 줄어들게 된다. 나이팅게일 소행성
이 접근함에 따라 뉴럴 네트워크에 치명적인 문제가 발생했기
때문이다. 지구의 자기장이 흐트러진 탓에 VB 트랜스미터가
제대로 작동하지 않게 된 것이다. 즉, VB 의안이 영상 신호를
뇌에 보내지 못해 VB 의안 수술을 받은 사람 대부분이 실명하
고 말았다.

"너트, 칼 따위로는 나 못 이겨. 알지? 어썰티드X는 네 온몸
의 근육, 발한, 동공을 분석해서 네가 어떻게 움직일지 네가 결
정하기 전에 네 움직임을 예상해 내게 알려준다고. 다리 차기
를 한 다음에 칼이 없는 손으로 나를 때릴 생각이지?"

"……."

"안 그래?" 귀도 앨런은 고른 치열을 드러내며 웃었다. "회
피 좌표도 알려준다고. 나는 그대로 몸을 움직이기만 하면 되
고. VB 의안을 넣지 않은 네 공격은 내게는 전혀 위협이 되지
않아. 게다가 네가 92퍼센트 확률로 그 칼을 사용하지 않으리
라는 것까지 알려준다고."

흔들리는 버드나무 너머로 구름 한 점 없는 붉은 하늘이 펼
쳐져 있었다. 이윽고 하늘은 짙은 청색으로 물들며, 밤이 천천
히 세계를 감싸기 시작했다.

귀도 앨런의 새빨간 카마로가 사라진 뒤로도, 너새니얼은 한 동안 쓰러져 있었다. 쓰러진 채 꼼짝하지 않고 있으면 태어난 뒤로 아무 일도 일어나지 않은 것만 같았다.

아스팔트에 수없이 내려꽂히는 엔진의 둔탁하고 차가운 소리가 아직도 머릿속을 맴돌았다. 릭 베케트와 조지 기니가 달라붙어 엔진을 들어 올리더니 바닥에다 신나게 집어던졌다. 엔진이 떨어질 때마다 바닥에 깔린 돌이 패어 허예졌고 기름이 피처럼 흘러나왔으며 플러그와 컴프레서와 고무 캡이 날아다니며 패이고 찌부러졌다.

"나 배고파."

너새니얼은 어둠으로 까맣게 칠해지는 하늘을 올려다봤다. 이때만큼 다른 차원에 서있는 적의 무시무시함을 절감한 적은 없었다. 그것은 마치 조금도 알아들을 수 없는 언어로, 목숨이 달린 중요한 이야기를 담담하게 듣는 듯한 느낌이었다. 혹은 혼자만 눈가리개를 해 당하고 있는 듯했다. 칼로 *싸우던 시대*에 권총이 발명되면 모두 권총으로 *싸우게 되지.* 어머니의 말이 맞았다. 칼싸움은 크리스마스카드처럼 의례적인 게 되어버려. 그리고 그 의례적인 것은 순식간에 농담이 되지. 너새니얼은 깨달았다. VB 의안 수술이란 모두가 듣는 말을 이해하기 위해, 눈가리개를 벗기 위해, 크리스마스카드를 찢어버리기 위해 필요한 것임을.

"나 배고파."

천천히 상체를 일으키니, 보기 싫은 엔진의 사체가 눈에 들어왔다. 크롬의 심장이 살해당했다. 손으로 만져보니 왼쪽 눈 윗부분이 쭉 찢어져 있었다. 아래턱도 너무 아팠다. 너새니얼은 입안에 퍼지는 피와 분노와 절망의 맛을 침과 함께 내뱉었다. 그리고 천천히 일어나 카고 위에 단정하게 앉아있는 우드로를 내려다봤다.

"나 배……."

나머지 말을 따귀로 막아버렸다. 형의 뺨을 날리는 소리가 텅 빈 도로에 쓸쓸하게 울려 퍼졌다.

어머니에게 맞을 때처럼 우드로의 눈은 두 개의 유리알로 변했다.

너새니얼은 다시 형의 따귀를 때렸다. 이 녀석을 때린 게 몇 년 만인지 의식 저 깊은 곳에서는 생각하고 있었으나, 때리는 동안은 아무 생각도 하지 못했다. 냉혹한 따귀에서 점점 열광적인 주먹질로 바뀌었다. 맞을 때마다 우드로는 조금씩 공허해지며 때릴 때마다 너새니얼의 내면에서는 검은빛이 일렁였다. 그렇구나! 라고 의식할 필요도 없이 이해했다. 지금은 내가 귀도 앨런이고, 우디가 나구나.

우드로의 입술이 찢어지며 피가 맺혔다. 너새니얼은 주먹을 휘두르고 카고 트레일러를 발로 차고 귀도 앨런을 목청껏 저주하면서 혼자 빙글빙글 춤추듯 돌았다.

"으아아아아아악!" 주먹이 허공을 가르고 욕설을 퍼붓는 입에서는 눈물이 흘러내렸다. 이를 바득바득 갈고 발로 바닥을 차며 오열로 막힌 가슴을 수없이 쳐댔다. "귀도 앨런, 이 개새끼! 나쁜 새끼! 릭 베케트, 조지 기니 새끼! 으아아아아악! 빌어먹을 우디, 언제까지 내가 너를 돌봐야 하냐고! 응?! 젠장! 제기랄! 제기랄!"

폐의 공기가 다 빠져나올 때까지 포효하고 나자 인적 없는 워싱턴 거리에 다시 모래처럼 정적이 내려앉았다. 너새니얼은 거친 숨을 몰아쉬며 어깨를 들썩거렸다.

무더운 밤 아래, 버드나무 잎이 소리도 없이 흔들렸다. 우드로는 소처럼 우둔하고 무구한 눈으로 오로지 어둠을 응시하고 있었다.

어른들은 뭔가를 얻기 위해서는 뭔가를 버려야 한다고 말한다. 자기 마음을 다잡으려고 마음속에 가득 담긴 것들을 머릿속에서 언어로 만든다. 어쩌면 오늘 내가 얻은 게 내 인생과 관련 있는 무언가라면, 이 가슴의 고통은 분명 영혼의 진통이다. 자기 정당화 과정에서 무언가가 떨어져 나간 듯했으나 곧 그것도 잊고 말았다. 남은 **희생과 대가**만이 안개 자욱한 등대의 불빛처럼 희미하게 켜져있을 뿐이었다.

여러 번 심호흡한 뒤 흩어진 엔진의 잔해를 하나씩 주워 카고에 넣었다. 카고에는 우드로가 흘린 오줌 자국이 있었다. 널빤지 사이로 오줌이 떨어져 땅에 검은 웅덩이를 이루고 있었다. 너새니얼은 형에게 고개를 끄덕이고 파편을 모으러 돌아다넜다. 마지막으로 엔진 본체를 양손으로 들어 올리자 안쪽에서 달그락달그락 뭔가 죽은 소리가 났다.

"우디, 미안해." 너새니얼은 엔진 본체를 카고에 내려놓으며 중얼거렸다. "아까는 진심이 아니었어."

우드로는 대답하지 않았다.

"진심이 아니었어." 같은 말을 되풀이했다. "기분 안 나빠? 마음 아프지 않아?"

"나 배고파."

"응. 집에 가면 바로 저녁 만들어줄게."

"나 배고파."

"미안해. 진심으로 한 짓은 아니었어."

자전거에 타 다시 페달을 밟기 시작했다. 흘러내리는 눈물은 뜨겁지도 차갑지도 않았다. 너새니얼은 자신이 울고 있는지조차 알지 못했다.

— 오토바이 엔진이 망가진 후 너새니얼 헤일런에게 어떤 변화가 있었나요?

내 질문에 대답하기 전에 니므롯 롱크는 잠시 침묵을 지켰다. 과거를 넣어둔 자루 속에서 꺼내야 할 말을 뒤지고 있는 듯 보였다.

판잣집의 널빤지 벽 사이로는 차가운 공기가 끊임없이 새어 들어왔으나 벽돌을 쌓아 올린 난로에서는 새빨간 불꽃이 타올랐고 옆에서 잠든 큰 개 위로 불꽃 그림자가 너울거렸다.

"권총으로 사람을 죽이려면 방아쇠를 당겨야만 하지." 니므롯은 무겁게 입을 열었다. "하지만 그전에 안전장치를 풀어야만 해."

나는 고개를 끄덕였다. 파트너인 빌 개럿은 안락의자에 앉아 꾸벅꾸벅 졸고 있었다.

"귀도 앨런 일당이 오토바이 엔진을 망가뜨렸을 때 아마도 너트의 안전장치가 풀렸을 거야. 내 말 알아듣겠나? 하지만 안전장치를 풀었다고 권총에서 총알이 발사되진 않아. 아무도 다치지 않지. 하지만 발사 준비는 완료된 거라고. 너트가 그 일로 배운 건, 뭔가를 얻기 위해서는, 정말 원하는 걸 손에 넣기 위해서는, 그에 상응하는 희생과 대가를 치러야 한다는 것이었어. 엔진 하나 얻는 데도 80킬로미터 거리를 왕복하는 것보다 더 큰 대가를 치러야 함을 깨달은 셈이지."

— 그 '정말 원하는 것'이란 뭡니까?

"VB 의안이지. VB 의안 수술을 받지 않으면 그 빌어먹을 귀도 앨런에게 한 방 제대로 먹이는 일도 언감생심이니까. 하지만 누가 너트를 비난할 수 있겠어? 녀석은 그때 아직 열다섯 살이었어. 아이다운 열등감과 복수심, 변신을 바라는 마음으로 VB 의안을 동경하게 된 거지. 만화책으로 도망치는 꼬마처럼 말이야. 녀석에게 그 정도의 성역쯤은 있어도 괜찮잖아? 하지만 그 뒤로 별일이 없었다면 너트는 절대 수술 같은 거 받지 않았을 거야. 그것만은 단언할 수 있어."

나는 수첩에서 고개를 들었다. 니므롯 롱크의 목소리가 드디어 너새니얼 헤일런 전설의 진상에 다가가고 있다는 예감이 들었다. 난로 안에서 장작이 무너졌다. 테이블 대신 사용하는 나무 상자로 눈을 돌리자 교회에서 지급한 녹음기에 녹음 중임을 나타내는 붉은색 파일럿램프가 켜져있었다.

"너트가 어머니를 죽이기 전에 우디가 자살했어."

— 그의 쌍둥이 형이요?

"하지만 그건 자살이 아니었어."

— 자살이 아니라고요? 무슨 뜻이죠?

"너트의 스피크업을 받았어." 니므롯 롱크는 의자에서 일어나, 난로에 침을 뱉었다. "그날…… 우디가 죽은 날, 너트에게 연락이 왔어."

몬드 솔라

2169년 초봄, 피아 헤일런은 두 가지 불운을 연이어 겪었다.

첫 번째는 그 무렵 사귀던 남자 즉, 피아가 돈을 뜯어낼 속셈으로 접근한 존 마라발이 다른 여자와 자취를 감춘 것이다. 내가 존 마라발이라는 이름을 찾아낼 수 있었던 것은 그 남자가 피아 헤일런의 명의로 신용카드를 여러 장 만들어 대출을 잔뜩 받았을 뿐만 아니라, 상당히 위험한 수위까지 도박 빚을 졌기 때문이다.

그 탓에 피아 헤일런은 너새니얼의 수술비는커녕 땡전 한 푼 없는 신세가 되어 집으로 돌아왔다. 그리고 아침부터 보드카에 오렌지주스를 섞어 마셨다. 피아가 존 마라발과 사귀어 얻은 것이라고는 허벅지를 감싼 문신뿐이었다. 이는 똑같은 문신이 마라발의 양쪽 팔에도 있었던 것과 관계가 없지 않았다. 피아는 돈을 목적으로 마라발에게 접근해 그의 마음에 들려고 문신까지 새겼는데 뒤통수를 치러 갔다가 홀랑 털리고 온 셈이었다.

도박장의 개비 더 부키라는 남자가 보낸 사채 독촉업자는 론 샤크라는 별명처럼 그야말로 상어처럼 집요하고 날카로운 후각으로 채무자를 찾아냈다.

어느 날 아침, 독촉업자는 검은 마세라티를 타고 와 예의 바르게 문을 두드렸다. 말쑥한 펄 그레이 정장에 검은색 넥타이를 매고 있었다. 단정한 이목구비에 나이는 서른다섯 살, 턱수염을 깔끔하게 다듬었고 오른손 약지에 금반지 하나를 끼고 있었다. 이름은 몬드 솔라인데 앞서 한 설명은 모두 그의 사망 진단서에 기록되어 있다.

체인을 건 채 문을 조금 연 너새니얼에게 몬드 솔라는 일단 씩 미소를 지었다. 그리고 문을 발로 찼다.

체인과 함께 너새니얼이 날아갔다.

"뭐, 뭐야, 당신……."

얼굴을 맞고 이어서 망치 같은 주먹이 배에 박혔다. 몬드 솔라는 타격 기술을 겸비한 일본의 오래된 무술의 달인이라 펀치의 강도는 귀도 앨런에 비할 바가 아니었다. 쓰러진 너새니얼은 격렬하게 기침하며 몸을 접고 열심히 숨을 들이켰다. 피 섞인 침이 실처럼 입에서 늘어졌다.

"피아 헤일런 씨?" 깊고 다정한 목소리였다. "아, 정말 많이 찾아다녔어요."

피아는 소파에 깊이 앉은 채 사채 독촉업자를 차갑게 응시
했다.

"아니, 아무 말 안 하셔도 됩니다." 그는 양손을 펼치고 말
했다. "우리한테 돈을 빌린 기억이 없다고 하셨죠? 네, 네, 그렇
고말고요. 다들 그렇게 말하죠. 하지만 당신이 사귄 남자가 빚
을 안 갚네요. 경마, 복싱, NBA, NHL, NFL, 대학교 경기에까지
돈을 걸었던 건 알죠? 아이고, 정말 엄청난 도박광이죠. 하지만
유감스럽게도 운이 나빴어요."

"나와는 상관없는 일이야."

"그럴 수 없다는 것도 알 텐데. 당신은 차용증에 사인을 했
다고. 우리 장사는 말이야, 헤일런 씨, 존 같은 운 나쁜 남자의
쥐꼬리만 한 운을 돈으로 바꿔주지. 우리가 그렇게 하지 않으
면 나쁜 별에서 태어난 놈들은 도대체 무슨 목돈으로 승부해야
할까? 안 그래?"

"나를 취하게 만들어서 쓰게 한 거야."

"설령 마약에 취해 정신없이 사인했다고 해도 사인은 사인
이야. 그게 미국이란 나라 아닌가요? 아, 본인만 불행하다고 생
각하지는 말아요. 나도 운이 별로 좋았던 적은 없으니까."

친근하다고조차 할 수 있는 몬드 솔라의 미소 띤 얼굴에서
피아는 눈길을 돌렸다.

"얼만데?" 억눌린 목소리로 물었다. "그가 당신 보스에게서

얼마나 빌렸어?"

"자, 이렇게 된 이상 친절히 설명해 드리죠. 다 합쳐서 4만 2,660달러랍니다." 몬드 솔라는 눈가를 늘어뜨리고 말했다.

"뭐!" 피아는 여길 보라는 듯 양손을 내저었다. "이 집이 수영장 딸린 저택으로 보여? 게스트룸이 다섯 개쯤 있고 나파밸리에서 빈티지 와인을 받는 집으로 보이냐고!"

"흠." 몬드 솔라는 고개를 끄덕이고 비로소 깨달은 듯 집 안을 둘러봤다.

돈이 될만한 거라고는 벽에 걸린 로우라인비전 정도인데 그것조차 뉴럴 네트워크와 연결되지 않는 구식이었다. 창을 덮은 블라인드는 곳곳이 들려 올라가 먼지투성이 빛이 들어오고 있었다. 사는 사람이 비참하면 그 위에 떠오르는 태양도 비참하다고 할만한 약한 빛이었다. 중앙 테이블과 소파는 전혀 돈이 안 될 것이다. 작은 꽃들이 흩어진 벽지는 누렇게 떠있고 오래된 탄흔이 두 개나 있었다.

"어이, 괜한 짓은 하지 마라." 날카로운 견제를 받은 너새니얼은 주머니에서 나이프를 꺼내려던 손을 자동으로 멈추고 말았다. "돈은 다 없죠."

사채 독촉업자는 다시 피아에게 몸을 돌리고 차분하게 말을 이었다.

"당신은 뭐, 그리 젊지는 않아도 아직 아름답잖아요? 돈을 갚을 방법은 얼마든지 있죠."

"손님을 받으라고? 당신이 하고 싶은 말이 그거야? 나보고 몸을 팔라고?"

"애들 앞에서 그런 말은 하지 마시고."

"내 집에서 어떻게 말하든 내 마음이야!"

"돈을 돌려주려고 노력해야 한다는 말입니다." 몬드 솔라는 마치 손수건이라도 꺼내듯 품에서 세미 오토매틱 총을 꺼냈다. "딱히 누군가를 쏘겠다는 건 아닙니다. 적어도 지금은 말이죠. 하지만 이런 걸 꺼내면 얘기는 아주 빨라지죠."

"뺐으면 쏴."

"네?"

"옛날에 본 서부극에서 누군가 한 말이야." 피아의 입에서 설핏 웃음소리가 흘러나오자 몬드 솔라도 따라서 조금 웃었다.

"일단 들어보고 싶은 얘기가 있는데요." 바닥에 뻗어있는 너새니얼에게 총구를 돌렸을 때도 그의 입가에는 아직 웃음기가 감돌았다. "만약 내가 당신 애들을 쏴야 한다면 어느 쪽을 먼저 쏠까요?"

그리고 어머니 옆에 앉아있는 우드로를 권총으로 가리켰다.

피아는 상대의 싱글거리는 얼굴에 진저리를 내고는 우드로의 허벅지에 손을 짚고 천천히 소파에서 몸을 일으켰다. 이 행동에 천하의 몬드 솔라도 당황해 슬쩍 뒷걸음질 쳤다. 권총 앞을 태연히 가로질러 부엌으로 들어간 그녀는 냉장고에서 보드카와 오렌지주스를 꺼내 잔에 찰랑찰랑 부었다.

"오호!" 부엌을 들여다본 몬드 솔라가 너새니얼을 향해 한쪽 눈썹을 올렸다. "네 어머니는 비쩍 마른 것치고는 대단한 배짱을 가지고 있구나."

"우리한테 돈 같은 건 없어."

"돈은 어디든 있어. 너에게 보이지 않을 뿐이지." 그렇게 말하고 그는 한쪽 눈을 감았다.

거실로 돌아온 피아는 그에게 얼굴을 바싹 가져다 대고 잔을 든 손으로 우드로를 가리켰다.

"저 애부터 쏴." 몬드 솔라의 새파란 눈동자에 차가운 빛이 스치더니 얼굴에서 표정이 사라졌다. 그것은 너새니얼도 마찬가지였다. "저 애를 봐……. 응? 보라고! 알겠지? 저런 애는 오래 못 살아."

피아는 얼굴을 일그러뜨리며 웃었다. 사체 독촉업자는 입을 다물었다.

"태어났을 때 의사도 그렇게 말했어. 저 아이는 타고나길 심장이 약했어. 그래서 학교에도 보내지 않았어. 어차피 죽는데, 뭐. 공부보다 자기가 좋아하는 걸 하는 게 낫지 않겠어? 우디, 그렇지?"

너새니얼은 매달리듯 형을 봤다. 우드로는 등을 꼿꼿이 세운 채 눈도 깜빡이지 않고 벽을 응시하고 있었다.

평소의 형 모습 그대로였다. 상처받지도 않고 낙담하지도 않고 그 어떤 사람도 미워하지 않은 채 그저 조용히 절망하고 있었다. 두 눈이 두꺼운 안경 렌즈에 반사되어 녹아들어 있었다. 그 절망이 너무나 생생하고 산들바람처럼 너무나 당연해 너새니얼은 새삼 경악했다. 일상에 묻혀 얼버무리고 살았던 부분이 그때 선명하게 눈앞에 나타났다. 알고 있었잖아. 자신을 다독였다. 어머니가 우리를 사랑하지 않는다는 사실을, 줄곧 알고 있었잖아.

"내 어머니도 당신처럼 쓸모없는 쓰레기였죠." 대답 대신 피아는 다시 술을 한 모금 들이켰다. "영혼의 문제죠."

몬드 솔라는 권총을 다시 품에 넣고 내뱉듯 말했다.

"다른 이에게 지독한 상처를 준 사람에게는 저주가 걸리죠. 그 저주를 다른 이에게 전염시키면 조금은 편안해지지. 그래서 나도 당신도, 지금의 나와 당신인 겁니다."

"꺼져!" 피아는 입 끝을 거칠게 당겨 올리며 내뱉었다.

"그러고 말고요." 몬드 솔라는 어깨를 흔들며 진심으로 우스운 듯 껄껄 웃었다. "나도, 당신 아들들도, 이 무자비한 세계도, 당신을 배신한 존 마라발도, 비참한 당신 자신도 다 꺼져야 할 존재죠. 안 그래요?"

"꺼지라고!"

"내가 새로운 저주를 걸어줄게요."

피아는 술을 마시고 충혈된 눈을 흘겼다.

"어이, 꼬마." 몬드 솔라는 너새니얼을 불렀다. "이대로 가면 너는 어머니에게 살해당할 거다. 그런 건 싫지? 그러면 네 손으로 어머니를 편히 보내드려라."

"……."

"네 손으로 어머니의 인생을 끝내는 거야."

"그게…… 그게 당신이 거는 저주라고?" 너새니얼은 낮게 신음했다.

"맞아. 말이란 말이야……." 지니폰의 호출음에 몬드 솔라는 검지를 세우고 재킷 안주머니를 뒤졌다. 화면을 보고 상대를 확인한 다음 말했다. "잘 들어. 입 밖으로 낸 말은 뭐든 저주가 된단다. 저, 보라고. 곧 내가 옳았다는 걸 알게 될 테니까. 여보세요. 몬드입니다."

너새니얼은 어머니를 봤으나 피아는 소파에 몸을 던지고 어떤 생각에 골몰한 듯했다. 손에 든 잔이 기울어져 금방이라도 술이 쏟아질 듯했다. 그 옆에서 우드로는 조각처럼 굳어있었다.

"네. 지금 여자의 집에 있습니다."

"……."

"네. 그렇습니까? 어딥니까?" 몬드 솔라는 슬쩍 피아를 보고 말했다.

"……."

"아, 알겠습니다. 그곳이라면 압니다."

"……."

"그러면 당장 가겠습니다." 전화를 마치고 몬드 솔라는 밝은 목소리로 말했다. "존 마라발이 있는 곳을 알아냈네요."

피아는 상대를 보지도 않았다. 금방이라도 흘러넘칠 것 같은 술도 전혀 신경 쓰지 않고 자기 내면에 틀어박혀 있었다. 그녀의 마음을 헤아릴 방법은 없으나, 어쩌면 그때 보험금 살인 계획이 피아 헤일런의 머리를 스치지 않았겠냐고 묻는다면 나도 이때였으리라고 추측한다.

몬드 솔라의 말은 확실히 일리가 있었다. 고대 일본에는 '언령言靈'이라는 신앙이 있었다. 아주 오래전의 일본인은 말에 담긴 불가사의한 힘을 믿고 자기가 한 말대로 일이 진행되리라 믿었다. 몬드 솔라는 일본의 오래된 무술 유단자라 동양 사상의 영향을 받았을지 모르겠으나, 서양 문화권에도 언령과 공통된 사상은 있다. 《구약성서》에 나오는 히브리어 '루아흐'와 《신약성서》에 나오는 그리스어 '프네우마' 등이 그렇다.

그러니까 이런 말이다. 괜한 시비에 어디 한번 붙어보자는 심정으로 한 말일지라도 우드로는 어차피 오래 살지 못한다는 말을 입 밖에 꺼낸 순간, 그 말이 저주가 되어 피아 헤일런에게 빙의된 것이다. 물론 전에도 피아는 그 말을 여러 번 생각하고 입 밖에 냈으리라. 하지만 몬드 솔라의 저항하기 힘든 카리스마는 약하기만 했던 피아의 생각을 질척한 기름으로 바꾸어버렸다. 자칫 잘못 불을 대면 그대로 인화될 휘발성 강한 기름으로. 우드로 헤일런에게 고액의 생명보험이 가입된 것은 이 직후였다.

"다행이야, 꼬마." 그는 떠날 때 너새니얼을 일으켜 세우고 입가의 피를 손수건으로 닦아주며 말했다. "그러면 이제 나는 가볼게. 행운을 빌어."

너새니얼은 상대에게서 눈을 피하지 않고 피 섞인 침을 퉤 뱉었다.

"그냥 한 말이 아니야. 저주에는 좋은 저주도 있으니까. 좋은 말은 일단 하고 봐야지." 몬드 솔라는 어깨를 으쓱 올렸다.

그런데 존 마라발은 어떻게 사채 독촉업자가 왔는지 알았을까? 어쩌다 모텔 방에서 밖을 보다가 익숙한 검은색 마세라티를 봤을지도 모른다. 어쩌면 그의 친구가 알려줬을지도 모른다. 그게 무엇이었든 작은 행운이 존 마라발을 찾아온 것만은 분명하다. 그는 앞서 적을 발견하고 먼저 발포했다. 몬드 솔라는 자동차 운전석에서 탄알 세 발을 맞았다. 그중 한 발은 얼굴에 명중했다. 총알은 왼눈 밑으로 들어가 머리 받침에 피와 뇌수를 흩뿌리며 뒷좌석으로 빠져나갔다.

개비 더 부키는 배신자에게는 자비가 없으나 내 사람은 끝까지 돌보는 의리 있는 불량배 기질의 남자였다. 몬드 솔라의 장례식을 성대하게 치러줬을 뿐만 아니라 남자의 눈물을 흘리며 복수를 맹세했다.

"이보게, 몬드." 주위에 다 들릴 정도로 크게 말했다. "너는 늘 자기는 죽지 않는다고 했지? 응? 그런데 이게 뭔가? 입 밖으로 말한다고 해서, 다 되지 않는 게 세상에는 있다고."

개비 더 부키는 힘없이 고개를 젓고 하얀 백합에 둘러싸여

관 속에 잠든 몬드 솔라의 이마에 키스했다. 이제 푹 잠들게. 아무 걱정하지 말고. 다음은 이 개비에게 맡겨.

존 마라발은 갱단이 아니라 어떤 주유소 화장실에서 경찰에게 체포되었는데 그 덕분에 수명의 반 정도는 연장되었다. 철창신세는 어쩔 수 없는 상황이었으나 나중을 생각해 그는 조금이라도 자신을 대단하게 보이려 했다. 종종 있는 일이라는 듯, 몬드 솔라를 죽인 일을 같은 교도소 죄수들에게 떠든 것이다. 꿩도 울지 않으면 총에 맞지 않는 법이다. 어느 날 아침, 교도관은 마라발이 구치소 안에서 차갑게 식어있는 것을 발견했다. 피아 헤일런을 배신하고 사채 독촉업자를 쏴 죽인 남자는 칼로 간이 찔리고 왼눈이 파진 채 조용히 시체가 되어있었다. 초가을 바람이 불기 시작한 10월의 어느 날이었다.

그때 그 사채 독촉업자에게 두 가지를 얻었어. 저주와 행운. 문명이 사라지고 극한의 황야를 방황하는 너새니얼은 종종 그때 일을 떠올렸다. 어쩌면 그 멋진 남자는 악마였을지 모른다. 악마를 부르는 데는 특별한 의식이나 제물이 필요치 않다. 그저 소리 내어 부르기만 하면 된다. 그러면 악마는 한쪽에는 저주를, 다른 한쪽에는 행운을 새긴 동전을 엄지로 튕기면서 찾아올 것이다.

그런 까닭에 어떤 불운을 만나더라도 너새니얼 헤일런은 저주의 말을 입에 담지 않았다. 다시 악마를 만날까 두려워서 그런 것인데 그런 행동은 사람들에게 그가 예의 바르다는 것을 각인시켰다.

피아 헤일런에게 일어난 두 번째 불운은 나이팅게일 소행성의 접근으로 정부가 VB 의안 수술을 금지한 것이다.

지구의 자기장이 교란되어 VB 트랜스미터를 내장한 의안이 뇌에 악영향을 미칠지 모른다는 매사추세츠공과대학교 나이두 생리 전기 뇌과학 연구실의 보고에 따른 결정이었다.

무핸더스 나이두는 뉴럴 네트워크의 설계자로, 그의 등장으로 컴퓨터는 100년의 정체기를 벗어나 22세기에 들어서 50년도 안 되는 사이에 제6세대 전파 전뇌, 제7세대의 망막 전뇌로 비약적인 진화를 거듭했다. 그는 정부가 VB 의안 수술을 금지하기 2년 전 즉, 2167년에 106세라는 고령으로 타계했는데 62세에 앓은 뇌경색 때문에 왼쪽 하반신이 불편했음에도 죽기 직전까지 나이팅게일 소행성이 뉴럴 네트워크에 미칠 영향을 계산해, 민주당의 마크 더모트럴 대통령에게 VB 의안 장착자의 실명 가능성을 경고했다.

대통령 각하. 가만히 계셔서는 안 됩니다. 인도 속담에 '무시무시한 일에도 기쁜 일에도 당황하지 않는 사람은 후회할 일이 없다.'라는 말이 있습니다. 그러니 잘 들어요. 지금 서두르지 않으면 나중에 실명한 사람들에게 몽둥이찜질을 당해 죽을 겁니다.

— 2166년, 《무핸더스 나이두 명언집: 지성은 간다르바에 있지 않다》

그리고 이 호방한 천재 인도인이 세상을 떠나자 그의 제자들이 VB 의안 장착자의 실명 가능성은 약 45퍼센트라는 구체적인 숫자를 정부에 보고한 것이다.

뉴럴 네트워크를 모르는 세대는 이게 무슨 소린가 싶을 것이다. 내가 이 책을 쓸 때는 2192년으로, 6·16도 그로부터 20년 전 사건이었다. 현재 나는 마흔한 살로 물론 VB 의안을 직접 아는 세대이기는 하지만, 이런 내게도 무핸더스 나이두의 전뇌 혁명은 하룻밤의 꿈처럼 여겨질 뿐이었다. 정말 그런 게 존재했나? 나조차도 그런 생각이 들 정도이니 젊은이들이 뉴럴 네트워크에 대해 회의적인 것은 당연한 일이다. 만약 이 책이 캔디선 밖에서 읽힌다면(나로서는 진심으로 그러길 바라지만), 헛소리로만 여겨질지 모른다. 옛날에는 안구에 직접 정보를 비췄다고? 그런 말도 안 되는!

뉴럴 네트워크는 분명 존재했다. 그렇다고 빌 게이츠의 윈도우처럼 단시간에 세계를 석권한 건 아니었다. 수술비가 엄청나게 고액이었던 데다 뭐니 뭐니 해도 그리 상태가 나쁘지도 않은 안구를 적출해야만 했기 때문이다. 수술을 받을 수 있었던 사람은 정부 기관에서 일하는 사람을 빼면 추진력이 좋은 일부 유복한 사람들뿐이었다. 귀도 앨런은 친구들에게 VB 의안 수술을 권했으나, 그것은 물론 친절한 마음에서 비롯된 게 아니라 단순한 부자의 자만에 불과했다.

VB 의안의 시신경에 해당하는 부분에는 2118년에 실용화된

P세포가 넣어진다. 의안을 안구에 넣고 P세포 시신경을 간뇌 시상과 연결하는 게 VB 의안 수술이다. 시상은 시각, 청각, 물체 감각을 대뇌 신피질로 보낸다. P세포 시신경이 시상과 동기화되는 데는 4주 정도가 걸린다. 그동안은 실명 상태였다가 서서히 시각이 돌아온다. 그 후 뇌파가 발하는 전기로 반영구적으로 작동하는 트랜스미터 덕분에 뉴럴 네트워크를 이용할 수 있게 된다.

어떤 기술도 초기에는 고가다. 개인 컴퓨터의 원형으로 여겨지는 IBM 650은 1990년대 중반에 발매되었는데 그 가격은 다른 기종과 비교해 싼 편임에도 약 50만 달러였다. 즉, 시간이 흐르면서 그리고 나이팅게일 소행성이 지구에 충돌하지 않았다면 VB 의안 수술의 비용도 서민이 받을 수 있을 만큼 싸졌을 것이다.

그러나 우리 문명은 2173년 6월 16일에 종말을 맞는다. 이후 20년의 세월은 사람들이 뉴럴 네트워크를 잊기에는 충분하지 않았던 듯하다. 그래서 VB 의안 수술은, 이집트의 피라미드나 중국의 만리장성처럼, 위대하나 어떻게 그런 일을 옛날 사람들은 해낼 수 있었는지 모를 만큼 불가해한 영역에 들어서고 말았다.

우드로 헤일런

2169년, NBA 정규 시즌 개막 직후부터 언론은 빈번하게 나이팅게일 소행성을 보도했다. '2155년 7월에 지름 6,000미터의 소행성이 46분의 1의 확률로 지구에 충돌한다.'라는 나사의 예측이 이 시기에 수정된 것이다. '나이팅게일 소행성은 여전히 위험한 진로를 유지한 채 지구에 접근하고 있다.'라며 여러 언론 매체가 요란을 떨었다.

'지구에 가장 가까이 접근할 시기는 2173년 5월부터 8월 사이일 것이고, 24분의 1의 확률로 충돌할 것이다.'

6·16 직전 뉴욕을 완전히 점령했던 퇴폐적인 분위기를, 나는 생생하게 기억하고 있다.

미국 대통령은 메가 임팩트에 대비해 각국에 핵을 이용한 요격을 호소했다. 그 덕분에 드러난 사실에 아시아가 들끓었다. 줄곧 핵이 없다고 주장해 온 일본이 핵탄두를 숨기고 있었던 것이다. 격노한 중국은 북한을 통해 우주에 미사일을 쏘는 대신 도쿄를 조준하게 했다.

사람들의 반응은 크게 두 종류로 나뉘었다. 즉, 죽는다는 사실에 미쳐 충돌에 대비하는 사람과 나처럼 하늘에 운을 맡기는 사람으로 말이다. 거리에는 '묻지 마 범죄'가 격증했다. 이유도 없이, 아니, 이유는 분명했지만, 사람들이 습격당해 살해당했다. 상점이 습격당하고 차가 방화되고 거리마다 선교사들이 신앙심을 부르짖었다. 스무 살을 갓 넘긴 나는 어차피 죽을 바에야 사랑하는 사람과 함께 있겠다고 결심하고 마리앤 포댐에게 청혼했다.

우리는 밤낮을 가리지 않고 사랑을 나눴다. 그야말로 내일은 없다는 열정으로. 나와 마리앤이 특별히 태평했다고는 생각하지 않는다. 그 무렵에는 우리 같은 사람이 많았다.

소호나 그리니치 빌리지, 브로드웨이, 할렘은 전에 없을 정도로 떠들썩했다. 돈이 있어도 소용없는 상황이니 매일 밤 음악과 술과 웃음소리와 싸우는 소리가 끊이지 않았다. 상황은 어디나 비슷해서 2170년, 2171년, 2172년으로 디데이가 다가옴에 따라 광란은 더 격렬해졌고 심해지다가, 어느 정도 부드러운 깊이감마저 생겼다. 마이애미는 살사와 콜롬비아의 전통 음악인 쿰비아 소리가 끊이지 않았고 남부에서는 컨트리 음악과 블루스, 서해안에서는 재즈와 단조로운 테크노가 끊임없이 울려 총성과 성난 목소리를 지웠다. 2099년과 2102년 두 번에 걸쳐 그래미상을 받은 색소폰 연주자 레너드 앨릭샌더는 샌프란시스코 클럽에서 박진감 넘치는 연주를 마친 뒤 무대 위에서 자기 머리에 권총을 쐈다. 색소폰을 든 손을 툭 떨구고 "뭐, 다이런 거지 뭐."라는 말을 남기고.

자포자기라는 점에서 모두 다 마찬가지였다. 특히 자전의 영향으로 나이팅게일 소행성이 북미 대륙으로 올 거라는 보도가 이어지자, 공전의 출국 열풍이 벌어졌다. 모두가 지구 반대편으로 즉, 유라시아 대륙과 아프리카 대륙으로 피난했으나 그곳에서는 이슬람 원리주의자들이 미국인들을 죽이려고 기다리고 있었다. 그들이 보기에 나이팅게일 소행성은 알라의 뜻이므로 미국의 머리 위로 떨어지는 게 지극히 당연했다.

그러나 2170년 1월 즈음까지는 아직 이런 분위기가 나타나지는 않았다. 사람들의 막연한 불안을 반영하는 것은, 주가와 땅값(주가 대폭락으로 몇몇 나라가 재정 파탄에 이르렀고 그 탓에 내전이 발발했으나 뭐 어쩌란 말인가!), 그리고 나이팅게일 소행성에 대한 한심한 농담 정도였다.

"나이팅게일은 뭐 하러 지구에 온대? 당연히 부상자를 치료하러 오겠지(크림 전쟁 때 종군한 간호사를 빗댄 농담)."

피아 헤일런의 이야기를 하자면 정부가 VB 의안 수술을 금지하고 10개월 뒤, 방방곡곡을 뒤져 VB 의안 수술을 해주는 돌팔이 의사를 찾아냈다. 이름은 하워드 린츠. 환자에게 적절치 못한 행위를 해 유죄 판결을 받은 50대 백인 남성이다. 린츠는 눈 치료에 꼭 필요하다며 여성 환자의 성기에 손가락을 집어넣었다. 피해자는 38명. 피아가 어떻게 린츠를 구슬렸는지는 유감스럽게도 상상에 맡길 따름이다. 어쨌든 수술해 줄 사람을 찾은 그녀는 드디어 끔찍한 계획을 실행에 옮겼다.

그날은 뼈까지 얼어붙을 듯 추운 아침으로, 마른 가랑눈이 전날 밤부터 계속 내리고 있었다.

너새니얼 헤일런은 폐품 회수에 나서기 전에 니므롯 롱크에게 스피크업을 통해 메시지를 남겼다.

오토바이 엔진을 받으러 간 날 이후, 다시 만날 기회가 없었으나 둘의 대화는 그런대로 이어지고 있었다. 너새니얼은 귀도 앨런에 의해 엔진이 망가졌다는 사실은 알리지 않고 그저 250cc 엔진이 너무 커서 로얄엔필드 프레임에 들어가지 않았다고 공유 스피크업에 올렸다. 니므롯 롱크는 그가 고철 줍기를 하고 있음을 알았기에, 그렇다면 엔진은 고철상에 가져가 돈으로 바꿔도 된다고 답했다. 그로부터 1년 반, 너새니얼과 니므롯은 오토바이 엔진이나 농구공, 나이팅게일 소행성, 그리고 매일의 자잘한 감동이나 분노를 주고받아 왔다.

오늘은 정말 춥네. 너새니얼은 스피크업에 메시지를 남겼다.

감기 기운이 있는데, 어제부터 고철상의 바비 로스가 헤어진 아내를 만나려고 뉴저지주에 가서 바비의 개를 돌봐야 해. 개 이름은 칼 하인츠야. 앞다리가 하나 없지만 바람처럼 빨리 달려.

너새니얼은 대화를 끝내고, 부엌을 나와 어머니의 침실을 들여다봤다. 피아는 아직 잠들어 있었다. 다음은 거실 소파에 오도카니 앉아있는 형에게 아침 식사인 시리얼을 주었다. 우드로가 다 먹을 때까지 기다린 후에, 심장약을 먹였다.

"우디. 이 접시에 점심 샌드위치와 약을 놓아둘게." 말을 걸며 로우라인비전을 켜줬다. "오늘 상대는?"

"뉴욕 닉스."

"이길 것 같아?"

"아니."

"리틀 웨인 딕슨이 이제 없어서?"

"리틀 웨인 딕슨은 디데이가 두려워 유럽으로 도망쳤다고 조 웨스트가 말했어."

"그 스포츠 캐스터의 말은 다 엉터리야."

"불스의 웨인 양도 중국으로 돌아갔고 페이서스의 알레한드로 이에로도 스페인으로 돌아갔어. 매직의 도니미크 튜그와네도 아프리카로 돌아갔고 피스톤즈의 오마 스탬프도……."

"다들 자기 나라로 돌아간 거잖아. 그러면 나도 경기 시작 전까지는 돌아올게." 너새니얼은 형의 말을 막고 말했다.

그는 검은색 패딩의 지퍼를 끝까지 올리고 머플러를 단단히 감고 니트 모자를 눈까지 깊이 쓴 다음 평소와 마찬가지로 카고 트레일러를 자전거에 달고 집을 나섰다.

바람에 흩날리는 가랑눈이 도로 위에서 소용돌이쳤다. 어느 집 앞마당에 자동차 문과 옴니홀로비전이 아무렇게나 나뒹굴고 있었다. 너새니얼은 벨을 눌러 주인에게 허락을 얻은 다음 그것들을 카고에 실었다.

"춥네. 이렇게 추우니 나이팅게일 소행성이 떨어져 어딘가를 활활 태우는 게 아닐까 하는 생각이 들어." 어깨까지 담요를 걸치고 어그 부츠를 신은 젊은 여자가 현관까지 나오며 말했다. 너새니얼이 조심스레 미소를 짓자 여자의 눈이 커졌다. "그거 진짜 자전거야? 태양열 엔진도 수소 모터도 없어?"

"네."

"너, 노스티야? 과거의 라이프스타일에 의미가 있다고 생각하는 괴짜?"

"가난할 뿐이에요."

"흠. 잘생긴 고물상이네. 몇 살?"

"열여섯 살이요. 석 달만 있으면 열일곱 살이에요." 하얀 입김에 얼굴을 숨기듯 고개를 숙였다.

"기껏해야 열네 살쯤으로 보였는데. 음악, 좋아해?"

"네?"

"아니, 머리를 길게 길러서."

"아! 그냥 자르지를 못했어요."

"니트 모자도 멋있다."

"이 옴니홀로비전, 최신형이죠?"

"응. 그거 작년에 VB 의안 수술을 받아서 이제 필요 없어. 정부가 수술 금지를 발표하기 조금 전이야. 필요하면 고철상에 팔지 말고 가져."

"아뇨. 우리 집에는 로우라인비전밖에 없어서요."

"요즘 세상에?"

"요즘은 뉴럴 네트워크가 위험하지 않아요?"

"그 소행성의 접근으로 문제가 생길 거라고 다들 말은 하는데 지구에 충돌하면 문제 정도가 아니겠지."

"충돌할까요?"

"글쎄, 그야 모르지. 충돌하든 안 하든 그 모니터는 이제 필요 없어." 여자는 몸에 두른 담요를 꼭 껴안으며 어깨를 움츠렸다.

구름 사이로 회색빛이 내려오기 시작하자 눈 덮인 마을이 눈을 찌를 듯 환하게 빛났다.

쓰레기장 몇 군데를 돌아 정오가 지났을 즈음 바비 로스의 고철상에 들렀다. 칼 하인츠가 낮게 으르렁대며 개집에서 나왔는데 상대가 너새니얼임을 깨닫자 세 개밖에 없는 다리로 껑충 껑충 뛰어 달려들었다.

"칼, 배고팠지? 기다려. 바로 사료를 줄 테니까." 그렇게 말하면서 자신은 늘 누군가의 허기에 신경을 쓰는구나 싶었다.

개의 머리를 쓰다듬고 맡아둔 열쇠로 집에 들어가 현관 옆에 놓인 개 사료를 그릇에 담아 먹게 했다. 사료를 먹는 개 옆에 한쪽 무릎을 대고 앉아 이마에 손을 댔다. 조금 열이 있는 듯했다. 침을 삼켜보니 목구멍이 따갑고 아팠다.

"저기, 칼. 주인이 다리를 쐈을 때 어떤 기분이었어?" 개의 등에 손을 대고 말을 걸었다. "믿었던 놈에게 총을 맞으면 아주 슬펐을 텐데. 안 그래, 칼? 그런데 너는 왜 이렇게 착해? 만약 내가 너라면……."

그릇을 깨끗이 핥아먹은 칼 하인츠는 고개를 들어 너새니얼을 보며 꼬리를 살랑살랑 흔들었다.

"칼, 너는 강한 개야." 너새니얼은 개의 얼굴을 양손으로 감쌌다. "나보다 훨씬 강해. 너는 이 사실을 알까?"

'아니야, 너트. 그렇지 않아요.'

"그렇지. 너는 누구보다 강한 개지. 그렇지, 응?" 콧물도 훌쩍이기 시작해 오후 일을 마치고 집에 가기로 결정했다.

페달을 밟는 다리에 힘이 들어가지 않았다. 몸을 찌르는 듯한 차가운 바람이 도로에 쌓인 눈을 흩날려 거리를 희뿌옇게 만들었다. 교차로에서 신호를 기다리는 귀도 앨런의 차를 봤으나 상대는 이쪽을 알아차리지 못한 듯 천천히 사라졌다.

평소처럼 형의 이름을 부르면서 집에 들어갔다. 대답은 없었고 너새니얼의 목소리만 쓸쓸하게 울릴 뿐이었다. 요리한 듯 음식 냄새가 희미하게 남아있었다. 부엌을 들여다보니 버너 위에 기름투성이의 프라이팬이 아무렇게나 놓여있었다.

"……엄마?" 침실에도 어머니는 없었다.

너새니얼은 패딩을 벗고 그대로 2층 침대로 올라가 담요 안으로 들어갔다. 내쉬는 숨결의 열기와는 달리 손발은 얼어붙은 듯 차가웠다. 오한에 이를 덜덜 떨며 몸을 웅크렸다. 다음 순간, 쏙 잠에 빠졌다. 열이 날 때 꾸는 종잡을 수 없는 색 바랜 꿈을 그도 꿨을지 모른다. 그런 꿈은 모든 게 모순되어 있다고 머리로는 이해하면서도 그 상황을 있는 그대로 받아들이게 된다. 꿈같은 건 꾸지 않았을지도 모른다. 어쨌든 깊은 잠에서 깼을 때 그는 자신이 아직 꿈속에 있다고 생각했을 것이다.

절로 벌떡 일어났을 정도로, 큰 소리가 났다.

순간 자신이 어디에 있는지 알 수 없었다. 식은땀을 흘린 탓에 온몸이 차가웠다. 침대에 앉은 채 귀를 기울였으나 약한 폐가 삐걱대는 헉헉, 소리밖에 들리지 않았다. 사료를 탐하는 칼 하인츠, 담요를 몸에 두른 여자, 눈보라를 일으키는 빨간 차……. 뒤죽박죽된 기억의 단편을 제대로 시간 순서대로 배열할 수 없었다. 묵직한 통증이 느껴지는 머리가 현실로 돌아오기 전에, 다시 기묘한 소리가 귀를 때렸다. 뭔가가 획 뒤집히고 깨지고 금속 재질의 무언가가 바닥을 구르는 소리였다.

침대에서 뛰어내리다가 발이 엉켜 비틀대며 방에서 나왔다. 세상이 빙빙 돌아 순간적으로 벽을 짚었다. 온몸의 관절이 녹이 슨 듯 아팠다.

"뭐야……. 무슨 일이야?" 휘청대며 거실로 달려온 너새니얼은 고압전선에 감전된 것 같은 기이한 광경에 흠칫 뒷걸음질

쳤다.

몸이 굳으며 온몸의 털이 곤두섰다. 죽기 직전의 물고기처럼 뻐끔뻐끔 입을 움직였으나 차갑고 커다란 덩어리가 목구멍을 막아 목소리도 나오지 않았다. 16년 인생에서 이제까지 경험한 모든 것과 지금 눈앞에 벌어지고 있는 것 사이에 갑자기 균열이 생기며, 그곳으로 곧장 추락하기 시작했다.

형의 비만한 몸이 천장 들보에 매달려 있었다.

바닥에서 살짝 뜬 발이 버둥대며 주위의 물건을 차고 있었다. 중앙 테이블은 뒤집혀 그릇이 깨졌고, 바닥에는 숟가락과 열쇠 다발이 흩어져 있었다.

목을 파고드는 밧줄을 양손으로 잡은 우드로의 얼굴은 자줏빛으로 변해있었고 입안 가득 벌건 혀가 차있었다.

우두커니 서있던 너새니얼은 형의 목에서부터 뻗어 나와 들보 위에 걸려있는 밧줄 끝에 있는 이상한 생명체를 발견했다. 머리에는 무시무시한 뿔이 있고 버티고 선 두 다리는 짐승의 그것이었다. 흐트러진 머리카락 사이로 빛나는 두 눈은 시뻘겋게 타올랐고 거친 호흡 사이로 날카로운 이빨이 보였다. 피아 헤일런은 몸을 최대한 구부려 온 체중을 실어 우드로 헤일런을 매달고 있었다. 일그러진 입으로 헉헉, 거친 호흡을 토했고 턱에서는 침이 질질 흐르고 있었다. 밧줄이 들보에 파고들며 끽끽 소리를 냈다.

"아아…… 아아." 그게 누구의 목소리였는지, 너새니얼은 판별할 수 없었다.

술 때문에 마를 대로 말라 거의 막대기 같은 어머니의 몸 어디에 저런 힘이 있을까. 도무지 이해할 수 없었다. 그래도 우드로의 몸은 공중에 떠있고 바닥을 스치는 발가락에 가는 경련이 일어났다.

엄마, 그만해! 그렇게 소리치려 했는데 그의 입에서는 뜨겁고 흉측한 침이 튀어나왔을 뿐이다. 기침에 구멍이 난 듯한 기괴한 소리를 내지르며 어머니에게 몸을 던졌다.

피아가 날아가고 우드로는 쿵 바닥에 떨어졌다.

우뚝 선 너새니얼은 숨을 씩씩 몰아쉬며 쓰러진 두 사람을 번갈아 바라봤다. 부릅뜬 눈은 열 때문에 번들거려 광기의 빛을 증폭시켰다.

"도대체 왜 이런 짓을……." 가시 돋친 목소리였다. 찌르는 듯한 고통이 피부 표면에 퍼졌다. "왜……."

너새니얼은 고개를 흔들었다.

"엄마, 무슨 말 좀 해! 우디를 어디로 데려가. 우디, 왜……. 아아, 젠장, 왜 이런 짓을……." 들보에 걸린 밧줄이 힘없이 흔들렸다. 누군가가 기침하고 있었으나 그것은 자신일지도 모르고, 우드로였을지도 모른다. 상반신을 일으킨 어머니는 넋을 놓은 듯 너새니얼을 올려다봤다. "우디! 우디, 정신 차려!"

너새니얼은 바닥에 흐른 우드로의 오줌 위에 무릎을 짚고 축 늘어진 형을 안아 일으켰다. 우드로의 가슴이 부풀어 올랐다가, 구토물을 토해냈다.

"괜찮아. 이제 괜찮아. 우디." 격렬하게 기침하는 형의 몸을 엎드리게 하고 등을 문질러주었다.

너새니얼은 손에 묻은 토사물을 보고 눈을 가늘게 떴다. 소화가 덜 된 다진 고기, 위액과 뒤섞인 치즈 냄새, 감자 조각들……. 자신이 형의 점심으로 준비했던 양상추 햄샌드위치가 아니었다. 고개를 돌리니 어머니와 눈이 마주쳤다.

"이게 뭐야……? 우디와 외식했어?"

"너트, 너 울고 있어."

"왜…… 왜 이런 짓을…….."

오랜 침묵이 찾아왔다. 그때까지도 너새니얼은 고독 속에서 살아왔다고 생각했는데 진정한 고독이 이토록 가혹한 것인지는 짐작도 하지 못했다. 진정한 고독은 고독을 예감하는 것만으로 사람을 미치게 할 수 있었다. 진정한 고독은 시큼한 냄새를 풍겼다.

"적어도 말이야." 피아 헤일런은 속삭이듯 말했다. "적어도 배부르게 해주고 싶었어."

고개를 숙인 너새니얼의 눈에 눈물이 차올랐다.

"이 애는 늘 배고파하니까." 우드로를 바라보는 어머니의 눈빛은 다정했고 깊은 애정이라고 할 수 있는 어떤 게 담겨있었다. "내 라자냐를 먹고 싶다더라. 너랑 같이 갔던 웹스터 호수도 보고 싶고. 그 호수의 진짜 이름을 알려줬는데 너무 길어서 나는 못 외웠어."

"차고그가고그만차……."

"맞아. 그거야."

"우디는……." 한바탕 기침이 지나간 후에, 말을 이었다. "우디는 아무것도 몰라. 갓난아이와 똑같이, 아무것도……."

너새니얼은 입을 굳게 다물고 벌떡 일어난 형을 조용히 눈으로 좇았다.

일어난 우드로는 가슴에 토사물을 그대로 묻힌 채 소파에 살짝 걸터앉았다. 가슴을 크게 오르내리며 숨을 쉬면서 평소처럼 등을 꼿꼿이 펴고 공허한 눈빛을 드러냈다. 조금도 겁먹지 않은 모습이었다. 아니, 오히려 이렇게 될 줄 오래전부터 알았던 것처럼 만족감조차 드러내고 있었다.

"만약…… 만약 우리 셋이 하나라면." 어머니의 가녀린 목소리가 너새니얼의 영혼에 살그머니 닿았다. "네가 살아가기 위해 나와 우디가 죽는 것도 나쁘지 않은 선택지 아니니?"

불현듯 어느 심야의 일이 머리를 스쳤다.

니므롯 롱크로부터 처음 스피크업을 받은 날을 너새니얼은 어렴풋이 떠올렸다. 그날, 나는 현관문 열쇠 꽂히는 소리 때문에 잠에서 깼다. VB 의안 수술을 놓고 벌어진 설전. 나는 그런 건 필요 없다고 말하고 어머니는 무조건 받게 하겠다며 물러서지 않았다. 그리고 나는 우디에게도 받게 할 거냐고 물었다. 그때 어머니는 이렇게 말했다. *우디에게는 필요 없어. 저 애는 내*

가 데려갈 테니까. 나는 막연히 곧 이 집을 떠나야 한다고 생각했다. 어머니는 우디를 데리고 다른 남자와 살 생각이었다.

열 탓에 새빨개진 너새니얼의 뺨에 눈물이 흘렀다. 아아, 모든 건 그날 밤에 이미 예고되었구나. 어머니는 우디를 데려가려 하고 있다. 우디만을. 바닥에 쓰러진 어머니는 작고 위태롭고 슬픈 사랑을 필사적으로 증명하려 했다.

"나는…… 나는 엄마가 우리를 사랑하지 않는다고 생각했어. 그래도 엄마가 집에 없을 때는 우리는 사랑받고 있다고 자신에게 거짓말할 수 있었어. 그 사채 독촉업자가 온 날, 엄마는 죽일 거면…… 죽일 거면 우디부터 쏘라고 했어. 그때 나는 이미 스스로 거짓말 할 수 없게 되었어. 하지만 엄마는……. 엄마는……."

"너희를 사랑했어. 너트." 너새니얼은 흐느끼며 고개를 끄덕였다. "너도, 우디도, 진심으로 사랑해. 하지만 내게는 더 이상……."

슬픈 말은 끝을 맺지 못했고 갈 곳 잃은 순수한 고통만이 그곳에 남았다.

"우디……." 비틀대며 형에게 다가가 무릎을 꿇고 그 손을 잡았다. "엄마와 같이 가고 싶어? 우디, 그래?"

형은 아무 말도 하지 않았다. 의아한 표정으로 그를 바라보고 있었다.

"우디, 우디…… 내가 오토바이를 다 고치면 엄마랑 셋이 어딘가 가자고 약속했지? 나, 꼭 고칠 테니까……. 아직 포기하지 않았어……. 지금도 엔진을 찾고 있다고. 그러니까……. 그러면 우리 어딘가로 꼭 가자." 오열할 것 같아 말이 나오지 않았다. 콧물을 훌쩍이며 간신히 미소를 지었다. "라자냐는……. 맛있었어, 우디? 엄마의 라자냐, 맛있었어?"

"응. 엄마의 라자냐는 정말 맛있었어." 그 목소리는 여전히 밧줄에 눌린 듯 쉬어있었다. "너트 것도 있어."

"나를 놔두고……. 나는……. 너는 혼자만 엄마와 가려 했어?"

"너는 혼자여도 괜찮다고 엄마가 말했어."

너새니얼은 눈을 한참 깜빡였다. 입 주위에 토사물을 묻히고 있는 우드로의 얼굴에 칼 하인츠 같은 흔들림 없는 의지가 보였다. 주인의 총에 앞다리를 잃고도 인간을 믿어 의심치 않는 개. 어머니의 말을 믿어 의심치 않는 형. 그들은 배신 같은 건 존재하지 않는 세계에 살고 있었다.

"나는 엄마가 가자는 곳에 갈 거야." 우드로는 망가진 목에서 목소리를 짜냈다. "너트는 혼자여도 괜찮다고 엄마가 말했으니까 나는 엄마가 가자는 곳에 먼저 가서 엄마를 기다릴 거야."

가슴이 폭발했다.

심장이 뒤틀리며 고통의 눈물이 흘러나왔다. 너새니얼은 형의 무릎에 매달려 통곡했다. 울부짖다가 묵직한 기침에 방해받았다가 다시 울었다.

이때까지 우드로를 위해 치렀던 희생이 쉴 새 없이 마음속을 오갔다. 어머니의 남자에게 맞고 있는 우드로를 감쌌을 때는 배를 차여 갈비뼈가 부러졌다. 팀 댈트리라는 자가 완전히 취해 집에서 총을 쐈을 때다. 실수의 뒤처리, 식사 준비, 온갖 소동과 주위의 조소.

막연한 각오가 너새니얼의 안에서 뿌리를 뻗어 나와, 그 자신이 의식할 수 없을 만큼 깊은 곳에 천천히 뿌리를 내렸다. 만약 우디가 없었다면, 만약 부모님이 다 있는 따뜻한 가정에서 태어났다면, 만약 농구를 계속할 수 있었다면, 만약 아무런 제약 없이 한없이 오토바이를 몰 수 있었다면……. 자신이 절대 선택할 수 없었던 인생이 시커먼 물밑에서 부패한 익사체처럼 떠올라 그를 혼란스럽게 했다.

우드로의 목에 밧줄을 다시 감았을 때, 너새니얼은 그토록 낙담해 있었다. 냉혹한 현실에, 태어난 순간부터 닫힌 미래에, 그리고 폐렴에. 밧줄 끝을 짊어지고 온 힘을 다해 형을 매달 때의 너새니얼은 자비라고는 조금도 생각하지 않았다. 끝내야 하는 일을, 끝날 숙명을, 그저 빨리 끝내고 싶다는 마음뿐이었다.

그러나 바로 그 자리에서, 블랙라이더의 자비가 탄생한 것이다.

몸부림치며 요동치는 우드로의 온전한 존재가 밧줄을 타고 덮쳐왔다. 너새니얼은 발에 힘을 주어 힘껏 형을 끌어 올렸다. 이를 악물고 눈물을 흘리고 있었으나 돌이킬 수 있다는 생각은 하지 않았다. 어머니를 구할 길은 이것밖에 없음을 알고 있었다.

설탕에 모여드는 개미처럼 가족의 추억에 죽음이 모여들었다. 어느덧 우드로의 발은 허공에서 몸부림치기를 멈췄다.

모든 게 끝난 뒤에도 두 사람은 오랫동안 꼼짝하지 않고 자기 안에 틀어박혀 있었다. 어머니는 이따금 우드로를 보며 상황을 이해할 수 없다는 표정을 지었는데, 그 표정은 반쯤 웃는 듯 보였다. 창백해진 머리 한쪽으로 너새니얼은 이 모든 게 무슨 농담처럼 생각되기도 했다.

마침내 해가 지고 눈발이 강해지며 밤이 되었다. 먼저 움직인 사람은 너새니얼로, 부엌으로 달려가 인코그니토를 열었다. 정확하게는 2170년 1월 27일 오후 9시 3분, 그는 니므롯 롱크에게 스피크업으로 메시지를 남겼다.

우디를 죽였어. 내가 죽였어. 다른 누가 아니라 바로 내가 내 손으로 형을 죽였어.

그가 왜 그런 스피크업을 남겼는지는 모른다. 너새니얼은 다음 날 아침, 의식불명인 채 구급차로 이송되었다. 감기가 폐렴으로 발전해 있었다. 그러므로 스피크업을 남겼을 때는 이미 의식이 흐려져 있었을지 모른다. 더불어 형을 죽인 직후의 섬망 상태로 일단 누군가에게 일의 진상을 밝혀야 한다고 생각했을 것이다. 그것은 자신이 저지른 범죄로부터 절대 도망쳐서는 안 된다는 나름의 각오였을 수도 있고 우드로라는 무거운 부담으로부터 해방된 죄책감이었을지 모른다. 나로서는 어떤 말도 할 수 없으니 더 이상의 추리는 그만하기로 하자. 그러지 않으면 블랙라이더의 전설을 미화하고 그에 대한 불필요한 감정이입을 선동해, 6·16 이후에 관습이 된 식인 행위를 정당화하고 말 것이다.

나는 사실만을, 사실에서 끌어낼 수 있는 사건만을 기록하려고 노력할 것이다.

구급차를 부른 사람은 물론 피아 헤일런인데 그녀는 너새니얼이 입원해 있는 일주일 동안 우드로가 자살했다고 경찰이 믿게 하는 데 성공한 듯했다. 그렇지 않았다면 그 사건으로 체포된 사람이 나왔을 테고 그녀가 우드로에게 들어놓았던 보험금은 타지도 못했을 것이다.

너새니얼이 마지막 스피크업을 보냈을 때 친구와 함께 중고차 판매를 막 시작한 니므롯 롱크는 오클라호마시티에 있었다. 친구 몇 명과 술을 마시며 바의 로우라인비전에 나온 디데이의 3D 시뮬레이션 영상을 놓고 요란을 떨고 있었다.

사망자는 약 50억 명으로 추정되며 쓰나미는 유라시아 대륙의 반을 삼키고 나이팅게일 소행성의 충돌에 따라 일어나는 분진은 지구를 완전히 덮어 2년 이내에 평균 기온이 영하 40도까지 떨어질 것이다.

"그러면 중고차 같은 거 팔고 있을 상황이 아니겠네? 안 그래, 니모? 보라고, 50억 명이 죽는다잖아."

"그렇지만 말이야, 브라더. 가령 지구가 3년 뒤에 멸망하더라도 그때까지 우리의 위장을 채우는 건 경제라고."

"경제? 흥. 내일이라도 당장 약탈과 폭동이 일어날 거야."

"그렇다면 내일이 우리의 디데이지. 나이팅게일은 사람들이 사라진 지구에 떨어져 그대로 사라지는 거지."

"그러니까 너는 나이팅게일이 떨어지지 않을 거라는 거야?"

"보라고, 브라더." 니므롯 롱크는 친구의 어깨를 잡고 흔들었다. "나는 죽을 때까지 인간답게 살고 싶어. 그것뿐이야."

이런 상황이라 니므롯 롱크는 자정을 넘길 때까지 스피크업 착신을 알아차리지 못했다. 사정을 물으려고 답신했으나 그에 대한 너새니얼의 답은 끝내 오지 않았다. 그가 너새니얼 헤일런의 소식을 들은 것은 그로부터 1년 후, ABC 뉴스를 통해서였다. 어머니를 칼로 찔러 살해한 열일곱 살 소년이 경찰에 자수했다는 단신 뉴스였다.

대니 레번워스

너새니얼 헤일런이 어머니인 피아 헤일런을 칼로 찔러 죽인 것은 2171년 2월 18일이었다.

어떤 사정이 있었는지는 모른다. 경찰에 전화를 걸어 어머니를 죽였다고 자백한 다음에도 너새니얼은 피아의 시신이 있던 침대 곁을 지켰다. 신고를 받고 출동한 경찰관 매시 슈왈츠먼의 보고에 따르면 현장은 잘 정돈되어 있어, 저소득계층이 사는 8지구치고는 삭막한 공기가 느껴지지 않았다고 한다. 잡초가 무성한 정원, 쌓인 쓰레기봉투, 빈 맥주병, 콘크리트 블록에 놓인 폐차, 100만 년은 치우지 않은 것 같은 부엌, 주인의 정신을 반영하는 듯한 악취. 그런 것들이 일제히 뿜어내는 폐쇄감은 조금도 없었고 집 안은 담담한 빛으로 가득했다. 이하는 너새니얼 헤일런의 기소장에 첨부된 슈왈츠먼 경사의 증언이다.

"나와 파트너 콜린 조이스가 현장에 도착했을 때 제일 먼저 눈에 들어온 것은 텅 빈 방의 중앙에 놓여있는 테이블이었습니다. 하얀 테이블보가 덮여있고 싸구려이기는 했으나 제대로 된 접시와 와인잔이 나와있었습니다. 접시에서는 치즈 냄새가 났습니다. 데미글라스 소스 같은 게 남아있었습니다. 2인분이었죠. 2인분의 식기가 마주 앉는 자리에 세팅되어 있었습니다. 싸운 듯한 흔적은 전혀 없었습니다. 기념일을 맞아 식사를 하다가 문득 자리를 비운 듯한 분위기였습니다. 나와 콜린은 방을 하나씩 둘러봤습니다. 그렇다고 해도 방이 두 개뿐인 작은 집이었죠. 피의자는 어머니가 누운 침대 옆에 무릎을 꿇고 있었습니다. 나중에 콜린과도 이야기했는데 아무래도 기도하고 있던 것 같습니다. 적어도 우리에게는 그렇게 보였습니다. 피의자는 전혀 정신을 놓은 사람처럼 보이지 않았습니다. 위험은 감지되지 않았습니다. 아, 이런 현장은 전에도 본 적이 있는데 가족을 해친 녀석은 다들 지독하게 혼란스러운 상태라 무슨 짓을 할지 모르죠. 다른 가족을 인질로 삼는 일도 있었죠. 하지만 피의자는 완전히 정상이었습니다. 술도 마약도 하지 않았다는 의미에서. 다만 우리가 말을 걸어도 전혀 알아차리지 못했을 정도로 자기 안에 갇혀있었습니다. 피의자는 피해자의 이마에 손을 대고 있었습니다. 죽은 사람의 온기에 매달려 있는 것처럼 보였습니다. 피해자는 배를 찔렸더군요. 네, 한 번입니다. 딱

한 번 찔렸습니다. 흉기는 칼인데 마치 소중한 물건이라도 되는 듯 시신 머리맡에 얌전히 놓여있었습니다.”

“슈왈츠먼 경사는 너새니얼 헤일런이 위험하다고 느끼지 못했다는데 제 인상은 조금 다릅니다.” 다음은 콜린 조이스 순경의 증언이다. “저는 그 방을 보고 소름이 끼쳤습니다. 뭐랄까, 어떤 의식처럼 보였습니다. 분명 피의자가 습격해 올 것 같지는 않았습니다. 그 점에서는 저도 위험을 감지하지 못했습니다. 하지만 더 크고 사악한 것……. 저는 이해할 수 없는 신앙 같은 것에 의해 이 사건이 일어난 듯했습니다. 잘 설명하기는 힘들지만, 피의자의 의연한 태도는 초월적인 존재에 의해 이미 구원을 받았다고 해야 할까요, 컬트 교단의 광신도처럼 비집고 들어갈 틈이 없는 태도였습니다. 피의자 자신이 그렇게 의식하고 행동했다는 말이 아닙니다. 그는 어떤 교단에 소속되어 있지도 않았고 신앙을 가진 듯 보이지도 않았습니다. 그래도 피의자를 통해 어떤 초월적인 존재가 보였습니다. 모르몬 교도를 통해 조셉 스미스 주니어(모르몬교 창시자)가 보이듯 말입니다. 피의자도 피해자도 옷을 차려입고 있었습니다. 정장까지는 아니었으나 마치 새해를 맞을 때처럼 말이죠. 그게 너무나 사악하고…… 순수한, 논의의 여지가 없는 순수함으로, 그래서 오히려 사악하게 느껴졌습니다. 아이는 천진하게 벌레나 개구리를 죽이잖아요? 그런 느낌이었습니다. 아아, 이 녀석은 반드시 사회로부터 격리해야 한다. 솔직히 그런 생각이 들었습니다.

어쩌면 그건 제가 백성서파이기 때문일지 모릅니다. 우리는 남부의 침례교보다 훨씬 죄에 민감하니까요. 제가 그의 어깨에 손을 얹자 그는 조용히 일어나 고개를 끄덕였습니다. 아무런 감정이 없는 눈이었습니다. 경찰차에 태우는 데도 전혀 애를 먹지 않았습니다. 그런 사람들은 원래 그래요. 얼핏 보면 아주 멀쩡하죠."

현장을 직접 본 그들의 증언에서 무엇을 알 수 있을까?

일단 방이 깨끗하게 치워져 있었다는 점은 돌발적인 살인사건 현장이라기에는 어울리지 않는다. 피아 혼자 그 무거운 가구를 다 옮긴 게 아니라면 너새니얼도 도왔을 것이다. 이는 그가 충동적으로 즉, 분노를 참지 못해 어머니를 죽인 게 아님을 증명한다고 나는 생각한다. 어머니와 아들이 죽음을 함께 준비했다는 인상을 도무지 지울 수 없다. 버린 가구들은 이미 회수업자가 가져간 뒤였다. 회수업자는 누가 부르지 않는 한 오지 않으니까 아마도 피아가 불렀을 것이다. 하지만 도대체 왜? 이유는 명백하다. 피아는 흐트러짐 없이 신변을 정리하고 이 무자비한 세계에 작별을 고하려 한 것이다. 적어도 마지막 순간만큼은 아들에게 제대로 된 모습을 보여주고 싶었을 것이다. 살해 직전까지 둘이 평화롭게 식사한 것도 내 추측을 뒷받침한다. 이어서 데미글라스 소스를 부은 치즈 냄새가 나는 음식은 꽤 많으나 라자냐도 그에 포함된다. 맛있는 음식을 먹는 날에 비참한 사건은 발생하지 않는다고 얘기할 마음은 전혀 없다.

사건은 어떤 순간에도 일어난다. 그러나 이날의 피아와 너새니얼은 시종 평화롭게 식사했다고 생각해도 그다지 틀린 생각이 아닐 것이다. 둘 다 차려입고 있었다는 경찰관의 증언도 있다. 그리고 마지막으로 너새니얼은 자수했다. 분노로 정신을 잃고 어머니를 죽인 자가 할 수 있는 일일까? 또 심신 상실 상태에 있는 인간이 오랫동안 미워한 사람을 죽이려고 결심했을 때 배를 딱 한 번만 찌를까?

내 생각은 이렇다.

너새니얼은 어머니의 죄를 조금이라도 가볍게 해주고 싶었다. 자살만은 말리고 싶었다. 우드로를 살해했을 때처럼 어머니의 손이 더러워질 바에야 자기 손에 피를 묻히는 게 낫다고 생각했다. 어쩌면 몬드 솔라의 말이 머릿속에 싹을 틔웠을지도 모른다. *네 손으로 어머니를 편히 보내드려라.*

피아는 너새니얼에게 살해당할 줄 몰랐다. 왜냐하면 그녀는 자살할 생각이었으니까. 그건 너새니얼도 알고 있었고 그날이 다가왔음도 알았다. 지붕에서 늘어진 고드름이 황금색 햇살을 받아서 녹기 시작했다. 봄의 발소리가 들려오듯 너새니얼의 귀에도 세상의 끝이 다가오는 가벼운 발소리가 들려왔다. 이것도 정확한 일시는 알 수 없다. 2171년 2월 18일, 이 시점에서 너새니얼은 이미 VB 의안 수술을 받았기 때문이다. 피아 헤일런의 염원은 이루어졌다. 다음은 자신의 비참한 인생에 마침표를 찍는 것뿐이었다.

방은 날마다 깨끗이 치워졌다. 추억과 함께 가구가 사라졌고 집은 넓어졌고 청산되었고 서먹하고 투명해졌다.

그날, 어머니는 아들에게 머리를 자르라고 했다. 그리고 솜씨를 발휘해 라자냐를 만들어 최대한 차려입고 머리를 단정하게 정리하고 돌아온 아들을 따뜻하게 맞았다.

"잘생긴 청년, 어서 와."

"응."

"자, 너도 옷을 갈아입고 와."

둘은 연인처럼 식사했다. 피아는 와인을 조금만 마시고 너새니얼은 서늘해진 머리카락을 벅벅 긁었다.

경건한 식사 풍경이 내 눈에 선하다. 잔잔한 배경음악 같은 게 있을 리 없으니 이웃의 호통 소리와 개조한 차의 엔진 소리가 들렸을 수도 있다. 그때의 라자냐는 어떤 맛이었을까? 그들은 식사하면서 어떤 말을 나눴을까? 우드로의 망령이 떠도는 그곳에서, 세계가 사라지기 전 먼저 사라질 작은 세계에서, 둘은 죽음으로 끝날 사랑과 꿈에 둘러싸여 아마도 평온했을 것이다. 눈을 살짝 내리깔고 이야기를 나눴거나 혹은 침묵을 지켰을지도 모른다.

평온하고 만족스러운 식사를 마치고 피아와 너새니얼은 뭔가를 더 연장하려는 듯 서로를 힐끔힐끔 훔쳐봤다. 어쩌면 이 세계는 아직 구원받을 수 있을지 모른다. 그렇게 생각한 다음 순간, 둘은 우드로의 부재를 깨닫는다.

피아가 일어나자 너새니얼도 의자를 밀며 자리에서 일어난다. 그 손에는 작은 나이프가, 예전에 피아를 지켜주지 못했던 그 나이프가 있다. 그녀는 너새니얼을 몸에 담은 그날을 따뜻한 마음으로 떠올린다. 둘은 서로를 마주 본 채 가까워진다. 혹은 조심스럽게 미소를 지었을지 모른다.

너새니얼은 시선 끝에 우드로의 모습을 발견하고 기대를 담아 고개를 돌린다. 그러나 그곳에 우드로는 없다. 당황한 그의 오른눈에서 눈물 한줄기가 떨어진다. 우드로의 생명과 뒤바꿔 손에 넣은 왼눈은 여전히 건조하다.

피아는 아름다운 아들의 모습에 눈길을 빼앗겨 자신과 같은 밝은 금발을 쓰다듬고 살짝 고개를 끄덕였다.

체포된 너새니얼은 아무 말도 하지 않았다. 그저 자신이 어머니를 죽였음을 시인하고 1심에서 금고 21년이라는 유죄 판결을 상고도 없이 받아들였다. 사건 발생으로부터 7개월 뒤, 2171년 9월 13일의 일이었다.

체포당했을 당시 너새니얼 헤일런의 사진이 내 앞에 있다. 길었던 밝은 금발은 짧게 깎여있고 단정하게 7대3 가르마로 나뉘어 있다. 아름다운 소년이다. 너무 커서 어깨가 늘어진 트위드 재킷에 옅은 파란색 셔츠, 넥타이까지 매고 있다. 무엇보다 눈길을 끄는 것은 그의 두 눈동자다. 너새니얼은 타고난 사시는 아니었다. 그의 스피크업에 올라온 사진을 봐도 틀림없다.

그러나 체포 당시 그는 오른눈만 정면을 보고 있고 왼눈은 살짝 왼쪽으로 치우쳐 있었다. 말할 필요도 없이 열악한 VB 의안 수술로 인해 그렇게 된 것이다. VB 의안 수술 초창기에는 이런 증상을 보이는 사람이 속출했다. 그 탓에 뉴럴 네트워크의 창시자 무핸더스 나이두는 수백 건의 소송에 걸리기도 했다.

초기에는 VB 의안 수술 덕분에 운동 능력이 크게 향상된 사람도 있었다. 그것도 VB 의안에 조립된 P세포가 시신경을 시상과 동기화하는 과정에서 아직 해석되지 않은 어떤 영향을 대뇌 운동계에 미쳤기 때문이다. 젊은 시절의 피아 헤일런이 오디션을 받으려 한 〈성역의 쥐〉—출연자 전원이 VB 의안을 장착한 세계 최초의 뮤지컬—의 최고 흥행 요소는 댄서들이 보여주는 10미터에 달하는 점프였다. 물론 그것도 초기 VB 의안 수술의 후유증 중 하나였다. 그 후 이런 문제는 개선되었는데 너새니얼을 수술한 하워드 린츠는 아마도 옛날 기술밖에 몰랐던 모양이다. 어쩌면 시상 하부도 타격을 받았을지 모른다. 그럴 가능성이 높다. 시상 하부란 시상 아랫부분에 위치해 자율기능을 조정하는 종합 중추이다. 섭식, 수면, 성욕 등의 본능적인 행동, 분노와 불안 같은 정동 행동 등도 조절한다. 6·16 이후의 너새니얼 헤일런이 사람들에게 **음식물**을 나눠주고 절대 간음하지 않고 며칠씩 자지 않고 걷고, 나아가 분노와는 관련이 없는 냉혹함으로 적을 죽인 사실을 생각하면 나는 그렇게 유추할 수밖에 없다.

2171년 10월 1일, 그는 뉴욕주의 싱싱 교도소로 옮겨졌다. 매사추세츠주에서 발생한 살인사건인데 매사추세츠주에는 VB 의안을 장착한 수감자를 수용할 교도소가 없었다. 싱싱 교도소에서는 수감자들의 시력을 빼앗지 않고 뉴럴 네트워크를 차단할 수 있었다.

당시 1,200명이 넘는 수감자가 복역 중이던 싱싱 교도소는 뉴욕시에서 북으로 48킬로미터 정도 떨어져, 허드슨강에 면해 있었다. 1828년에 개설되어 2150년에 가장 중요한 VB 경비 교도소로 연방정부의 관할 아래 포함되었다. 물론 수감자 모두가 VB 의안을 장착한 건 아니었고 수감자 중에도 VB 의안을 장착한 자는 드물었다. 애당초 VB 의안 수술을 받을 수 있을 정도의 가정환경이라면, 웬만한 사정이 아니라면 이런 곳까지 추락하지는 않을 것이다. VB 의안을 장착한 사람은 전체 수감자의 10퍼센트도 되지 않았다.

어느 교도소에나 거물이 있다. 싱싱 교도소도 예외는 아니었다. 20세기 초에는 '브루클린 흡혈귀'와 '그레이맨'이라는 별명을 지닌 연쇄 살인마이자 식인귀였던 알버트 피시가 수감되어 있었다. 본인의 진술에 따르면 피시는 400명 이상의 아동을 살해했는데 이 중에는 고기를 먹으려는 목적으로 살해한 아이도 다수 포함되어 있었다. 보름달이 뜬 밤에 범행을 많이 저질러 '보름달의 미치광이'라고도 불렸다. 체포된 계기는 그가 자신이 먹은 소녀의 가족에게 보낸 한 통의 편지였다. 이 편지 속에 피시는 이 열 살 소녀를 어떻게 살해하고 조리했는지 얼마나 맛있었는지, 그리고 다 먹는 데 9일이 걸렸음을 아주 자세하게 적었다.

1970년대에는 뉴욕을 떨게 한 연쇄살인마 데이비드 버코위츠가 있었다. 1976년부터 1977년까지 13명의 젊은 여성과 커플을 살상한, 그 유명한 '샘의 아들'이다(이 이름으로 언론과 경찰에 구구절절한 편지를 보낸 버코위츠는 체포 후에 2,000건의 방화를 자백했다).

그리고 너새니얼 헤일런이 수감된 2171년에는 그 '레번워스 부부'의 대니 레번워스가 있었다.

대니 레번워스에 관해서는 당시 수없이 보도되었기 때문에 여기서 자세하게 언급할 필요는 없을 것이다. 그러나 혹시나 해서 얘기하자면 그는 남성과 여성의 인격을 다 가진 엄청난 호색한임과 동시에 남색도 즐겨했으며, 알버트 피시를 거뜬히 넘을 정도의 식인귀이고, 샘의 아들조차 고개를 갸웃할 만큼 지리멸렬하고 옹졸한 남자였다. 그는 그저 사람을 먹을 뿐만 아니라 얼마나 맛있게 먹을지에 전념했다. 위장을 토마토와 함께 조리거나 혀를 회로 먹고 엉덩이 살과 간을 이용한 패티를 만들었다. 27명을 죽여 먹었는데 일관되게 자신에게 살인죄를 적용하는 것은 헌법 위반이라고 주장했다. 사람은 누구나 먹고 살아야 하므로 먹기 위해 한 살생은 신이 인정한 것이다. 따라서 자신에게 적용되어야 할 죄는 무전취식뿐이라고 재판 중에 소리쳐 정신감정을 따낸 것으로도 유명하다. 2159년에는 그의 전기 《레번워스 부부》가 출판되었고 7년 뒤에는 이 책을 바탕으로 한 영화 〈악마의 무전취식〉도 공개되었다. 레번워스 부부 역을 열연한 월터 본드는 아카데미 시상식 남우주연상을 받기도 했다.

전기에도 자세히 적혀있는데 이 영화에서 가장 인상적인 장면은 단연코 한 명의 미치광이 안에서 남자와 여자가 치열하게 다투고 서로를 격렬하게 질투하면서 사냥감을 찾는 장면일 것이다.

"당신, 지금 이 여자를 음흉한 눈으로 봤지?!" 미시즈 레번워스가 아우성을 치자마자 다음 순간에는 연기자가 미스터 레번워스로 빙의해 그녀를 달랜다.

"당신이 싫다면 나는 아무것도 안 해. 이건 사랑이 아니야. 식욕이나 마찬가지야."

"나를 사랑해?"

"물론이지."

"식욕이나 마찬가지라고? 맹세해?" 미시즈 레번워스는 하얀 타일이 깔린 방에 웅크린 여자를 힐끔 보고는 물었다.

"물론이지. 내 사랑."

"그렇다면 난 괜찮아."

미스터 레번워스는 여자를 강간하면서 묻는다.

"허니, 그거 얼그레이지?"

실제로 스크린에는 비추지 않았으나, 그때 관객의 눈에는 여자를 강간하는 남편을 지켜보는 미시즈 레번워스가 선명히 보였을 것이다. 미시즈 레번워스는 의자에 얌전히 앉아있다. 다리를 꼬고 우아하게 찻잔을 들고 있다. 새초롬하게 새끼손가락을 세우고 있었을지도 모른다. 머리 위에는 강철 쇠고리가 여러 개 매달려 있고 등 뒤의 스테인리스 테이블에는 톱날과 잘 갈린 고기 손질용 식칼이 가지런히 놓여있다.

레번워스 부부를 혼자 훌륭하게 연기해 낸 월터 본드의 최고의 연기는 여기부터다. 절정을 맞은 남편은 여자에게서 떨어져 스테인리스 테이블 쪽으로 가 아름다운 빅토리아풍 찻주전자에 있던 홍차를 컵에 따른다. 차를 한 모금 마시자 그곳에는 미시즈 레번워스가 있다.

"내 남편을 유혹했지? 이 나쁜 년!" 눈을 커다랗게 부릅뜨고 컵을 내던진다. 그 큰 소리에 관객의 등골도 오싹해진다. 고기 손질용 식칼을 움켜쥐고 미시즈 레번워스는 반미치광이가 되어 여자에게 칼을 휘두른다. 귀를 뚫고 들어오는 여자의 비명이 나체를 찌르는 식칼의 효과음과 온갖 욕설에 삼켜진다. "이 앙큼한 년! 나쁜 년! 나쁜 년!"

하얀 타일에 새빨간 핏방울이 튀고 피의 바다에서 숨이 끊어진 여자를 미시즈 레번워스는 수없이 계속 찌른다.

사냥감이 남자일 때는 정반대의 상황이 벌어진다. 여성을 연기하며 남성을 범하고, 이후 질투에 돌아버린 미스터 레번워스로 돌아와 상대를 죽여야 했던 월터 본드의 노력은 어떠했을까. 이 영화를 촬영한 후 정신에 병이 들어 섹스 중독으로 한동안 바싹 말랐던 것도 이해가 간다.

대니 레번워스는 배우의 정신에 병이 생길 정도로 끔찍한 생활을 현실에서, 그것도 희희낙락하며 16년간 지냈던 것이다. 어느 날, 그는 자신의 평전을 쓰게 해야겠다는 생각에 이후《레번워스 부부》의 저자가 되는 딕 카라젠스키에게 편지지 50장에 달하는 긴 편지를 보냈다. 이것이 체포의 계기가 되었는데 체포 후에 대니 레번워스는 신문 기자에게 다음과 같이 말했다.

"그건 내가 아니야. 린다(미시즈 레번워스의 이름)가 자기 마음대로 쓴 거지. 젠장, 정말 허영심이 강한 여자라니까! 아아, 하지만 그게 여자라는 거 아닐까?"

이제 슬슬 내가 너새니얼 헤일런을 추적하기 시작한 경위를 얘기해야 할 듯하다.

6·16에서 살아남은 사람 대다수가 백성서파에 귀의했는데 나와 아내 마리앤도 그랬다. 그것은 오로지 나이팅게일 소행성이 하늘에서 섬광을 번쩍이며 폭발한 순간을 목격했기 때문이다.

2173년 6월 16일, 새벽 3시가 조금 지났을 때, 우리 부부는 아파트 옥상에 올라가 엄숙하게 죽음을 맞이하려 했다.

어두컴컴한 거리는 적막했고 자동으로 바뀌는 신호등 불빛이 번져 보였다. 도로에는 차가 거의 달리고 있지 않았다. 다른 아파트 옥상에도 우리 부부처럼 촛불을 켜고 검은 하늘을 올려다보는 사람들이 있었다. 저편 이스트강에 걸린 브루클린브리지에 작은 불빛이 여러 개 보였다. 흔들흔들. 멀게도 가깝게도 보이는 흔들리는 촛불은 마치 죽음으로 가는 세계를 추모하는 장례 행렬 같았다. 불꽃을 터트리는 사람도 있었다. 빨강과 파랑과 초록의 불꽃이 타올랐다가 어둠 속으로 사라졌다. 그 순간 뉴욕에는, 믿을 수 없겠지만 마치 새해를 맞는 듯한 산뜻한 공기가 가득했다. 또 한 해를 보낸 우리가 맞을 새로운 해는 지나간 해보다 멋질 거라는 기묘한 기대조차 있었다.

폭발은 두 번 일어났다.

첫 번째는 작았다. 그 섬광은 평화 그 자체 같아 보이는 초승달을 완전히 감추지도 못할 정도로 작았다. 마치 새로운 별이 태어난 듯 최초의 광휘는 꼬박 1분쯤 뒤에도 사라지지 않고 밤하늘을 반짝였다. 마침내 빛이 사라지자 문자 그대로 죽은 듯한 정적이 찾아왔다.

"그리스도가 일곱 번째 봉인을 풀었네." 나는 뒤에서 아내를 안고 귓가에 속삭였다. "세상은 종말을 맞았어."

아내가 고개를 끄덕였다.

폭발음이 우리 귀에 도달한 것은 그로부터 몇 년도 더 흐른 뒤였다. 그런 착각이 들 정도로 무음 상태가 길어졌고 침묵은 무겁게 사람들의 기원을 담고 있었다. 하늘은 반 시간쯤 침묵에 휩싸였다(《요한묵시록》 8장 1절).

두 번째 폭발은 훨씬 가까웠고 또 컸다. 정부의 공식 발표에 따르면 미국의 핵이 나이팅게일 소행성을 두 번째로 잡은 게 오전 4시 26분이었다. 섬광은 마치 물이 퍼지듯 소리도 없이 밤하늘 가득 퍼졌고 무음 상태로 오랫동안 머물렀다. 마치 토성의 띠 같았다.

밤하늘만이 점점 하얗게 변해갔다. 그 아름다움은 지금도 여전히 내 눈에 선하다. 그것은 한 편의 시이자, 베토벤 교향곡의 첫 음이자, 세계의 종언을 고하는 천사의 나팔이었다. 네 천사는 인류 3분의 1을 죽이기 위해 풀려났다(《요한묵시록》 9장 15절).

빛이 완전히 사라지기 전에 엄청난 폭음이 천지를 때렸다. 들어본 적 없는 무시무시한 소리, 신의 군대가 포효하는 소리이자 신의 목소리 그 자체였다. 아내의 긴 머리카락이 마구 흩날려 나는 그녀를 꼭 껴안았다. 그리고 우리는 파괴된 나이팅게일 소행성이 불타오르면서 지상으로 떨어지는 모습을 봤다. 거대한 파편은 와이오밍주 이북을 지도에서 지웠고 서해안을 산산조각 내며 태평양으로 떨어져 쓰나미를 일으켰는데, 나와 아내는 훨씬 뒤에야 그런 사실을 알았다. 그때는 그저 경외와 플라토적 아름다움에 압도되어 오랫동안 꼬리를 그리면서 하늘을 가로지르는 무수한 화염을 멀거니 올려다봤다.

지금 생각해 보니 우리 아파트와 그리 멀지 않은 곳에 너새 니얼 헤일런이 있었다. 불덩어리는 허드슨강 쪽으로도 떨어져 싱싱 교도소가 있던 오시닝 일대를 불태웠다.

이런 장엄한 광경을 직접 본 나와 마리앤은 우리가 살아남은 행운을 신에 감사하며 6·16 이후 곧바로 피난민 지원 활동을 시작한 백성서과 교회를 돕기 시작했다. 우리 교회는 식량을 지원하고 경비대를 조직해 치안 유지에 힘쓰고 전염병이 만연하는 것을 막기 위해 죽은 사람을 화장했다.

나는 과거 실종자를 찾아주는 자원봉사 단체의 상근 직원이었다. 우리의 네트워크는 북미뿐만 아니라 중남미까지 뻗어있었다. 유괴되어 중남미로 팔려 간 여성이나 아이들이 많았으니, 그도 당연한 일이었다. 아내 마리앤 포댐과는 이 일을 하다 알게 되었다. 내가 그녀의 여동생을 온두라스에서 발견한 게 교제를 시작한 계기였다.

2170년 5월, 케리 포댐은 뉴저지주 근교의 쇼핑몰에서 홀연히 자취를 감췄다. 그녀의 친구들 말로는 그날 쇼핑몰에는 서커스가 벌어졌다고 한다. 클로즈업 마술을 보여주는 라틴계 남성이 붉은 새틴 식탁보를 덮은 테이블로 손님을 모았다.

중절모를 쓰고 연필로 그린 듯 가는 수염을 기른 마술사는 손님의 지갑에서 지폐를 꺼내게 하고 사인하게 한 후 불붙여 태웠다. 이어서 케리의 팔을 잡아 스펀지 공을 쥐게 했다.

"지금 당신은 공을 몇 개 쥐고 있나요?" 케리는 친구들과 키득키득 웃으며 하나라고 대답했다. "그러면 이제 손을 펴봐요."

그러자 스펀지 공 네 개가 나타났다. 환호성이 터지는 가운데 마술사는 그 네 개의 공을 다시 케리에게 꽉 쥐게 했다.

"이번에는 몇 개?"

호기심에 눈을 반짝이며 케리는 네 개라고 대답하자 마술사는 그녀의 주먹에 후, 숨을 불어넣었다. 공은 여덟 개가 되었다. 그런 대화가 한동안 오간 뒤에 스펀지였던 공이 플라스틱 캡슐로 바뀌었다.

"어라, 이게 뭐지? 아름다운 아가씨에게 주는 선물일지도 모르겠네요."

마술사는 놀란 표정으로 말했다. 너무 놀라 캡슐을 연 케리만이 아니라 테이블 주위에 모여있던 모든 사람이 깜짝 놀랐다. 캡슐 안에는 여러 번 접힌 지폐가 있었다.

"자, 펴보세요."

마술사의 말에 두근거리는 가슴을 억누르며 시키는 대로 펴자 제일 먼저 불태웠던 사인한 지폐가 등장했다. 박수갈채가 쏟아졌다.

"자, 이제 슬슬 끝낼 시간이군요."

과장되게 손목시계를 들여다보는 마술사를 보고 케리는 저도 모르게 깡충깡충 자리에서 뛰었다. 마술사의 손목에 감긴 시계는 다름 아닌 케리의 시계였기 때문이다.

"고맙습니다, 고맙습니다. 오늘은 좋은 손님만 계셔서 앙코르에 응하죠!" 손목시계를 돌려주면서 마술사는 케리에게 두 손을 모으게 했다. "그래요, 기도하듯 양손을 모아요. 그렇지."

그리고 그녀의 손에 손수건을 올려놓았다. 청산유수 같은 말로 관객들을 웃기면서 손수건을 확 치우자 케리의 손목에는 수갑이 채워져 있었다. 마술사는 한쪽 눈을 감고 이번에는 케리의 온몸이 완전히 감춰지도록 머리부터 커다란 검은 자루를 씌웠다.

"자, 이제 당신은 내 것이 됩니다."

그렇게 말하고 테이블 밑에서 말뚝 박을 때 쓰는 커다란 해머를 꺼냈다. 그리고 충분히 관객들을 선동한 후 천천히 해머를 들어 케리의 머리를 쳤다. 관객들은 숨을 죽였다. 하지만 케리의 머리를 깼어야 할 해머는 공중을 가르고 검은 천은 마치 물속의 해파리처럼 붕 떠올랐다가 땅에 떨어졌다. 기묘하고 기상천외하며 불가사의한 일이 벌어졌다. 마리앤의 여동생은 어디에도 없었다. 연기처럼 사라지고 말았다. 엄청난 갈채에 마술사는 근엄하게 고개를 숙였다.

"감사합니다, 감사합니다. 여러분에게 신의 축복이 있기를!"

중절모를 흔들며 어딘가로 사라지는 마술사에게 사람들은 아낌없는 찬사를 보냈고 이제 케리 포덤이 어디서 나타날지 두근대는 마음으로 기다렸다. 하지만 내가 아킬레스건이 절단된 마리앤의 여동생을 온두라스에서 발견한 건 그로부터 2년 뒤였다.

케리는 최악의 경우가 아니었다. 그녀 같은 경우, 아무리 낙관적으로 계산해도 70퍼센트 확률로 찾아내지 못했을 것이다. 우리 조직은 뉴욕시 경찰과 제휴해 전직 CIA 요원도 많이 재직해 있었다. 우리는 이 납치범의 정체가 엘 일루시오니스타라 불리는 멕시코인임을 알아냈다. 같은 수법으로 납치된 아이들이 여럿 있었기 때문이다. 유괴범인 엘 일루시오니스타에게 일을 의뢰하는 사람들은 대체로 생계가 막막한 멕시코 농민들이었다. 그들은 유괴범들에게 돈을 건네고 아이와 여성을 유괴해 몸값을 요구했다. 물론 멕시코 농민들에게 몸값을 교섭할 노하우 같은 건 없었다. 그러므로 그들은 중남미 전역에서 범죄 조직을 운영하는 트레스 티그리스(세 마리의 호랑이)라는 조직으로부터 그에 적합한 사람을 고용했다. 마리앤의 여동생이 납치되기 직전에 마침 이 트레스 티그리스로부터 손을 씻은 남자가 우리 조직에 가입했다.

내가 직접 자동소총을 겨누고 유괴범의 소굴로 쳐들어가 케리 포댐을 구출한 것은 아니었다. 그런 일은 전직 해병대원이나 해군 특수부대원으로 구성된 실행 부대(네이비 실)가 담당했다. 바위라도 씹어 먹을 듯한 단단한 턱, 두꺼운 팔에는 바다뱀 문신이 그려져 있는 사람들이다. 내 일은 정보 수집과 분석, 나아가 피해자 가족과의 연락이었다.

이런 경력이 백성서과 상층부에 알려져 나는 그들의 '스카우트맨'이 되었다. 스카우트맨은 동료들끼리 쓰는 은어로, 말하자면 6·16 이후 교도소에서 도망친 중범죄자의 거처를 파악해 '히트맨'이라 불리는 킬러에게 알려주는 역할을 하는 사람이다. 전에 하던 일과 다른 게 거의 없었다. 스카우트맨과 히트맨 두 역할을 다하는 사람은, 과거 서부극에 나오는 현상금 사냥꾼을 떠올리게 해, '화이트라이더'라 불렸다. 우리의 보수가 금전이 아니라 신의 축복과 마음의 평온이라는 점도 자원봉사 단체 때와 같았다.

스카우트맨이 된 내가 받은 명단 제일 위에 대니 레번워스의 이름이 있었다. 그랬다. 나는 원래 너새니얼 헤일런이 아니라 대니 레번워스 부부의 뒤를 쫓았다. 백성서파는 동부 정부에 손을 써 우리에게 캔디선을 자유롭게 출입할 통행증을 발행해 주었다.

대니 레번워스를 추적, 살해하기 위해 내가 뉴욕을 떠난 것은 2175년 12월로, 6·16으로부터 이미 2년 반이 지난 시점이었다.

2장

백성서파

왜 대니 레번워스가 너새니얼 헤일런을 먹으려 하지 않았을 뿐만 아니라 왜 그에게서 신을 찾아냈는지 묻는다면 나로서는 이렇게 대답할 수밖에 없다.

미치광이의 생각을 나는 알 도리가 없다.

그러나 추측할 방법이라면 있다. 그때 싱싱 교도소에 있던 수감자는 거의 죽었는데 너새니얼 헤일런과 대니 레번워스처럼 운 좋게 살아남은 사람이 몇 있었다. 나중에 백성서파에 귀의한 랜디 프로이딘버그도 그렇게 살아남은 사람 가운데 하나였다. 그는 아리안 브라더후드의 일원이었다. 블러드 인 블러드 아웃*이 신조인 흉악한 갱단이다. 가슴까지 수염을 기르고 목덜미에 갈고리 십자가 문신을 새긴 키 2미터의 거한이다.

"너새니얼 헤일런이라니, 아무도 몰랐어." 프로이딘버그는 내 질문에 침착한 목소리로 대답했다. "대니가 아가씨처럼 생긴 녀석을 졸졸 따라다니는 건 몇 번 봤지. 아니, 반대라니까? 꼬마가 대니를 따라다닌 게 아니라 **대니가 꼬마를 졸졸 따라다녔다고.** 이목구비가 단정한 꼬마였으니까 한번 해보려고 그러는 줄 알았지. 한심한 VB 의안 수술을 받았다는 건 한눈에 알았어. 똑바로 앞을 봐도 왼쪽 눈만이 늘 맘대로 움직였으니까. VB 의안이 자동으로 여기저기를 경계하고 있는 걸 텐데 마치 카멜레온 같아서 영 기분이 안 좋았어. 아니 뭐 어쨌든, 녀석을 노린 건 대니만이 아니었어. 당연하잖아. 우리도 처음에는 녀석을 펑크스**로 삼을까 생각했을 정도니까. 결국은 못 했지만. 말해두겠는데 교도소 안에서는 아무도 대니에게 겁먹지 않았어. 오히려 몸이 왜소해 무시했지. 그런 녀석, 죽이려고 마음만 먹으면 식은 죽 먹기지. 하지만 누군가 그 꼬마에게⋯⋯. 너새니얼 헤일런에게 시비라도 걸면 대니는 죽을힘을 다해 싸웠어. 그 싸우는 모습이 말이야⋯⋯. 말로 표현하기 어려운데 온 힘과 영혼을 다해 맞서는 느낌이었어. 벌써 쉰 살이 다 되어가는 대니 레번워스가 말이야! 평소에는 얌전한 아저씨가 누군가 너새니얼을 건드리면 눈을 번뜩이며 단 한 발짝도 물러서지 않았

* 조직의 멤버가 되려면 다른 죄인을 죽여야 하고, 탈퇴는 죽을 때만 가능하다는 규칙.
** 남창의 은어.

154

어. 불을 물어뜯긴 녀석도 있었어. 우리 편인 멕시코인이 말했는데 녀석은 너새니얼 헤일런을 신의 사신이라고 믿었대. 이렇게 말했다더라고. '내 마음에 든 여자를 미시즈 레번워스가 흡족해했기 때문만은 아니야. 그 반대도 마찬가지야. 그러나 나도 린다도 그를 보자마자 좋아하게 되었어. 모르겠어? 그는 신의 사신이야.' 바보 같지? 어쨌든 대니가 그렇게 나오니 누구도 너새니얼 헤일런에게 손을 못 댔어. 마음대로 갖고 놀 녀석은 얼마든지 있었으니까."

메모지에 펜으로 휘갈겨 쓰면서 다시금 물었다.

─6·16이 일어났을 때 싱싱 교도소는 어땠나요?

"그날은 다 잠들지 못하고 깨어있었어. 새벽에 무시무시한 소리가 나는가 싶더니 교도소 전체가 쿵 가라앉았어. 나는 신 같은 거 믿지 않았는데 그때만은 간절히 빌었어. 살려주세요! 살려주세요! 곧이어 분진의 파도가 덮쳐와 아무것도 안 보였어. 곧 불덩어리가 교도소를 감쌌지. 우리는 철창에 매달려 내보내 달라고 소리쳤어. 건물이 무너지기 시작했어. 내 감방은 2층이었는데 하늘과 땅이 뒤집히더니 순간 파편 더미가 되어 있었어. 같은 방의 나코라는 녀석은 콘크리트 벽에서 튀어나온 철근에 꼬챙이처럼 찔려있었지. 나도 파편에 깔려있었어. 바로 옆에 나코의 몸통에서 떨어져 나온 다리가 있었어. 살면서 그렇게 무서웠던 적은 없었어. 그런 상태로 이틀, 사흘을 버텼어. 처음에는 여기저기서 들리던 신음과 도와달라는 목소리가 점점 들리지 않더라고. 도와주러 올 사람이 없다는 것 정도는 알고 있었어. 세계가 끝나가는데 누가 교도소에서 죽어가는 놈들을 신경 쓰겠어? 그래도 나는 죽는 게 무서웠어. 늘 죽는 건 별거 아니라고 생각하며 살아왔는데 그렇지 않더라. 나는 죽는 게 죽을 만큼 두려웠어."

— 하지만 당신은 살아남았어. 도대체 어떻게?

"나는……." 그는 말을 흐리며 오른쪽 손등에 새겨진 철십자 훈장 모양의 문신으로 시선을 떨구었다. "나는 나코의 다리를 먹었어."

프로이딘버그는 오랫동안 고개를 숙이고 있었다. 입안에 인육의 맛이 되살아나 그를 괴롭히고 있는 듯했다.

"시간 감각도 사라지고 말았어." 그 목소리는 조금 떨리고 있었다. "영원보다 긴 시간이 흐른 것만 같았어. 그런데 누군가가 콘크리트 파편을 치우는 느낌이 들더라고. 그럴 리 없었어. 나는 그렇게 생각했지. '나는 이미 죽은 게 아닐까? 어차피 죽을 거였으면 나코의 다리는 먹지 말걸. 나 같은 놈이 갈 곳은 어차피 지옥이겠으나 마지막만큼은 악마를 기쁘게 하지 말 걸 그랬다.' 하지만 나는 죽지 않았어. 파편이 치워지자 눈부신 빛이 눈을 찔렀어. 떨어지는 재가 새하얀 눈처럼 보였어. 사람 그림자가 움직이더니 나를 파편 속에서 꺼내줬어. 너새니얼 헤일런과 대니 레번워스가 나를 살려줬어. 나는 울었어. 살았다는 데 감사하고, 살았다는 데 후회하고, 인육을 먹어버린 게 부끄러웠어. 스스로 깨닫지도 못한 가운데 아무래도 말해버리고 말았나 봐. '나는 사람을 먹었어, 나는 사람을 먹었어…….' 그러자 너새니얼이 말했어. '먹어도 돼.' 그는 오른눈으로 나를 보고 왼눈으로 여기저기를 바라보며 그렇게 말했어. '그런 일 정도로 영혼은 더러워지지 않아.' 나는 멍해진 머리로 그저 녀석을 올려다보며 울었어. 교도소 건물은 완전히 무너져서 녀석 뒤로는 회색 하늘이 무한히 펼쳐져 있었어. 그리고 재가 내리고 있었지. 그 광경 속에서 너새니얼 헤일런은 너무나…… 너무나 신성했어. 대니 레번워스가 다가와 나를 보고 웃었어. '너새니얼은 말이야, 이런 말을 하고 싶은 거야. 괜찮아. 당신이 인간을 먹은 건 죄에 의해 정화된 죄야.' 그 순간 이해했어. 대니의 말을 논리로 이해하는 게 아니라 그냥 이해했어. 우리는 죄인이야. 나이팅게일은 그런 우리의 죄를 태워버렸어. 우리가 상상도 하지 못할 엄청난 폭력으로 말이야. 그러니까 소행성도 역시 죄인이야. 알겠어? 살아남은 죄인을 구해주러 돌아다니는 너새니얼 헤일런이 정말 신의 사신으로, 아니, 신 그 자체로 보였어."

— 백성서파가 대니 레번워스를 처단 명단에 올린 건 어떻게 생각하는가?

"나는 히트맨이야. 상부의 결정에 불평하지 않아." 랜디 프로이딘버그는 조금 주저한 뒤 이렇게 덧붙였다. "내가 히트맨이 된 건, **너새니얼 헤일런이 말했듯** 죄로 죄를 정화하기 위해서야. 만약 내가 처단 명단에 오른 녀석들을 정화하기 위한 불꽃이 된다면 그건 옳은 일이라고 생각해."

랜디 프로이딘버그의 말에는 흥미로운 점이 두 가지 정도 있었다.

첫 번째는 처음에는 '기분 나빴다.'라고 했던 너새니얼 헤일런의 VB 의안이 나중에 '신성'한 것이 된 점이다. 이는 즉, 완전히 똑같은 현상이라도 보는 사람의 심리 상태에 따라 얼마든지 다르게 해석될 수 있다는 말이다. '기분 나쁜' 것이 '신성'한 것으로 바뀐 이유는 생사의 경계를 넘나든 프로이딘버그의 극한의 공포와 너새니얼 헤일런의 구명 행위 때문임은 말할 필요도 없다. 여기에 블랙라이더 전설을 푸는 열쇠가 숨어있다. 쉽게 말하면, 너새니얼 헤일런이 수많은 인명을 빼앗았는데도 이후에 신격화된 데는 6·16에 의해 사람들의 의식이 180도 바뀌었기 때문이다.

두 번째는 '죄를 죄로 정화한다.'라는 게 대니 레번워스의 입에서 나왔다는 점이다. 미치광이가 지껄인 말에 불과한데 그게 어느새 너새니얼 헤일런의 말로 변해있었다. 단순한 착오인데, 이 착오는 무시무시하다. 애당초 신화란 오해와 혼동의 산물이다. '신화myth'라는 단어는 유럽어권에서는 '신화' 외에 '근거 없는 이야기'와 '픽션'이라는 의미도 지니고 있음을 잊지 말자.

이제 종합해 보자.

모든 신화와 전설이 그러하듯, 블랙라이더 전설은 세계적인 규모의 가치관의 대전환과 개개인에 의한 작은 오해와 혼동이 쌓여 만들어진 게 아닐까 하고 나는 생각한다.

나이팅게일 소행성의 파편이 일으킨 분진은 200일 동안 지구를 덮고 있었다. 꼬박 1년 동안 재 같은 게 쏟아졌다. 간신히 재난을 피한 도시에 그 재가 나쁜 그림자처럼 숨어들어와, 문명의 모든 틈에―엔진의 흡기 밸브에, 에어컨 실외기에, 인코그니토 통풍 구멍에, 그리고 사람들의 뇌 사이사이에―들어가 모든 걸 마비시켰다. 두꺼운 구름으로 가로막혀 빛이 스며들지 않았고 어두컴컴한 무인의 교차로에서는 이따금 신호기가 경련을 일으키듯 깜빡였다.

숲은 죽어갔다. 나뭇잎은 일력처럼 한 장씩, 한 장씩 떨어져나갔다. 떨어져 쌓인 재의 무게로 시든 나무가 소리를 내며 쓰러졌다. 그 공허한 소리가 울리면 여행자들은 당황해 걸음을 멈추고 서성였다. 새 울음소리가 들리는 아침도 있었다. 그럴 때는 모두가 정신을 놓고 밖으로 뛰쳐나와 마치 진짜 새를 보기라도 한 듯 쫓기도 하고 큰 소리를 치기도 했다. 모두가 소중한 사람을 잃어서 그 소중한 사람이 있던 세계 역시 사라진 것이다. 사람들은 소중한 사람 없이 새로운 세계에서 살아야 했다. 운 좋게 소중한 사람을 잃지 않은 사람들은 그들을 지키기 위해 즉, 구세계를 지키기 위해 무슨 일이든 했다. 식량과 연료를 구하고 무기와 방한용품을 구해오고 때로는 서로 빼앗고 빼앗기고 누군가의 소중한 사람을 죽였다. 아무것도 가지지 않고 길을 나선 사람도 있었는데 멀리 갈 수 있는 사람은 거의 없었다.

내리는 재는 마치 시간 같았다. 바람에 흩날린 재가 절단된 아스팔트를 더듬고 지나가고, 사체와 쓰레기와 폐차 더미 위에 천천히 쌓이는 과정을 살아남은 사람들은 시계를 보듯 바라봤다. 황야에는 여러 개의 깊은 균열이 생겼고 그중에는 유황 연기를 내뿜는 구멍도 있었다. 죽은 물고기의 허연 배를 보고 있으면 어느 강이나 걸어서 건널 수 있을 듯했다. 지열이 급상승해 미시시피주의 목화밭에서는 불붙은 목화가 공중에서 춤을 췄다. 텍사스주의 가축들은 몸 안에서 발화가 시작되어 선 채타 죽었고 타이어가 녹은 차 안에서는 사람들이 가축과 같은 꼴을 당했다. 집이 타고 빌딩은 고대 중국의 고문 기구처럼 시뻘겋게 달아올라 물엿처럼 흐물흐물 흘러내렸다. 지구 반대편에서는 핵의 발사 실수로 대도시 몇 군데가 사라졌다. 화산 활동이 활발해져 태평양에서는 여러 개의 섬이 새로 생겼고 오래된 섬 여러 개는 바다 아래로 가라앉았다. 진도 13도의 거대 지진이 1년 동안 103회 발생했다. 이후 지구는 2년간 영하 40도까지 기온이 떨어졌다.

이런 세계에서, 아니, 이런 세계였기에 백성서파는 사람들의 신앙을 지키려 했다. 단호하게 죄를 벌하는 원시적인 방법으로 말이다. 그것은 신의 존재를 아직 이해하지 못하는 아이에게 일단 지옥을 그려서 보여주는 방법론과 같은 발상이었다. 화이트라이더가 조직된 것도 그 때문이었다.

백성서파의 기원에는 극적인 사건이 있었다.

이름의 유래는 창시자인 노아 던이 하얀 가죽 성경을 가지고 다닌 데서 비롯됐다. 노아 던은 미시시피주와 루이지애나주 경계에 있는 조그만 마을에서 데미안 던의 다섯 번째 아들로 태어났다. 데미안은 남부 침례교회에 소속된, 현지에서는 꽤 유명한 루이지애나주의 대중음악인 자이데코 밴드의 아코디언 연주자였다. 그런 관계로 노아는 철들 무렵부터 기타와 만돌린, 아코디언을 가지고 놀았다. 또한 데미안은 집 안 모든 방에 성경을 놓아두었다.

"악기는 음악을 창조하는 도구지만 누구나 다룰 수 있는 건 아니다." 데미안 던은 아들들에게 자주 이런 말을 했다. "성경도 마찬가지다. 그 자체는 그저 책일 뿐이지만 제대로 이용하려면 자주 접촉해야만 한다."

음악적 재능을 타고난 노아는 여섯 살 때 일찌감치 아버지 밴드에서 드럼을 쳤고 열한 살 때는 기타리스트로서 자신의 밴드 곤갓gonegod*을 이끌고 로드하우스에서 신나게 자이데코를 연주했다. 눈부시게 실력을 늘리고 있던 소년 시절의 노아는 호기심에 져서 열세 살 때 마약을 배웠는데, 이후로는 모든 게

* 'gone'에는 죽었다는 뜻 외에도 '훌륭하다'라는 뜻도 있다.

일변했다. 깡마르게 변했을 뿐만 아니라 한심한 싸움으로 오른 손을 다쳐 중지와 약지를 잃고 말았다. 음악을 버리고 열다섯 살에 가출해 여기저기 방랑했다. 떠돌다 도착한 서해안에서 자신을 강간하려 한 마약상을 총으로 쏴 폴섬 교도소로 보내진 게 열여덟 살 때였다. 2078년 초봄의 일이다.

교도소 안에서 노아는 성경과 음악에 다시 몰두했다. 멕시코 인들에게 두들겨 맞고 집단 강간당한 밤, 그는 느닷없이 깨달았다. 신의 말씀이야말로 자신이 원했던 음악임을. 교도소 안에서는 음악과 마찬가지로 성경도 도움이 되지 못했다. 노아는 수정처럼 맑고 또렷하게 이해했다. 그러나 그랬기에 오히려 영혼을 울렸다. 아버지의 말이 가슴을 파고들었다.

'그렇구나, 나는 기타 장인도 인쇄공도 아니다. 나는 도구를 이용하는 사람이어야 한다.'

그리고 예수 그리스도가 일으킨 수많은 기적의 의미를 상식을 벗어난 열정으로 생각하기 시작했다. 그것을 통해 얻은 나름의 통찰을 끊임없이 노래했다. 그러자 작은 기적이 일어났다. 노아 던이 손톱으로 튕기는 소박한 기타 음색과 낮고 허스키한 애수 어린 목소리에 어느새 수감자들이 귀를 기울였다. 그들은 현을 튕기는 노아의 오른손 손가락이 세 개밖에 없음을 알고 있었다. 노아는 노래했다. 죄와 그 속죄에 대해, 악마의 다정한 얼굴에 대해, 진정한 신앙에 대해.

그 무렵 폴섬 교도소는 갱들의 항쟁이 빈발해 손을 쓸 수 없을 정도로 혼란스러웠다. 아리안 형제는 멕시칸 마피아와의 오랜 밀월 관계에 마침표를 찍고 피로 피를 씻는 항쟁을 되풀이하고 있었다. 동아시아계 수감자들로 구성된 신흥 세력 옐로 유니언은 블랙 게릴라 패밀리와 손을 잡고 누에스트라 파밀리아와 텍사스 신디게이트를 죽였다.

"갈릴리호에서 예수는 오직 다섯 개의 빵과 두 마리의 물고기로 5,000명의 배를 채웠다." 노아 던은 노래 부르는 중간중간 하얀 성경책을 들어 올려 깊이 있는 목소리로 말했다. "물론 이것은 비유다. 사람들은 정말 배불렀던 게 아니다. 예수의 자비로 영혼이 찬 것이다. 영혼이 찼다면 배고픔 따위는 느껴지지 않는다. 바로 그것이 진리다. 그리고 영혼을 채우려면 역경을 극복해야 한다. 지금 여기에, 이 교도소에 있는 우리의 육체적 역경을 초월하려면 신의 말씀에 귀를 기울여야 한다. 만약 우리가 여기서 용기를 내어 마음을 열지 않는다면, 우리의 영혼은 영원히 채워지지 않아 끝없는 허기에 시달릴 것이다."

눈에 한가득 빛을 담은 수감자들이 고개를 끄덕였다. 그곳에 백인과 라틴계, 흑인과 아시아계의 구별은 없었다.

노아 던은 계속 노래하며 신의 말씀을 전했다. 청중은 조금씩 늘었고 이윽고 모든 갱 조직 사람들이 그의 노래를 들으러 모여들었다. 노래를 들을 때만은 갱들도 평소의 불화를 잊었다. 고개를 끄덕이는 사람과 눈시울을 적시는 사람이 종종 보였다. 어느샌가 그들은 자신들을 '백성서파'라고 불렀다.

스스로 백성서파라고 인정하는 사람들이 늘어남에 따라 폴섬 교도소 안에서의 살인사건은 눈에 띄게 줄어들고 규율이 회복되었다. 갱 조직 자체가 사라진 건 아니었다. 그러나 교도소 갱들은 명백한 합의나 의사표시도 없이 자신들도 모르게 길고 긴 정전 상태에 들어갔다.

폴섬 교도소의 평화는 어느 날 노아 던이 베개로 질식사당한 뒤로도 한동안 유지되었다. 예수 그리스도에게 로마인이라는 적이 있듯 모든 수감자가 노아의 존재를 흔쾌히 받아들인 건 아니었다. 일주일 뒤에 하수인으로 지목된 사람이 살해되었는데 그는 노아 던과 완벽하게 똑같은 방법으로 살해당했다. 죽은 자의 입에는 마태복음 한 페이지가 쑤셔 넣어져 있었다. '모든 사람이 먹고 배불렀다(《마태복음》14장 20절).'라는 문장 아래 검은 줄이 그어져 있었다. 예수가 다섯 개의 빵과 두 마리의 물고기로 5,000명을 배부르게 했다는 구절이었다.

백성서파는 폴섬 교도소 출신자에 의해 퍼져나갔고, 그들의 상징은 두 마리의 물고기와 다섯 개의 빵이 되었다. 과거 이스라엘에 있던 '빵과 물고기의 기적 교회'의 바닥에 그려져 있던 모자이크 그림과 비슷하다. 그 교회의 모자이크 그림은 두 마리의 물고기가 빵 바구니를 끼고 마주 보고 있다. 그런데 백성서파를 상징하는 그림에는 두 마리의 물고기를 마주 보게 놓고 그 위에 다섯 개의 빵이 반원 형태로 그려져 있다.

갑작스럽게 살해당한 노아 던의 인상 깊은 설교가 백성서파 신앙의 기초가 되었다. 즉, 진정한 신앙을 지닌 자는 절대 굶주리지 않는다는 말이다. 그런 백성서파에게 6·16 이후에 횡행한 식인 행위는 결단코 간과할 수 없는 일이었다. 그것은 악한 마음의 증거이자 육체의 고통에 굴복한 영혼의 타락이며, 음악에 대한 악기의 모독이므로 토벌해야 할 일이었다.

백성서파의 스카우트맨으로서 나는 히트맨 랜디 프로이딘버그와 함께 대니 레번워스의 뒤를 쫓았다.

쉬운 추적은 아니었다. 급격한 기온 강하로 대다수가 남쪽으로 모여들던 때였으므로 일단 우리는 남쪽으로 향했다.

2175년, 나와 랜디는 튼튼한 사륜구동을 타고 뉴욕에서 출발했다. 뼛속까지 얼어붙을 듯한 너무 추운 12월이었다. 우리는 대니 레번워스의 목격 정보를 찾으면서 분단되고 종종 뒤집힌 주간고속도로 95호선을 천천히 남하했다. 도로가 함몰되거나 단층이 생긴 곳을 조심스레 우회해야 했다. 쓰러진 빌딩, 나이팅게일 소행성 파편으로 부서진 송신탑, 수 킬로미터에 걸쳐 도로를 가로막고 있는 폐차의 행렬.

죽음이 곳곳에 있었다. 버려진 사체는 뉴욕에 있을 때부터 익숙했으나 그렇다고 두렵지 않은 건 아니었다. 공포는 코를 통해 시체 냄새와 함께 몸 안으로 들어왔다. 때로는 며칠씩 사체를 발견하지 못할 때도 있었으나, 내 코는 바람 속에서 죽음과 공포의 냄새를 맡았다. 그런 부패한 공기를 맡고 있으면 무엇이 옳고 그른지 알 수 없게 된다. 시체는 때로는 시커멓게 변해있었고 때로는 허옇게 되어있었다. 길고 긴 폐차의 행렬 속에서 얼어버린 사체도 있는가 하면 검게 탄 사체도 있었다. 큰 것도, 작은 것도 있었다. 옷이 벗겨진 것, 신발이 벗겨진 것, 육체 일부가 지독하게 훼손된 것, 꿈처럼 아름다운 것. 시든 꽃이 올려진 여성의 시체를 봤는데 시든 꽃은 그다지 재에 더럽혀지지 않았다.

지평선까지 훤히 보이는 황야에서 탈선한 열차도 가끔 있었다. 불을 땐 흔적이 차량 옆에 검게 남아있고, 먹다 버린 통조림과 푸른빛이 감도는 뼈가 흩어져 있었다. 지나갈 수 있는 길이 하나밖에 없는 조그만 마을의 신호등에 높이 매달린 사람들을 봤다. 그게 무슨 의미인지 나는 멍하니 생각했다. 너무나도 진부한 설명밖에 떠오르지 않아서 바로 생각하기를 관뒀다. 마침, 그때 작은 지진이 발생했고 매달린 사람들이 원을 그리며 흔들렸다. 시체가 서로 부딪혀, 천천히 흔들흔들 흔들렸다.

"방금 봤어?" 지루한 듯 핸들에 기대있던 랜디가 중얼댔다. "마치 오랫동안 멈춰있던 시계가 느닷없이 잠깐 움직인 것 같아."

매달린 사람들은 룸미러에서도 흔들리는 게 보였는데 그것도 곧 보이지 않았다. 나는 창밖으로 고개를 돌리고 회색 풍경이 눈에 스미도록 내버려두었다.

166

불과 며칠 사이, 보이는 모든 색이 사라졌다. 재와 회색의 눈雪. 천지는 회색으로 제압되었고 이따금 잘 도드라지는 색들이 어렴풋이 눈앞을 가로질러 사라졌다. 회색은 어떤 감정도 없는 색이었다.

폐허를 어슬렁거리는 시베리아 호랑이를 발견했다. 호랑이는 야윌 대로 야위었고 피로에 지쳐있었다. 우리 차가 지나가는데도 고개조차 돌리지 않았다. 재를 뒤집어쓴 그 몸은 줄무늬가 거의 보이지 않았다.

부서진 고가도로와 눈앞에서 후드득 떨어지는 고층 빌딩에 가로막히면서도 우리는 사람 한 명 없는 필라델피아를 빠져나와 반쯤 파괴된 워싱턴 D.C.를 지나쳤다. 그리고 드디어 콘크리트 바리케이드가 여러 겹 있고 여러 대의 중기관총이 엄호하는 캔디선 검문소를 통과했다.

"여기서부터는 죽은 땅이야."

나는 미소를 지었다. 내 파트너는 분명 인종 차별주의자에 범죄자이기는 하나 적어도 득의양양하게 "지옥에 온 걸 환영해."라고 말하는 한심한 바보는 아니었다.

눈 닿는 곳마다 모두 검게 탄 밭이 펼쳐진 버지니아주로 들어가, 얼어붙은 포토맥강을 건넜다. 밤에는 손발이 저릴 정도로 추운 차 안의 침낭에 들어가 교대로 잤다. 한번은 한밤중에 들린 총성에 놀라 깬 적이 있었다.

"별일 아니야." 불침번을 서던 랜디가 권총을 집어넣으면서 말했다. "어둠 속에서 뭔가 번쩍인 것 같아."

동물원에서 도망쳐 나온 동물일 수도 있고 약탈자일 수도 있었다. 어쨌든 랜디가 여행 중에 발포한 건 그때뿐이었다. 아침이 되자 우리는 다시 달렸다.

덜컹이는 자동차 속에서 나는 무겁게 드리워진 먹구름에 마음이 무거워졌다. 당시의 나로서는 알 수 없는 노릇이었으나, 우리는 피아 헤일런이 북상한 길을 거꾸로 되짚어가고 있었다. 다리가 무너진 로어노크강의 얼음 위를 무서움에 떨며 건넜을 때, 나는 그녀가 여기서 그리 멀지 않은 장소에서 강간당했다는 사실을 아직 모르고 있었다. 거의 외벽밖에 남지 않은 도로 옆 식당을 스쳤을 때, 그녀가 그곳에서 커피와 도넛을 주문했으리라고는 생각하지 못했다. 과거 롤리 경찰서가 있던 곳에는 많은 말을 키우고 있었는데, 지하 문서 창고에 피아 헤일런의 조서가 통째로 남아있는지도 상상하지 못했다.

노을 진 하늘에서 눈이 내리기 시작했을 때, 교회로부터 연락이 왔다. 백성서파 교회는 남쪽으로 갈수록 많았기 때문에, 다양한 정보가 자주 들어왔다.

랜디가 길 한가운데에 차를 세웠고 나는 콘솔 패널에 끼워진 디스플레이를 손가락으로 두드렸다.

"무슨 일이지?"

"샬럿에서 목격되었습니다. 역시 남쪽으로 향하고 있네요." 나는 메시지를 눈으로 좇았다.

"샬럿이라면 여기서 그리 멀지 않아."

"서쪽으로 120킬로미터 정도 떨어져 있는 곳인가요?"

"응. 그럴 거야."

"사진이 첨부되어 있습니다."

화면 가득 펼쳐진 사진은 화질이 안 좋아 거칠고 흐렸으나 전설의 식인귀 대니 레번워스가 분명했다. 벗겨진 정수리 주변의 가느다란 머리카락을 길러 짧게 양갈래로 묶었다. 낙타색의 두꺼운 코트를 입고 있었는데, 살짝 옆으로 향한 눈길 끝에는 밝은 금발 머리를 위쪽으로 하나로 묶은 젊은 남자가 반절만 찍혀있었다.

랜디 프로이딘버그가 눈썹을 찡그리며 디스플레이에 얼굴을 들이밀었다.

"왜 그러세요?"

"이 녀석은 너새니얼 헤일런이야."

그 이름이 나온 순간, 그의 거대한 몸집이 팽창했고 나는 말로 표현할 길 없는 불안을 느꼈다. 랜디는 의식적으로 천천히 호흡하려 했으나 가슴까지 내려온 긴 수염이 부르르 떨렸다. 내뱉은 숨결은 하얀데 그 이마에는 땀이 배어 나왔다.

"너새니얼 헤일런?"

"응. 맞아." 그는 운전석에 쿵 몸을 기댔다. "싱싱 교도소의 잔해 속에서 나를 구해준 녀석이야."

앞 유리창에 회색 눈이 천천히 내려 쌓였다. 그 앞에는 지평선까지 이어진 도로와 무섭게 늘어진 채 소리 없이 방전하는 회색 운해가 펼쳐져 있었다.

내가 너새니얼 헤일런이라는 이름을 처음 들은 게 이때였다.

도서관에서

우리는 주간고속도로 85호선으로 갈아타 시속 70킬로미터로 한없이 펼쳐진 회색 풍경을 달렸다.

운전대를 잡은 랜디 프로이딘버그가 한없이 수다스러워진 건 단순히 무료했기 때문만은 아니었다. 그가 직접 갱 시절의 나른한 말투로, 너새니얼 헤일런에 관해 말해준 것도 이때였다. 싱싱 교도소에 있을 때 너새니얼 헤일런의 인상, 대니 레번워스가 어떻게 너새니얼 헤일런에게서 신을 찾아냈는지, 잔해에 파묻혀 죽은 사람의 다리를 먹은 자신에게 너새니얼 헤일런이 던진 말, 그 후로 세상을 보는 눈이 어떻게 바뀌었는지. 과거, 실종자 찾는 일을 했을 때의 습관으로 나는 그의 말을 일일이 메모했다. 이런 대화 속에서 우연히 중요한 단서를 얻을 때가 종종 있기 때문이었다.

다른 도시와 마찬가지로 샬럿 역시 분진에 덮여있었다. 뱅크 오브아메리카Bank Of America의 본사 빌딩도 무너졌고 사람 없는 쇼핑몰은 재로 막혔으며 예전에는 아름다웠을 가로수는 검게 타서 땅에 쓰러져 있었다.

"목적지는 빌리 그레이엄 도서관이지?" 오래된 시체를 밟듯 천천히 운전하면서 랜디 프로이딘버그가 말했다. "빌리 그레이엄이란 사람은 누구야?"

나는 디스플레이를 터치해 검색창에 그 이름을 검색했다.

"20세기 복음파 전도사였답니다. 아주 유명한 사람이었나 봐요."

"지금까지도 이름을 딴 도서관이 있을 정도니까."

"그게 전부가 아니에요. '빌리 그레이엄 전도 협회'라는 곳도 있어요."

"서쪽으로 가면 되지?"

"공항이었던 곳 근처라니까 바로 알 수 있겠죠."

"그런데 레번워스는 그런 데서 도대체 뭘 하고 있을까? 설마 복음파 교주로 탈바꿈하려는 건가?" 이게 그의 마지막 말이 되었다.

그가 불시에 저격당한 것은, 텅 빈 유원지 옆을 거의 다 지나갔을 때였다. 앞 유리창에 구멍이 생기고 다음 순간 차가 폭주했다. 차는 한 바퀴 돌며 이미 찌그러져 있던 울타리를 짓밟고 유원지로 날아 들어가 제트코스터 기둥에 격렬하게 충돌했다.

정신을 차리니 나는 산산이 부서진 앞 유리창 파편을 뒤집어쓴 채 몽롱한 의식으로 주위를 둘러보고 있었다. 얼굴을 만지니 피가 묻어 나왔다. 운전대에 엎드린 랜디가 신음했다. 가루가 된 유리가 그의 수염에 잔뜩 붙어있었다. 충돌로 제트코스터의 기둥이 부러져 레일이 끽 소리를 내며 천천히 넘어졌다. 묵직한 땅의 울림을 숨기려는 듯 흙먼지가 높이 떠올랐다.

모래 먼지가 깨진 앞 유리창을 때리며 확 밀려들었다. 눈을 뜰 수 없어 나는 콜록대며 어둠 속에서 팔을 내저었다. 랜디의 안부를 확인하고 싶었으나 마른 먼지가 목을 막았다. 문을 발로 차 열고 밖으로 굴렀다. 품속 권총집에서 교회가 지급한 세미 오토매틱 총을 뺐을 때 뭔가가 내 오른손을 강타했다. 권총이 빙글빙글 돌면서 날아갔다. 고개를 드니 사람 그림자가 버티고 있었다. 다시 기침하면서 눈을 깜빡였다. 사람 그림자는 분진 속에서 어렴풋이 빛나는 듯 보였다. 옛날 영화에서 본 우주인이 원반 모양의 우주선에서 내려오는 장면 같았다.

내 머리에 총구가 겨누어졌다.

"먹을 게 있나?" 혼란스러워진 나는 그 말을 잡음으로만 인식했을 뿐, 무슨 뜻인지 알아듣지 못했다. "먹을 걸 내놔."

모스그린 색의 군복을 입은 작은 몸집의 남자가 흩어지는 먼지 속에서 나타났다. 얼굴을 덮은 밤색 수염은 랜디보다는 조금 짧았으나 그래도 충분히 길었다. 그는 총구와 함께 나를 내려다보고 있었다.

나는 기침을 참으면서 간신히 고개를 끄덕였다.

그는 무표정한 푸른 눈으로 나를 봤다. 차 트렁크에 쌓인 식량을 빼앗지도 않고, 방아쇠를 당기지도 않고 그저 가만히 서있었다. 곧 이유를 알게 되었다. 소리 나는 쪽으로 눈길을 돌리자, 여러 명의 남자가 트렁크를 열고 안에 있는 통조림과 건빵, 물과 커피 가루를 나르기 시작했다.

검은 스키 점퍼를 입은 흑인이 다가와 푸른 눈의 남자에게 뭐라고 말했다. 푸른 눈의 남자가 고개를 끄덕이자, 흑인이 운전석에서 랜디를 끌어냈다. 땅에 똑바로 눕혀진 랜디는 목에 총을 맞은 상태였다. 아직 숨은 쉬고 있었으나 가망이 없어 보이는 건 명백했다. 그의 목에서 흘러나오는 피만이 너무나도 선명해, 회색 풍경 속에서 그 부분만 채색된 듯했다.

남자들이 랜디를 둘러쌌다.

습격자는 총 네 명으로, 나머지는 마른 소년 둘과 머리에 후드를 쓴 얼굴이 보이지 않는 남자 한 명이었다. 말없이 나를 내려다보는 푸른 눈의 남자 등 뒤에서 다른 셋이 손을 잡아 원을 만들었다. 낮은 목소리가 들렸다. 누구의 목소리인지는 모르겠으나 그들이 랜디를 위해 기도하고 있음은 알 수 있었다. 그들은 기도를 하고 눈에 동정의 빛을 담은 채 랜디를 내려다봤다. 그러자 푸른 눈의 남자가 휙 몸을 돌려 그들 쪽으로 걸어가 짧은 묵도를 올린 후 랜디의 가슴에 총을 한 발 쐈다. 랜디의 거구가 살짝 흔들렸다. 텅 빈 유원지는 마치 갈증을 달래듯 총성을 흡수하며 이 거지 같은 세계와 고차원적으로 아름다운 조화를 이뤘다.

사체를 픽업트럭 짐칸에 싣자, 남자들은 제각기 운전석에 들어가거나 짐칸에 앉거나 나와 랜디가 타고 온 사륜구동을 점검했다. 점검을 마친 흑인의 이야기를 푸른 눈의 남자가 표정 변화 없이 들었다.

"그를…… 그를 어쩔 셈입니까?" 남자들의 눈길이 내게 모였다. "먹을 작정입니까?"

나는 목소리를 짜냈다.

"그런 짓은…… 그런 짓을 하면…….."

"너희들도 먹잖아. 다를 것도 없어."

운전석의 남자가 쉰 목소리를 높였다. 나는 숨을 삼켰다.

"혹시 너희들은 캔디선에서 왔나?" 푸른 눈의 남자가 입을 열었다. "어쩐지 너무 무방비하더라. 역시 그랬군. 배급품을 먹으니까 우리와는 다르다고 생각하나?"

"신은 그것을…… 용서하지 않아."

"신이라고? 지금 신이라고 했나?" 흑인의 낯빛이 변했다. "세상을 이렇게 만든 게 바로 신이야! 너, 아내와 아이는 있어? 내 아이가 눈앞에서 굶어 죽는 모습을 본 적 있어? 응?"

그의 얼굴을 똑바로 볼 수 없었다.

"어, 어…… 어떻게 할 거냐고. 응?" 그는 눈을 부릅뜨고 말까지 더듬으며 성을 냈다. "그…… 그, 그때 나는 내 팔을 잘라 오스카에게 먹이려 했는데, 그랬는데. 그러지 못했어……."

호흡이 거칠어지고 가슴이 격렬하게 오르내렸다. 그는 수없이 자기 왼팔을 두드렸다.

"나는 이 팔을……. 이 빌어먹을 팔을 잘라내려고 했는데, 그런데, 그런데……. 마, 마, 만약 신이 우리를 구원해 주지 않는다면 그런 신 따위, 제, 젠장, 필요 없어!"

짐칸에서 뛰어내린 소년이 흑인을 안았다. 그는 소년의 가슴에 매달려 오열하면서 조수석으로 이끌려 갔다.

나는 그저 망연히 그들의 뒷모습을 지켜봤다.

"너는 우리에게만 죄가 있고 너희들에게는 없다고 생각해?"

"나는……."

"만약 죄가 있다면 우리는 모두 그 죄의 보호를 받고 있어." 짐칸에 오르기 전에 푸른 눈의 남자가 그렇게 말했다. "신은 죄로 이 세상의 죄를 정화하려 하시지."

강한 전류 같은 게 내 안을 관통했다.

"잠깐만! 그…… 지금 한 말은 누구에게 들은 겁니까?"

바닥에서 벌떡 일어나며 소리쳤다. 그러나 푸른 눈의 남자는 어깨 너머를 힐끔 돌아봤을 뿐, 아무 대답도 하지 않았다. 흙먼지를 일으키며 사라지는 하얀 픽업트럭이 보이지 않을 때까지 나는 넋을 놓고 있었다.

머리 위의 제트코스터 레일이 삐걱거려 마침내 제정신을 차렸다. 황폐해진 거대한 유원지에 혼자 남겨지자 너무나 비참했고 한심한 존재처럼 느껴졌다. 너무나 더럽고 처참하게 망가졌어도 유원지는 그래도 뭔가를 가지고 있는 듯했다. 회전목마와 빙글빙글 도는 커피잔, 공중에서 회전하는 그네와 카트 경주장. 유원지는 모든 게 완전히 죽어버렸는데 즐거운 게 잔뜩 있는 척하고 있었다. 그것은 신앙과 비슷했다. 어쩌면? 하고 마음 깊은 곳에서 생각했다. 성경도 우리를 이끌어주지 못할지 모른다. 그런 척할 뿐일지도 모른다.

나는 당황해 우왕좌왕하다가 일단 자동차 시동을 걸어보기로 했다. 습격자들이 왜 차를 빼앗아 가지 않았는지 그다지 의문스럽지 않았다. 엔진은 걸렸으나 앞 범퍼가 푹 찌그러졌고 보닛이 솟았고 앞바퀴 하나는 펑크가 나있었다. 트렁크에서 스페어타이어를 꺼내려 했을 때, 그들이 모든 걸 가져간 게 아님을 깨달았다. 통조림 몇 개와 물, 발연통과 약간의 휘발유가 남아있었다.

익숙하지 않은 타이어 교체에 애를 먹으며 간신히 일을 마치고 운전석에 탔다. 시트와 핸들에 묻은 피 위로 먼지가 잔뜩 쌓여있었다.

차를 움직이자 남아있던 유리 파편이 바사삭 떨어졌다. 액셀을 밟다가 퍼뜩 정신을 차리고 브레이크를 밟았다. 나는 차에서 내려 주위를 살펴보다, 권총을 발견하고 내 권총집에 꽂았다. 운전석으로 돌아와 소리 내어 울부짖고 싶은 마음과 싸웠다. 길을 검색하자 (디스플레이는 아무런 흠집도 나지 않았다. 하느님, 감사합니다!) 가장 가까운 백성서파 교회보다 빌리 그레이엄 도서관이 더 가까웠다. 내가 받은 정신적 충격과 무엇보다 휘발유의 양을 생각하면 여기서는 일단 교회에 몸을 의탁하는 게 좋을지 모른다. 그러나 내 머릿속에는 남자의 마지막 말이 가시처럼 걸려있었다.

죄가 죄를 정화한다.

그 말은 싱싱 교도소에서 너새니얼 헤일런이 랜디 프로이딘버그를 구조했을 때 한 말이다. 너새니얼 헤일런과 함께 행동하는 미치광이 대니 레번워스는 빌리 그레이엄 도서관에 들렀다. 나는 망설임 끝에 기어를 드라이브로 바꾸고 서쪽을 향해 달리기 시작했다.

그리고 이 책을 쓰기 시작하기 전까지는 완전히 잊고 있었다. 그 말은 너새니얼 헤일런이 아니라 원래는 대니 레번워스의 입에서 나왔다는 사실을 알았음에도, 그때 나는 랜디 프로이딘버그와 똑같은 착각을 했을 만큼 블랙라이더 전설에 빠져있었다. 이후 너새니얼 헤일런은 이 세계에서 그 존재감을 키워갔다.

조명 속에서 샬럿 더글러스 국제공항은 거의 크레이터*로 변해있었다.

---

* 화산 폭발이나 운석 충돌, 핵폭발 등으로 천체 표면에 생기는 거대한 구덩이.

꺾인 관제탑이 타르처럼 녹아 흘러내렸다. 넓기만 한 활주로에 쓰레기처럼 비행기가 흩어져 있고 옆으로 쓰러진 작업 차량과 사람의 형태를 한 무덤이 점점이 떨어져 있었다. 흩어진 비행기의 잔해가 도로를 막고 있어서 서행 운전해야만 했다. 이 도로 끝에 생존자가 있음은 틀림없었다. 주의 깊이 관찰하자 잔해들 사이로 만들어진 샛길을 발견할 수 있었다.

내비게이션의 지시에 따라 차를 운전했다. 내비게이션 속의 세계는 아직 소멸하지 않아서 기계 음성이 이미 지상에서 사라진 도로와 건물을 지표 삼아 안내했다. 전방 200미터 앞 교차로에서 우회전하세요. 전방에 펼쳐져 있는 풍경은 망막한 황무지였다. 도로는 명백히 사람에 의해 길 옆으로 치워진 장애물들로 조금씩 넓어져 있었다. 더 나아가자, 폐차와 잔해를 이용해 만든 바리케이드가 나타났다.

브레이크를 밟아 차를 세웠다.

얼어붙을 듯 추운 날이었고, 해가 떨어지면 더 추워질 것이다. 손발의 감각이 거의 없었다. 깨진 앞 유리창으로 날아드는 눈에 내 몸은 반쯤 파묻힌 상태였다. 얼굴에는 피가 말라붙어 있고, 머리는 무거워 제대로 사고할 수 없었다. 그래도 차를 운전해 더 나아가면 공격당할지 모른다는 사실 정도는 알 수 있었다. 바리케이드가 있으면 그 너머에는 틀림없이 중화기가 기다리고 있을 것이다. 그렇다고 차에서 내려 걸어갈 정도로 대담하지는 못했다. 바리케이드 너머로 검은 숲이 보였다.

그리 오래 고민할 필요는 없었다. 어둠 속에서 투광기가 켜지더니, 눈부신 광선이 차 안으로 들어왔다. 나는 반사적으로 손을 들어 빛을 가렸다.

"시동을 꺼! 손을 들고 나와!"

확성기 소리가 들려왔다. 그 목소리가 귓속에서 왕왕 울려서 급히 달려오는 발소리는 전혀 듣지 못했다. 눈을 깜빡이는 사이에 기관단총을 든 검은 형체에 둘러싸였다.

"손을 들고 나와!" 남자들이 저마다 호통쳤다. "천천히! 천천히 움직여!"

시키는 대로 했다. 몸 안을 날카롭게 쿡쿡 찌르는 듯한 공포를 느꼈으나 그와 동시에 안도했다. 만약 그들이 나를 잡아먹으려 했다면 이런 절차를 밟진 않았으리라. 유원지에서의 습격자처럼 일단 쏘고 시작했을 것이다.

"나는 백성서파 사람입니다." 양손을 들고 공격적인 빛에 고개를 돌린 채 목소리를 높였다. "우리 교회에서 연락이 왔을 겁니다."

남자들은 내 몸을 거칠게 뒤져 품속의 권총을 빼앗아 갔다. 그리고 총구를 들이댄 채 숨을 죽이고 기다렸다. 나는 양손을 든 채 서있었다. 투광기의 빛은 내 몸뿐만 아니라 정신까지 비추듯 뜨겁고 눈부셨다.

"그를 안으로 들여보내." 얼마 후 확성기의 목소리가 명령했다.

높은 담장에 둘러싸인 부지 안도 바깥 못지않게 파괴되어 있었는데, 산책로와 가로수의 경계에 있는 도서관만은 아무런 상흔이 없었다. 도서관은 돌 토대 위에 올린 고즈넉한 목조 건물로, 복음파의 십자가 중심주의를 강조하듯 정면 벽 가득 십자가 형태의 채광창이 나있었다.

거구의 50대 남자가 맞아주었다. 패딩 아래 옷을 여러 겹 껴입었는지 몸이 투실투실했다. 가슴에 커다란 금 십자가를 걸고 있었다. 나를 안내해 준 남자들은 그에게 상황을 보고하고 삼삼오오 흩어졌다.

도서관 안은 살벌했고 인기척도 온기도 전혀 없었다. 책을 읽기 위한 단말기는 한 대도 보이지 않았고, 썩어버린 설교단 앞에 파이프 의자 여러 개가 흩어져 있을 뿐이었다. 어두컴컴한 가운데 십자가의 채광창이 담담하면서도 엄숙하게 떠올라 있었다.

"마일스 나카무라입니다. 목사입니다." 텅 빈 도서관에 그의 목소리가 울렸다.

"네이선 발라드입니다."

"실내도 춥죠?"

"솔직히 그러네요."

"이곳은 너무 넓어 불을 피우기에는 아깝습니다. 연료도 한정되어 있어서요." 나는 고개를 끄덕였다. "자. 대니 레번워스 건으로 오셨죠?"

촛불을 든 나카무라 목사가 다가와 따뜻한 미소를 지으며 손을 내밀었다.

"네. 이쪽에 왔었다는 정보를 들었습니다." 그의 차갑고 단단한 손을 잡았다.

"당신은 어디서 오셨나요?"

"뉴욕입니다."

"아니, 이게 무슨! 정말 멀리서 오시느라 고생하셨습니다. 보기에 배가 고프신 듯한데 어떠신가요? 하긴, 요즘 세상에 배가 안 고픈 사람은 없겠지만. 하하하!" 어떻게 반응해야 할지 판단이 서질 않았다. "최대한 웃으려 노력하고 있습니다. 배가 고파지면 일단 얼굴에서 웃음기가 사라지죠? 얼굴에 표정이 사라지면 마음도 점점 무표정해지죠. 텅 비고 맙니다. 그러나 마음이란 늘 올바른 것으로 꽉 채워두지 않으면 바로 나쁜 것으로 채워진답니다. 그래서 저는 웃습니다."

촛불 빛 속에서 그는 한쪽 눈을 찡긋하며 말했다.

"그러면 또 배가 고파지기는 하죠. 하하하!" 방금 만났을 뿐이지만 이 남자에게서 호감을 느끼지 않을 수 없었다.

나카무라 목사는 나를 도서관 안쪽의 조그만 방으로 안내했다. 그곳에는 난로가 있어 불꽃이 조용히 타오르고 있었다. 작은 테이블 위, 거친 도기 접시에 건빵과 찐 감자가 덜렁 놓여있었고 머그잔에는 뜨거운 물이 들어있었다. 그의 권유에 따라 첫 끼니를 먹었다.

"우리 밭에서 캔 감자입니다." 그는 테이블에 촛불 접시를 놓고 내 건너편 의자에 앉았다. "이 건물 지하실에서 콩과 싹 채소, 양배추를 수경재배하고 있습니다. 여기 오기 전에 공항이 있었죠? 그곳 활주로 밑에서 물이 나옵니다."

나는 음식을 씹으면서 고개를 끄덕였다.

"6·16 이후 많은 피난민이 이 도서관에 모여들었습니다. 제일 많았을 때는 수천 명까지 불어났죠. 그게 불과 2년 만에 몇백 명으로 줄었고 지금은 100명도 안 됩니다."

"굶어 죽었나요?"

"그것만이 아닙니다." 탄식을 섞어가며 이야기가 이어졌다. "캔디선 안은 어떻습니까?"

"정부 배급이 이루어지고 있으나 물론 충분하지는 않습니다. 약탈과 폭행……. 아사하는 사람도 나오고 있죠."

"여기에 있던 많은 사람이 캔디선을 넘으려고 이곳을 떠났습니다. 이후의 소식은 모릅니다. 하지만 가령 운 좋게 캔디선을 넘었다 쳐도……."

"네. 배급받지는 못했을 겁니다." 나는 따뜻한 물로 목을 적시고 말했다. "배급받으려면 구세계의 신분증이 필요하니까요. 게다가 단속도 강화되었죠. 군이 24시간 감시하고 있고 야간에는 외출이 금지됩니다. 신분증 제시를 요구받았는데 그에 응하지 않으면 그 자리에서 사살됩니다."

"남쪽으로 향한 사람도 있습니다. 맞아요. 멕시코죠. 시에라

네바다산맥은 화산 활동이 활발해 기후도 이곳보다 훨씬 따뜻하다는 소문이 돌았습니다. 거짓말인지 사실인지, 지열로 채소를 키운다고도 하고. 게다가 텍사스주에서 멕시코까지 걸친 지역에서는 말들도 상당히 살아있다고 하고요. 그곳에서는 경제가 말을 중심으로 움직이고 있답니다. 말이 모든 상품의 가치 기준이 되었다고. 지금 있는 셰일가스가 고갈되면 우리의 이동 수단은 다시 서부 개척 시대처럼 말이 담당할지도 모릅니다. 고기도 얻을 수 있고요. 농장에서 도망쳐 야생화된 말도 많아서 강인한 사람들은 그런 야생말을 쫓아 나갔습니다."

"골드러시 못지않은 호스러시네요."

내가 식사를 마치자 나카무라 목사는 촛불을 불어 껐다.

어둠의 밀도가 높아져, 단 하나의 촛불이 만들어낼 수 있는 어둠의 분량에 새삼 놀랐다. 내가 촛불을 끄고 침대에 들어가면 마리앤은 늘 불안에 떨며 몸을 기대왔다.

'무서워.'

아내는 낮은 목소리로 속삭였다. 어둠에 숨은 누군가가 들으면 안 되는 이야기인 듯.

'어둠이 몸속으로 들어올 것 같아서 무서워.'

난롯불에 우리 그림자가 길게 벽에 드리워졌다.

"나이 든 키 작은 남자가 그 유명한 대니 레번워스라고 생각하지 못했습니다." 나는 주머니에서 수첩과 펜을 꺼내 이야기를 들을 준비를 마쳤다. "반년 전쯤에 그들은 이곳을 지나쳤습니다."

목사의 눈은 깊은 그림자에 잠겼다.

"대니 레번워스와 한 청년이었죠. 살짝 사시기가 있는데 단정한 이목구비의 청년이었습니다. 나중에 알았는데 그건 사시가 아니라 VB 의안 수술의 후유증이라더군요. 그들은 개 한 마리를 데리고 왔어요. 앞다리 하나가 없는 셰퍼드였습니다."

나는 수첩에 날짜를 적고 '잘생긴 청년=너새니얼 헤일런?', '사시=VB?', '다리 세 개의 셰퍼드'라고 휘갈겨 적었다.

"그들은 적에게 공격받은 우리 동료를 구해주었습니다."

"적이요?" 되묻는 동안 유원지에서의 습격이 뇌리를 스쳤다. "사람을 잡아먹는 사람들입니까?"

"그럴지도 모르죠." 나카무라 목사의 눈이 어둠 속에서 묵직하게 꿈틀댔다. 마치 진흙탕에서 몸을 뒤집는 물고기처럼. 그는 테이블 위에서 손깍지를 꼈다. "그때 당시에 다른 그룹이 공항의 물터를 점거했습니다. 소수의 유랑자였는데 원래는 군인이 아니었을까요? 우리에게 물과 식량의 교환을 요구했습니다. 그런 까닭에 우리 식량은 바닥이 드러났고 아사하는 사람이 속출했습니다. 우리 동료는 여러 번 물을 훔치러 갔는데 들켜서 살해당했습니다. 우리도 필사적이었으나 적도 마찬가지였습니다. 당연하죠. 양쪽 다 목숨을 건 투쟁이었으니까요. 대니 레번워스가……. 아니, 정확하게 말하면 그 청년이 적에 쫓기던 우리 동료를 구해줬습니다. 그는 커넥팅건(이하 C건)을 가지고 있었습니다."

　C건은 VB 의안과 연동되는 권총이다. 이 권총을 사용하려면 뉴럴 네트워크에서 무료로 다운로드할 수 있는 어썰티드X를 설치해야 한다. 6·16 이전에 귀도 앨런은 이 앱을 이용해 너새니얼 헤일런을 두들겨 패고 반쯤 재미로 오토바이 엔진을 파괴했다. 어썰티드X는 위기를 감지하면 망막에 적의 좌표를 표시한다. 적의 움직임을 예상해 적의 무기를 분석하고 탄도까지 예측한다. C건은 이들 정보를 읽어내 십자선을 망막에 투영한다. 그다음, 총구를 십자선에 맞춰 방아쇠를 당기기만 하면 80퍼센트 이상의 정확도로 적을 쏠 수 있다고 알려져 있다.

　"청년은 세 발의 총알로 적 세 명을 쓰러뜨렸답니다. 그 자리에 있던 사람의 말로는 별다른 조작 없이 쏜 것처럼 보였다고 합니다. 세 발 모두 한 치의 어긋남도 없이 적의 이마에 명중했다고⋯⋯. C건 덕분인 것을 알고 있어도, 역시 신처럼 느껴졌다고 하더군요. 저도 그 청년에게서 신성한 인상을 받았습니다. 그런 인상을 받은 이유는 그가 모두에게 식량을 나눠줬기 때문일지 모릅니다. 그는 자신이 가지고 있던 건빵과 물, 얼마 안 되는 육포를 모두에게 나눠줬습니다. 이건 분명 사실입니다. 그들은 딱 하룻밤 이곳에 머물렀는데 그때 짐을 확인했습니다. 정말 콩 한 알도 남기지 않았죠. 곰팡이 핀 개 사료가 조금 있었을 뿐입니다. 누군가 청년에게 사람이 사람을 먹는 문제에 관해 물었습니다. 그에게는 마치 그 질문의 답을 가지고 있는 것 같은 분위기가 있었죠."

"그래서 그가 뭐라고 했나요?"

"아무 말도 하지 않았어요. 그러나 나이 든 쪽이, 그러니까 대니 레번워스가 이렇게 말했습니다. '먹어도 된다. 그러나 한 사람을 먹었다면 열 명을 위해 헌신하라. 그리고 자기 차례가 오면 감사하며 먹혀라.' 우리는 그의 진의를 헤아릴 수 없었습니다. 그러나 그의 정체가 그 유명한 레번워스 부부라는 사실을 알고, 우리는 몹시 놀람과 동시에 이해했습니다. 아니, 이해했다기보다 납득했다는 편이 적절하겠죠. 우리는 납득했습니다. 뱃속으로. 죄와 속죄, 이것이야말로 이 세계의 유일한 구원이 아닐까요? 사람은 모두 죄인입니다. 죄를 저지르는 존재는 모두 사람이니까요. 그러나 우리에게 언제나 보상의 기회가 주어지는 건 아닙니다. 그건 무서운 일이죠. 그러므로 만약 그 기회가 오면 피하지 말아야 한다……고. 어디까지나 제 개인적인 해석입니다. 대니 레번워스는 들었던 것처럼 미치광이의 모습이 아니었습니다. 적어도 제 눈에는 미친 사람처럼 보이지 않았습니다. 어쩌면 제가 미쳐버렸는지도 모르죠. 어쨌든 그들은 다음 날 이곳을 떠났습니다. 제가 말씀드릴 수 있는 건 여기까지입니다. 그 후 며칠 사이로 마치 그들을 따르기라도 하듯 우리 동료들이 이곳을 떠나기 시작했습니다. 제 추측이지만, 레번워스를 따라간 사람도 있을 겁니다."

'보상', '분배', '신성', '신자 획득?' 열쇠가 될법한 단어를 메모하면서 나는 낮의 습격자들을 떠올렸다. 그들은 나를 죽이지 않았을 뿐만 아니라 차와 식량까지 다 남겨두고 갔다. 게다가 푸른 눈의 남자가 사라질 때 던진 그 한마디—신은 죄로 이 세상의 죄를 정화하려 한다—는 그들도 너새니얼 헤일런에게, 아니 대니 레번워스에 감화된 걸까? 라는 생각이 들게 했다. 그래서 습격자들의 인상착의를 설명했으나 그들이 나카무라 목사의 옛 동료였다는 확증은 끝내 찾지 못했다.

난로 속에서 장작이 튀며 불꽃이 튀어 올랐다.

"백성서파가 대니 레번워스 같은 사람을 말살하려는 이유는 잘 압니다. 그는 구세계의 악마였으니까요. 그러고 보니 그의 영화…… 이름이 뭐였더라?"

"〈악마의 무전취식〉입니다."

"아, 맞아요! 그 영화에서 레번워스 부부를 연기한 월터 본드는 정말 대단했죠." 나카무라 목사가 말했다. "그러나 실제로 대니 레번워스는 전혀 그렇게 보이지 않더라고요. 하하하!"

매사추세츠주

조금 시간을 거슬러 6·16 직후로 날아가 보자.

솔직히 말해 완전히 파괴된 싱싱 교도소를 떠난 너새니얼 헤일런의 발자취는 거의 확인할 수 없었다. 몇 개의 장소가 점처럼 흩어져 있을 뿐이라, 나로서는 이 점들을 연결해 그의 행적을 가늠해 볼 수밖에 없었다.

그가 어떻게 매사추세츠주로 돌아왔는지는 모른다. 대중교통은 괴멸 상태였으나 타다 버린 차가 어디든 있었으니까 한 대쯤 슬쩍했을 수도 있다. 어쩌면 아직 달릴 수 있는 오토바이를 발견했을지도 모른다. 그러나 가장 그럴듯한 방법은 도보일 것이다. 빌리 그레이엄 도서관에서 목격되었을 때도 걷고 있었고 그 후 목격담에서도 마찬가지였다. 사람들은 그를 '블랙라이더'라 불렀는데 내가 아는 한 너새니얼 헤일런은 어떤 교통 수단도 이용하지 않고 오로지 자기 다리로만 걸었다.

그들이 일단 북상한 것만은 틀림없었다. 달력의 계절은 여름 이었으나 재가 쏟아지는 7월의 기온은 조금도 오르지 않았을 뿐만 아니라 오히려 떨어지기만 했다. 그는 매사추세츠주까지, 약 120킬로미터 거리를 대니 레번워스와 함께 걸었다. 그렇게 가정해 보자.

교도소 안에서 10센티미터 이상 키가 자란 너새니얼 헤일런 은 185센티미터의 아름다운 청년이 되었다. 마치 우드로 헤일 런이 사라지며 형에게 빼앗겼던 양분이 온몸에 퍼진 어린나무 같았다. 레번워스는 이따금 그런 너새니얼을 올려다보며 '어찌 저렇게 천진무구할까?'라고 생각했다. 그 유명한 전기에도 분 명히 적혀있듯, 인간의 영혼은 얼굴에 깃들어 있다고 믿는 레 번워스에게 너새니얼의 풍모는 분명 완벽했을 것이다.《레번워 스 부부》에 이런 구절이 있다.

사람을 죽일 때는 격렬한 갈등이 생긴다. 죽인 뒤에 그 고기 를 먹을 때면 더하다. 그것은 더러워진 영혼을 흙발로 짓밟는 일 같으므로. 우리는 일단 머리를 잘라낸다. 그러면 조금 전까 지 사체였던 게 갑자기 단순한 고깃덩이로 변한다. 우리를 바라 보는 공허한 눈이 사라지면 나도 아내도 기분이 좋아진다. 따라 서 인간의 영혼이 깃든 곳은 얼굴이다. 적어도 우리에게는 그렇다. 생각해 보면 우리가 사냥감을 물색할 때는 늘 얼굴로 골랐다. 얼굴이 마음에 들지 않은 인간을 습격한 적은 한 번도 없다. 물론 나와 아내의 취향은 갈린다. 그 탓에 싸울 때도 많았다. 우리 둘 다 마음에 든 얼굴은 거의 없었다. 늘 내가 마음에 들면 그녀가 싫어하고 그녀의 마음에 들면 내가 이해할 수 없었다. 어느 날, 린다가 내게 이렇게 말했다. "혹시 우리 둘 다 마음에 들어 하는 얼굴을 만나면 우리는 틀림없이 그 사람을 죽이지 못할 거야." 100퍼센트 동감이다.

타다 남은 빌딩, 부서진 동상, 소행성의 파편에 막힌 도로, 약탈한 물품을 쇼핑 카트에 싣는 짐승 같은 사람들을 조용히 지나치며 둘은 묵묵히 계속 걸었다.

헤아릴 수 없을 만큼의 죽음을 봤다. 너무나도 많은 죽음 앞에 오히려 살아있다는 사실에 위화감을 느낄 정도였다. 세계는 단말마의 몸부림을 치며 고통스러워했다. 깨진 도로 틈으로 뿜어져 나오는 물로 목을 축이고 거의 남아있지 않은 슈퍼마켓에서 식량을 조달했다. 쓰러진 민가에서 피클병을 찾아내고 기적적으로 멀쩡하게 남은 자판기를 파괴해 그 안의 과자를 탐했다.

"우리도 몸을 보호할 뭔가를 구해야 하지 않을까?" 미시즈 레번워스가 가리켰다. "저기 총포상이 있어."

가게는 엄청나게 어질러져 있었다. VB 의안 수술을 받지 않은 사람에게는 무용지물인 C건이 몇 개 남아있었다. 너새니얼은 팔꿈치로 깨진 유리를 내려치고 진열장에서 검은색 C건을 꺼냈다.

"초기화하지 않으면 사용할 수 없어."

너새니얼은 묵직한 C건을 점검하듯 총신의 창에 눈을 댔다.

"어떻게 하면 되는데?"

"안전장치를 풀고 그 창에 VB 의안 정보를 읽혀."

시키는 대로 왼눈을 창에 댔다. 파라미터가 몇 개 켜진 뒤 창에 나타난 빨간 십자선이 가로세로로 의안을 스캔했다. 머릿속에서 기동음이 울리고 이어서 망막에 준비 절차가 표시되었다. 가이드에 따라 정보를 입력했다. 알파벳 일람에 초점을 맞추기만 하면 입력되었다. 10분 정도 걸려, 준비 절차를 끝내자 시야가 두 번 정도 초록색으로 점멸한 후 돌아왔다. C건의 창에는 이 총의 주인이 '너새니얼 헤일런'임을 나타내는 패스워드가 나타났다 사라졌다.

"이제 네 눈과 총이 연결되었어. 느낌은 어때?"

"아무렇지도 않아. 총알도 있을까?" 너새니얼이 대답했다.

"저기에 몇 박스 남아있네." 탄창 캐치 기능을 눌러 그립에서 탄창을 뺐다. 거기에 9밀리미터 총알을 하나씩 넣고 남은 총알은 코트 주머니에 넣었다. "자, 이거."

그렇게 말하고 미시즈 레번워스는 오래전 카우보이가 허리에 둘렀을 가죽 총 벨트를 내밀었다. 당초무늬*가 새겨져 있었다. 너새니얼은 벨트를 허리에 차고 권총집에 권총을 꽂았다.

"그럴듯해 보이네. 총은 쏴봤어?" 고개를 저었다. "안에 사격장이 있는 것 같으니까 한번 쏴봐."

C건은 감각적으로 조작하도록 설계되어 있었다. VB 의안이 사람 형태의 표적을 인식하면 그 정보가 권총과 공유되어 망막에 십자선이 나타난다. 다음은 십자선의 목표물을 쏜다는 마음으로 방아쇠를 당기면 그만이었다.

처음에는 총성과 반동에 놀랐으나 익숙해지자 아주 쉬웠다. 탄창을 세 번 교체했을 때는 킬링존에 즉, 머리와 가슴 부위에 총알이 모여있었다.

"실력 좋네."

"생각보다 어렵지 않아."

너새니얼은 총알을 장전하고 쐈다. 총성이 작렬하면, 표적에 구멍이 생겼다. 곧 총의 반동에도 익숙해졌다.

"표적을 맞히는 것과 사람을 쏘는 건 전혀 달라. 잘할 수 있겠어?"

"글쎄……? 그때가 되어봐야 알겠지."

그 대답은 미시즈 레번워스를 만족시킨 듯했다.

"자, 오래 있어봤자 소용없어." 미시즈 레번워스는 너새니얼의 어깨를 두드렸다. 사격장을 떠나, 가게 출입구로 향하면서

* 덩굴이나 줄기가 꼬인 모양을 도안화한 무늬.

말했다. "위험은 언제나 갑자기 찾아오니까 어썰티드X가 반응하면 바로 쏴. 시야가 붉어지면 우리 상황이 안 좋다는 신호야."

"잘 아네."

"인정하고 싶지 않지만 오래 살았으니까."

첫 번째 시련은 바로 5초 뒤에 찾아왔다. 가게를 나오자마자 시야가 왼쪽으로 확 치우쳐졌다. 오른눈은 정면을 향한 채로 위협을 감지한 VB 의안만이 홀로 왼쪽으로 움직였다. 빨간 십자선이 나타나고 머리를 금색으로 물들인 흑인의 가슴에 멈췄다. 남자의 골격이 격자무늬에 잡히고 남자의 점퍼 안에 있는 권총이 초록색 선 위로 나타났다.

심장이 쿵 팽창했다. 흑인은 똑바로 이쪽을 향해 걸어왔다. 왼눈이 그에 반응했다. 그가 가까워질수록, 입으로 중얼중얼 웅얼대는 소리가 들렸다. 너새니얼은 왼손을 살짝 허리로 가져갔다. 남자는 걸음의 변화 없이 다가왔고 다가오면서 주머니 안의 권총을 움켜쥐었다. 의안의 공격 모듈이 경계 수준을 높이며 시야를 붉게 물들였다.

'너무 늦었어.'

직감했다. 지금 권총을 뽑아도 적이 더 빠르다. 가슴이 두방망이질 쳤다. 땀으로 흥건해진 손을 의식하면서 너새니얼은 남자에게서 눈을 떼지 않았다. 남자는 곁눈질로 너새니얼을 응시하며 그대로 지나쳤다. 남자가 잔해 너머로 사라지자 시야가 원래대로 돌아와 위협이 사라졌음을 알려주었다.

194

"왜 그래?"

"아무것도 아니야. 이제 가자." 막혔던 숨이 입에서 흘러나왔다.

하루 평균 20킬로미터를 걸어 너새니얼 헤일런이 매사추세츠주에 도착한 것은 싱싱 교도소를 떠난 지 꼬박 열흘 뒤였다. 그리고 자기가 살았던 마을까지 도착하는 데는 며칠이 더 소요되었다.

마을은 엄청나게 변해있었다고 할 정도도 아니었다.

도로에는 재가 쌓여있고 약탈당한 상점은 파괴되었으며 집도 몇 집 불타 무너져 내렸으나, 오는 길에 끊임없이 봤던 사체는 보지 못했다. 신호가 꺼진 교차로를 차가 조심스레 건너갔다. 주위는 한산해 성난 고함이 들리기는커녕 인기척마저 느껴지지 않았다. 마을 전체가 어떤 흉악하고 포악한 것으로부터 몸을 숨기고 있는 듯했다.

워싱턴 도로는 인기척이 전혀 느껴지지 않았다. 재가 바람을 타고 불어와 너새니얼은 고개를 돌리고 침을 뱉었고 대니 레번워스는 고개를 숙였다. 도로 옆의 버드나무가 무겁게 흔들리며 나뭇잎에 쌓인 재를 나방이 가루를 뿌리듯 털어냈다.

너새니얼은 걸으면서 바로 이 자리에서 로얄엔필드의 엔진이 부서졌던 것을 떠올렸을지 모른다. 그 분노를 우드로에게 풀었던 황혼을 모래를 씹는 기분으로 떠올렸을지 모른다. 어쩌면 아무것도 생각하지 않았을 수도 있다. 피로에 지쳐있었고 재는 기억 위에도 쌓여있었다.

둘은 천천히 걸어가 마침내 하얀 저택에 다다랐다. 그 붉은 지붕에는 재가 두껍게 층을 이루고 있고 넓은 부지를 둘러싼 날카로운 펜스는 여기저기 휘어있었으나, 고향집은 거의 원형을 보존하고 있었다. 개인 소유지의 차고에는 차가 없었다. 빨간 차도, 다른 차도. 대니 레번워스는 너새니얼의 작은 한숨을 알아차리고 물었다.

"아는 집이야?" 너새니얼은 집 2층에 튀어나온 아르누보 양식의 발코니를 바라보며 고개를 숙이고 가로저었다.

그러나 그때 다시 위협을 알아차린 왼눈이 그의 걸음을 멈추게 했다. 금발 흑인과 마주했던 경험을 통해 손이 저절로 쓱 허리로 올라갔다. C건을 빼자 십자선에 딱 조준이 맞았다. 십자선은 달려오는 남자의 이마에 가 닿았다.

"너트, 너트!" 라이플을 머리 위에서 마구 휘두르면서 남자가 너새니얼을 불렀다. "쏘지 마! 나야, 귀도!"

"……."

"너트, 살아있었구나!" 칼끝처럼 뾰족한 펜스에 매달린 귀도 앨런은 정말 오랜만에 사람을 본 듯 흥분했다. "다행이야. 정말 다행이다. 너도 그 상황을 이겨냈구나. 너트, 오랜만이야! 단박에 알아봤어. 키가 정말 많이 컸네. 그래, 맞아. 네가 체포되었을 때는 당황했어. 왜 한마디도 얘기해 주지 않았어? 초등학교 때는 같은 팀이었잖아? 우리 집에서 자주 놀았지? 도움이 됐을 수도 있었는데……. 젠장, 모든 게 엉망이 되었어. 그 빌어먹을 나이팅게일 소행성이 날아왔을 때 너는 교도소에 있었지? 그 말은 뉴욕도 지독하게 당한 거야?"

너새니얼은 총을 권총집에 다시 넣고 다시금 귀도 앨런을 봤다. 그 얼굴은 야위었고 수염이 뺨까지 수북하게 자라있었다. 목에 쌍안경을 걸고 있었다. 망막에 그가 매고 있는 라이플이 '333 레밍턴'이라고 표시되었다. 귀도 앨런의 움푹 팬 오른눈은 문제가 발생했는지, VB 의안이 타버린 듯 시커멓게 변해 있었다. 몸의 어디에도 무기로 보이는 것은 지니고 있지 않았다. 예전과 다름없이 랄프로렌 점퍼에 랄프로렌 체크 셔츠, 베이지색 치노 팬츠를 입고 있었다. 아마도 바지도 랄프로렌일 것이다.

너새니얼은 생각했다. 세계가 이렇게 되어버렸는데도, 랄프로렌은 여전히 이토록 사랑받고 있구나.

"그날, 우리는……. 나와 릭, 조지는 나이팅게일을 보러 나갔어." 귀도 앨런은 칼끝 같은 펜스를 양손에 쥐고 있었다. "릭 베케트와 조지 기니, 기억하지?"

너새니얼은 고개를 끄덕였다. 잊을 리 있겠나. 귀도 앨런의 부하 같은 놈들로 그 둘이 수없이 엔진을 땅에 던졌는데. 너새니얼은 자기도 모르게 주먹을 움켜쥐고 있었다.

"불덩어리가 밤하늘을 가득 덮었어. 이제 세상은 끝났다고 생각했는데 이 마을은 피해를 거의 입지 않았어. 살짝 김이 새더라. 하지만 곧 생활물자가 부족해졌고 약탈이 시작되었어. 다행히 우리 집에는 식량이 비축되어 있었지. 그것을 아껴 먹고 있으면 곧 구조대가 오리라고 생각했어. 그런데…… 그런데 말이야……. 바로 사흘 전 일이야. 그래, 겨우 사흘 전! 릭과 조지가 집에 와서 음식을 나눠달라고 청했어. 아버지는 거절했지. 당연하잖아? 그랬더니…… 그랬더니…… 녀석들…… 녀석들은, 아버지를 쐈어! 비명을 지르는 어머니도 쐈어. 그리고…… 그리고 내게 총을 겨누고 음식을 내놓으라고 했어. 내가 뭘 할 수 있겠어? 안 그래? 나는 개들을 식량 창고로 안내했어. 녀석들은 음식을 싹 가져갔어. 전부 다 말이야! 빌어먹을 릭 베케트와 조지 기니 새끼가! 나는 싸우려고 했어. 거짓말이 아니야. 하지만 무기도 없었고 VB 의안도 망가져서……. 녀석들은 내 차까지 훔쳐 갔어. 젠장. 그렇게 원했으면 줬을 거야. 그런 새끼들은 지옥에 떨어져라……. 저기, 너트, 혹시 먹을 것 좀 가지고 있어? 벌써 사흘째 아무것도 못 먹었어."

"먹을 거? 나보고 먹을 걸 달라는 거야?" 너새니얼은 입가를 일그러뜨렸다.

"너는…… 너는…… 정말 뛰어난 포인트가드였어." 얼굴을 벅벅 긁으면서 귀도 앨런은 매달렸다. "나는 늘 너를 동경했어. 몰랐어?"

"……."

"정말이야. 아니, 알아. 내가 나빴어. 개만도 못했지. 릭 베케트와 조지 기니 앞에서라 그렇게 행동할 수밖에 없었어. 내 맘 알지? 얕보일 수 없었으니까. 하지만…… 응? 부탁할게. 이대로 가면 굶어 죽을 거야."

"웃기고 있네!" 펜스를 발로 차자 귀도 앨런은 몸을 웅크리며 목덜미를 격렬하게 긁었다. "너, 네가 한 짓을 알기나 해? 너는 나의…… 내 소중한……."

엔진의 잔해가 눈앞에서 흔들렸고, 우드로를 때렸을 때의 통증이 주먹에 되살아나는 게 느껴졌다. 당장이라도 펜스를 뛰어넘어 귀도 앨런을 갈기갈기 찢어버리고 싶었다. 시야의 오른쪽 끝에 표시된 숫자가 쭉쭉 올라갔다. 그것이 자신의 심박수임을 알아차리지 못했다. 죽여버릴 테다. 묵직한 분노가 가슴을 쥐어짜 호흡이 흐트러졌다. 죽여버릴 테다.

그러나 귀도 앨런은 몸 여기저기를 벅벅 긁으면서 실실 웃었다.

"아이고, 참아! 그는 제정신이 아니야." 대니 레번워스가 붉게 물든 너새니얼의 귀에 속삭였다.

"아, 제기랄!" 귀도 앨런은 반사적으로 팔로 얼굴을 감쌌으나 너새니얼이 코트 주머니에서 과자를 꺼내자 눈을 희번덕거렸다. "이것밖에 없어."

그렇게 말하자마자 펜스 너머로 손이 뻗어 나왔다. 귀도 앨런은 초콜릿 바를 낚아채 포장지까지 먹을 기세로 먹기 시작했다. 과거의 천적은 작고 한심했고 입 주위는 끈적끈적한 초콜 릿으로 더러워졌다.

"귀도, 우리랑 같이 갈래?" 마치 음식을 돌려달라는 말을 들은 듯 귀도 앨런은 어깨로 과자를 숨기면서 서둘러 입에 쑤셔 넣었다. "여기까지 오는 길에 봤는데 바로 구조대가 오지는 못할 거야. 여기 있어봤자 상황은 더 나빠질 뿐이야."

너새니얼이 말했다.

"아니야……. 나는 아무 데도 가지 않아." 귀도 앨런은 고통스럽게 목울대를 오르내리며 음식을 삼켰다.

"하지만……."

"음……. 밖에는 릭과 조지 같은 녀석들이 우글거려. 집에 있는 게 안전해. 너는 집에 들어오게 할 수 있는데 이 녀석은 안 돼." 귀도 앨런은 대니 레번워스를 힐끔힐끔 보며 말했다. "정체 모를 녀석을 집에 들여놓을 수는 없으니까. 하지만 너는 괜찮아."

"하지만 이제 음식이 없잖아?"

"안 돼. 나는 아무 데도 안 가." 귀도 앨런이 고개를 절레절레 흔들었다.

"귀도……."

등을 구부리고 광기가 난반사하는 눈을 번뜩이는 귀도 앨런의 모습은 발에 차인 들개 같았다. 함께 농구를 했을 때, 귀도 앨런의 러닝슛은 무척 아름다웠다. 속도를 전혀 줄이지 않으면서 다리 사이로 공을 통과시켜 제한구역으로 들어가 레이업슛을 성공시켰다. 키가 작았던 너새니얼에게 그 러닝슛은 《슬램덩크》만큼이나 빛나 보였다. 그래서 그처럼 되려고 노력했다. 너새니얼이 팀의 포인트가드로 선발된 뒤 귀도 앨런의 어머니가 코치였던 채닝 베넷에게 돈을 건네려다 들통이 났다. 베넷 코치는 의연하게 돈을 돌려주었고 덕분에 귀도는 팀을 떠나야 했다.

너새니얼이 스니커즈를 하나 더 꺼내자 귀도 앨런이 의심스러운 눈길을 던졌다. 그리고 조심스레 손을 뻗어 스니커즈를 낚아채 갔다.

"여기에 남아, 너트. 너 하나쯤은 어떻게 할 수 있을 거야. 하지만 이 녀석은 안 돼. 나쁘게 생각하지는 마. 모르는 녀석까지 돌볼 여유가 없어."

너새니얼은 고개를 젓고 대니 레번워스와 함께 워싱턴 도로를 걸어갔다. 딱 한 번 뒤를 돌아봤다. 커다란 묘지 같은 저택을 등지고 귀도 앨런은 여전히 이쪽을 보고 있었다. 크게 손을 흔들고 있었다. 이 녀석과는 정말 많은 일이 있었는데. 너새니얼은 생각했다. 이 녀석도 정말 힘들었구나.

둘은 가야 할 길을 갔다. 저택은 곧 보이지 않게 되었다.

단풍나무가 쓰러져 지붕이 무너져 있었다.

콘크리트 파편이 흩어져 있고 타이어 자국이 선명한 앞마당은 어젯밤부터 내린 비 때문에 젖어있었다.

재가 섞인 비는 벽에 검은 흔적을 남겼고 문 옆에 쓰러져 있는 카고 트레일러를 적시고 있었다. 자전거는 찾아볼 수 없었다. 그런 원시적인 물건을 원하는 사람은 없으리라고 생각했다. 부서진 초록색 카고 트레일러에는 검은 물이 고여있고 썩은 나뭇잎들이 달라붙어 있었다.

대니 레번워스는 아무 말 없이 문손잡이를 잡는 너새니얼 헤일런을 바라봤다. 잠겨있을지도 몰랐다. 그러나 의외로 문은 쉽게 열렸다. 너새니얼은 잠시 망설인 후 집 안으로 사라졌다. 레번워스는 그대로 밖에서 비를 맞고 있었다.

굵은 가지가 지붕을 뚫고 들어와 썩은 나뭇잎들이 집 안 가득 흩어져 있었다. 시든 가지에 꺾인 들보가 기대어 있었다. 빗물은 들보를 타고 흘러 바닥을 썩게 했다. 카고 트레일러에서 분리된 자전거가 부엌과 거실 경계에 내던져져 있었다. 그날부터 내내 빈집으로 있던 것이다. 침실 창문으로 들어오는 옅은 빛이 복도까지 뻗어 나와 벽 위에서 흔들렸다.

세계가 사멸되어도 추억은 살아남는다. 그러나 그 추억은 더는 움직이지 않았고 태어난 장소에 사진처럼 붙박여 있다는 것을 깨닫고 너새니얼은 초연해졌다.

시간이 너새니얼의 뜻과 상관없이 제멋대로 되감겨져 갔다.

너무나 빠른 속도에 현기증이 났다. 시든 가지에 낙엽이 다시 붙더니, 푸르고 무성한 가지가 지붕에서 쑥 빠졌다. 그러자 곧 지붕의 구멍은 막히고 부러진 대들보가 퍼즐처럼 맞춰져 공중에 떠올라 지붕을 받쳤다. 낡은 소파가 거실 중앙에 나타났고, 로우라인비전이 브루클린 네츠의 경기를 틀어주고 있다. 후드 모자를 푹 눌러쓰고 입가에 퍼런 멍이 든 자신이 문을 열고 들어온다.

'우디, 약 제대로 먹었어?'

형은 영상을 안경에 비춘 채 대답하지 않는다. 하얀 알약을 담았던 접시는 비어있다.

자전거를 끌고 부엌으로 들어오자 무거운 흙냄새가 깨진 바닥을 타고 올라왔다. 벽 일부가 무너져 비가 새고 있다. 너새니얼은 인코그니토에 매달린 자신을 봤다. 그날 일어난 일을 스피크업에 올린다. 오토바이 부품을 찾고 있다가 귀도 앨런에게 얻어맞았으나 괜찮다고 마이크에 녹음한다. 오늘은 내 오토바이에 맞는 진공식 기화기를 찾았으니까 됐다고……. 왼눈이 마음대로 움직였다.

"여기가 네 집이구나?" 너새니얼은 돌아보지 않았다. "살인자가 있던 곳에는 그때의 기억이 영원히 남아있지."

레번워스는 계속 말했다.

"어떤 사람에게 무엇이 제일 소중한지는 그 사람밖에 몰라. 나는 텅 빈 인간으로 보이는 걸 무엇보다 참을 수 없었어. 비었다고 생각될 바에야 살인자로 여겨지길 바랐어. 살인자가 되고 나서는 속이 텅 빈 살인자로 여겨질까 두려웠어. 그래서 다음

문을 열었지."

"당신은 왜 나를 먹으려고 하지 않아?"

"너는 신이니까."

"나는 신이 아니야." 부러진 대들보를 가리키며 말했다. "나는 이 대들보에 형을 매달았어. 그리고 엄마를 죽였어."

"너는 신이야."

"아니라고."

"너는 속죄하고 있지?"

"나는 살아남으려고 할 뿐이야."

"왜?"

"……."

"사는 데는 이유가 필요 없지만 죽는 데는 이유가 필요해. 대부분은 그래. 하지만 너는 반대 아나?" 대답이 궁했다. "이유도 없이 살아남으려 하는 것일 뿐이라면, 굶어 죽어가는 사람에게 음식을 나눠줄 필요는 없어. 왜 다른 사람을 구하지? 뭔가가 너를 그렇게 하게 했을 거야. 내가 이해하기로는 너는 다른 사람이 굶어 죽는 것보다 자신이 굶어 죽는 편을 택할 거야. 네가 그렇게 행동하는 이유는 죽은 가족 둘과 관련이 있을지 몰라. 어쩌면 전혀 관계없을지도 모르고. 어쨌든 이곳에 오기까지 너는 많은 사람을 구했어. 앞으로 더 많은 사람을 구하겠지. 그게 네가 사는 이유야."

레번워스가 말했다.

"죽을 배짱이 없을 뿐이야."

"죽음은 네게 너무 쉬운 일이겠지."

"그래서 내가 신이라고? 과감히 죽지 못해서?"

"너는 왜 나를 두려워하지 않지?" 너새니얼은 어깨 너머를 돌아봤다. "내가 누군지 알지? 그런데 왜 내가 너와 동행하는 걸 허락했어? 언제 너를 잡아먹을지도 모르는 괴물을 왜 두려워하지 않아? 그것은 네가 이미 자신의 존재를 파악하고 있기 때문이야. 싱싱 교도소에 있을 때는 막연한 예감만 들었어. 내가 네게 처음 말 걸었을 때 기억해? 너는 덩치가 큰 흑인들과 농구를 하고 있었어. 네 롱슛은 정말 아름다웠지. 너무 백발백중이라 상대가 화가 나 너를 때려눕혔잖아. 너는 얻어맞고 게임에서 빠져 벽에 기대어 있었어. '복수하지 않으면 안 돼.' 나는 네게 그렇게 충고했어. '한 번 얕보이면 이곳 생활은 아주 힘들어져.' 그러자 너는 이렇게 대답했어. '설사 산 채로 잡아먹히더라도 지금보다 힘들지 않을 거야.' 만약 그대로 세계가 계속되었다면 나는 네게 환멸을 느꼈을지 몰라. 하지만 너는 이 새로운 세계에서 그때의 말을 증명하고 있어. 나이팅게일 소행성조차 네 말을 흔들 수 없었어. 자신의 존재를 파악하는 방법은 얼마든지 있어. 너는 정반대의 방법을 취할 수도 있었어. 너는 그 귀도라는 남자에게 베푸는 대신 죽일 수도 있었어. 그것이 어떤 의미인지 알아? 너는 너만의 방식으로 세계를 부정하고 있는 거야. 자신의 존재까지 포함한 세계를 말이야. 그런 존재를 나는 신이라 불러."

빗소리가 점점 커졌다. *나 배고파.* 귀에 들러붙은 우드로의 목소리가 조금씩 작아지는 듯했다. 만약 내가 신이라면. 빗소리를 들으면서 멍하니 생각했다. 우디, 나는 일단 너를 다시 살릴 거야.

"당신은 왜 더는 사람을 먹으려 하지 않아?" 질문을 던졌다.

"이제는 의미가 없으니까." 모습을 드러낸 미시즈 레번워스가 대답했다. "대니는 말이야, 이런 세계에서 사람을 먹어도 그것은 말이 사료를 먹는 거나 마찬가지임을 증명할 뿐이라고 생각해. 아니, 그보다 그런 짓을 하면 모두에게 그냥 텅 빈 존재로 여겨질 거야. 하지만 내가 사람을 먹지 않는 건 너를 좋아하기 때문이야. 네가 먹는다면 나도 먹을 거야. 나는 그런 여자니까……. 앗! 하지만 이 말은 대니에게는 비밀이야. 그가 엄청나게 질투할 테니까."

너새니얼은 바닥의 구멍을 넘어 부엌 뒷문에 손을 가져다 댔다. 손잡이를 돌려 밀자 경첩이 부서진 문이 그대로 쿵 쓰러졌다.

뒷마당의 웃자란 잡초 속에 녹슨 오토바이가 쓰러져 있었다. 썩은 낙엽이 달라붙어 있고 타이어가 빠졌으며 움푹 팬 기름 탱크에는 물이 고여있었다. 그것을 보고 있자니 가슴에 커다란 구멍이 생긴 듯 숨쉬기 힘들어졌다. 완전히 비워냈다고 생각했는데 내 안에는 아직도 이토록 많은 미련이 남아있구나. 그리고 아주 천천히 깨달았다. 그렇구나, 그래서 나는 아직 살아있구나. 우디와 약속한 장소로 가기 위해.

오래전 로얄엔필드가 상징한 모든 것이 눈앞에 참혹하게 펼쳐져 있었다. 그런데도 기묘하게 슬프지 않았다. 상징이길 포기한 오토바이는 마치 오래전에 발간되어 완전히 시간을 초월해 버린 공상과학소설처럼 공허하고 색이 바래있었다.

너새니얼은 다시 걷기 시작했다. 그 걸음은 힘이 넘쳐 과거로부터 멀어진다기보다 과거에는 선택하지 못했던 길을 한 걸음씩 걸어 나가는 듯했다.

회색 비가 보슬보슬 내리는 가운데 그는 바비 로스의 고철상으로 향했다. 부지를 보호하듯 쌓여있던 폐품의 벽은 대부분 무너져 있었다. 마지막으로 이곳을 방문했을 때는 없었던 균열이 땅에 높이 1미터 정도의 단층을 만들고 있었다. 단층에서 뛰어내린 너새니얼은 미시즈 레번워스에게 손을 내밀었다.

"좀 춥네." 너새니얼은 비에 젖은 고철들을 둘러봤다.

보닛이 일그러진 폐차, 깨진 옴니홀로비전 모니터, 낡은 선풍기, 아직 쓸 수 있을 듯한 에어컨, 프레임이 구부러진 자전거. 고철들에서는 예전의 비장함이나 허무함이 상대적으로 옅어져 있었다. 세계는 6·16 후에 나온 쓰레기 같았다. 신은 6월 16일에 대청소를 단행하고 불필요해진 세계를 카고 트레일러에 쌓아 여기까지 끌고 왔다. 이곳에서 바비 로스는 평소처럼 돈을 빼려고 했을까? "잠깐만!" 신이 항의했다. "그 라디에이터 빼고는 다 스테인리스라고!" 고철들이 이거 보란 듯 말하는 듯했다. 지금 세계가 우리를 따라왔다고, 바비 로스의 고철상은 모든 존재가 도달한 진리라고.

부지 안은 무너진 고철 더미가 길을 막고 있었다. 너새니얼과 미시즈 레번워스는 고철들을 피하고 뛰어넘으며 판잣집 현관에 섰다. 무너진 고철이 벽을 부수고 집 안까지 들어가 있었다.

"바비?" 대답을 기대했던 건 아니다. 정적 속에 너새니얼의 탄식이 녹아들었다. 여러 번 불렀으나, 그때마다 마음이 이곳에서 멀어졌다. "갈까? 이제 이곳에 볼일은 없어."

고개를 돌려 말했다.

"하지만 뭔가 입을 게 있을지도 몰라."

판잣집의 문이 쓱 열린 것은 그때였다.

왼눈이 전혀 반응하지 않은 것에 의아해하며 너새니얼은 반사적으로 총을 뽑았다. 하지만 총구가 향한 곳에는 아무것도 없었다. 문이 천천히 바람에 흔들릴 뿐이었다. 미시즈 레번워스가 작은 비명을 질렀다. 다리가 세 개밖에 없는 개가 변칙적인 리듬으로 짖으며 달려왔다.

"칼!" 너새니얼은 칼 하인츠의 거대한 몸을 안으며 예전처럼 양손으로 머리를 감싸안았다. "아이고, 착하다……. 살아있었구나, 파트너."

개의 몸이 놀랄 만큼 가벼워져 있었으나 열심히 너새니얼의 뺨과 손을 핥는 혀는 촉촉했다.

"칼, 바비는 어때?"

그러자 개는 컹컹 짖으며 이쪽으로 오라는 듯 판잣집 안으로 돌아갔다. 너새니얼과 레번워스는 서로의 얼굴을 바라봤다.

바람조차 옮기지 못한 부패한 냄새 속에서 바비 로스는 엎드린 채 쓰러져 있었다. 죽은 지 며칠이 지난 듯 사지는 이미 굳어있었다. 그 바로 옆까지 고철이 밀려 들어와 있었다. 살펴보니 몸에 별다른 외상은 없었다.

"그렇다면 심장이었겠네. 아니면 뇌거나." 미시즈 레번워스가 말했다.

너새니얼은 문 옆에 차곡차곡 쌓인 개 사료 봉투를 봤다. 아마도 6·16에 대비해 바비 로스가 칼 하인츠를 위해 준비했을 것이다. 칼 하인츠가 뜯어놓은 봉투에서 건사료가 바닥에 흘러나와 있었다. 바로 옆에 라이플이 놓여있었다.

"어이, 파트너. 너, 여기서 줄곧 주인을 지켰구나. 응?"

너새니얼은 개의 머리에 손을 얹었다. 바닥에 엎드린 하인츠는 하나밖에 없는 앞다리에 턱을 올리고 있었다.

'뭐, 그런 건가요? 그가 제게 친절을 베풀었으니까요.'

하인츠가 흘긋 눈을 들었다. 그 눈이 너새니얼을 그날로 되돌려 놓았다.

가랑눈이 흩날리는 추운 날이었다. 바비의 부탁으로 이 녀석에게 먹이를 주러 왔었다. 그 뒤에 몸이 좋지 않아 집으로 돌아갔다. 침대에 누워 자는데 거실에서 이상한 소리가 났다. 어머니가 우디를 매달고 있었다. 정신없이 어머니에게 몸을 던졌다. 우디가 천장에서 떨어져 토했다. *이 애는 늘 배가 고프니까.* 어머니가 그렇게 말했다. 우디가 어머니의 라자냐를 먹고 싶다고 했다고 말했다.

"칼, 다행이야. 먹이가 잘 준비되어 있어서." 눈을 깜빡이며 개의 머리를 쓰다듬어 주었다. "너는 강한 개야……. 그날도 내가 똑같이 말했지? 기억해, 파트너? 너는 내 형처럼 강한 개야."

너새니얼이 개를 꼭 안았는데도 개는 전혀 답답해하지 않고 얌전히 그 커다란 몸을 그에게 맡겼다. 대니 레번워스는 집 안으로 들어가 옷들을 뒤졌다.

눈은 그로부터 꼬박 한 달을 더 내렸고 이후 기온이 단숨에 20도나 떨어졌다.

폐허의 마을

    빌리 그레이엄 도서관에서 하룻밤 선잠을 잔 후 그들은 서쪽으로 향했다. 온난한 기후를 원했다면 남하했을 텐데 그들은 서쪽으로 향했다. 어떤 목적이 있었는지는 모른다. 두 명의 사람과 한 마리의 개는 테네시주, 아칸소주를 거쳐 오클라호마주로 들어갔다. 그곳에서 일단 남쪽으로 진로를 틀어 텍사스주로 들어갔다. 다음은 마치 어떤 큰 의지에 이끌리듯 뉴멕시코주로 돌진했다.

    랜디 프로이딘버그를 잃은 나는 사우스캐롤라이나주로 들어가자마자 록 힐 교회에서 다음 히트맨과 합류했다. 그는 빌 개럿이라는 이름의 백인으로 꼼꼼하게 손질한 라이플을 가지고 있었다. 바리톤 같은 저음의 소유자로 늘 불쾌한 듯 미간을 찌푸리고 있었으나 보기보다 밝고 이야기하기를 좋아하는 남자였다. 랜디 프로이딘버그처럼 쓸쓸한 분위기는 없었고 옷 취향도 아웃도어 스타일인 듯 노스페이스 패딩을 입고 있었다. 나보다 네 살 많은 스물아홉 살로, 6·16 이전에는 경찰관이었고 뛰어난 사격 실력을 지니고 있었다. 그는 내가 교회에 준비해 달라고 부탁한 녹음기를 가지고 왔다.

"뭘 녹음할 건데?"

"대니 레번워스에 관한 증언을 기록해 둘까 해서요."

"책으로 쓰려고?"

"개인 기록용이에요. 뉴욕으로 돌아가면 아내에게 들려줄 수도 있고요." 나는 애매하게 얼버무렸다.

"부인과 연락은?"

"요즘 전력 사정으로는 예전처럼 스피크업을 사용할 수 없어서요."

"그야 그렇지. 그런 일로 끙끙대 봤자 소용없어." 빌 개릿은 내 등을 탁 때렸다.

우리는 자동차를 수리해 주간고속도로 77호선을 남하했다. 일단 녹음기를 시험해 봤다. 녹음 버튼을 누르자 작은 파일럿 램프가 켜졌다.

"아, 오늘은 2176년 3월 28일. 내가 뉴욕을 떠난 지 벌써 4개월이 지나고 있다. 오늘도 재가 섞인 눈이 하루…… 아, 거의 끊임없이 내리고 있는데 나와 새로운 파트너 빌 개릿은 이제부터 남쪽으로 내려가며 대니 레번워스를 추적할 계획이다…….
이상." 녹음을 멈추고 재생하자 조금 과장된 내 목소리가 흘러
나왔다. 정지 버튼을 누르고 운전하는 빌 개럿에게 물었다. "경
찰이었으면 당신도 VB 의안을 넣었나요?"

"응. 오른눈에."

"6·16 이후에도 기능하나요? 무핸더스 나이두의 보고에 따
라 마크 더모트럴이 VB 의안 수술을 금지했잖아요." 질문을 더
던졌다.

"마크 더모트럴? 소행성 파편이 백악관을 직접 강타했을 때,
그 녀석이 뭐라고 한 줄 알아? 녀석은 지하 방공호에 있었는데
흥분하며 비서에게 이렇게 말했다고 해. '이걸로 주가가 하락
하면 젠장 또 공화당에 패배하겠지.'라고 말이야."

"세 친구와 사고사로 함께 천국에 갔다는 말은요?"

"아니, 그건 잘 모르겠는데."

"그들은 천국 오리엔테이션에서 천사에게 이렇게 물었대
요. '죽은 뒤 우리 가족과 친구들은 우리에 관해 뭐라고 하던가
요?' 첫 번째 사람이 말했어요. '좋은 아버지이자 좋은 남편이
었다는 말을 듣고 싶네요.' 두 번째 사람이 말했어요. '훌륭한
의사로 많은 생명을 구했다는 말을 듣고 싶어요.' 세 번째 사람
이 말했어요. '나는 이런 말을 듣고 싶어. 봐, 지금 움직였어. 아
직 살아있잖아!'" 빌 개럿은 소리 내어 웃었다. 그리고 진지한
표정으로 돌아와 말했다.

"내 의안은 다행히 아직 기능하고 있어." 나는 고개를 끄덕였다. "옛날 동료 대다수가 실명했는데 말이야."

"한쪽 눈만요?"

"두 눈 다 안 보이게 된 녀석도 있어. VB 의안의 시신경은 뇌의 시상과 동기화하는데, 그 정도에는 개인차가 있는 듯해. 실명하지 않고 앱만 사용할 수 없게 된 녀석도 있고."

"어썰티드X 말이죠?"

"나도 그리 상태가 좋다고 말할 수는 없어. 적을 감지하지 못할 때도 있어. 대니 레번워스와 함께 다니는 남자는 C건을 가지고 있다고 했지?"

"네."

"그 말은 곧 녀석의 어썰티드X는 제대로 작동한다는 소리군. 그러지 않으면 C건은 쓸 수 없으니까."

"어썰티드X가 작동하는 사람끼리 싸우면 어떻게 됩니까?"

"그러면 간단하지. 반사 신경에 따라 승패가 나뉘지. 망막에 나타난 십자선에 얼마나 빠르고 정확하게 조준을 맞춰 방아쇠를 당기느냐에 달렸어. 그 감각을 설명하기는 힘든데……. 탁구 쳐본 적 있어?"

"그냥 놀이처럼요."

"탁구를 잘 치는 녀석은 C건도 잘 다뤄. 테니스도 좋지만, 그보다는 스쿼시. 다음은 농구일까? 롱슛을 쏠 때의 감각과 십자선에 조준을 맞출 때의 감각은 아주 비슷해."

"골프는요?"

"잘은 모르겠지만 골프는 정지해 있는 볼을 맞히잖아. 농구는 격렬하게 움직이면서 슛을 쏘니까 아무래도 그쪽이 더 실전과 비슷해."

너무나 맥락 없는 목격 정보 탓에 나와 빌 개럿은 남부 최남단에서 오랫동안 시간을 낭비했다. 가짜 정보에 놀아나며 헛걸음을 계속했다. 누군가가 테네시주에서 레번워스를 봤다고 하면 우리는 차를 유턴해 북상했다. 또 다른 누군가가 아칸소주에서 녀석의 소문을 들었다고 하면 우리는 급히 핸들을 꺾어 그쪽으로 향했다. 한없이 이리저리 휘둘렸으나, 결국은 조금씩 서쪽으로 이동했다.

도중에 표적이 뒤바뀐 듯한 착각에 여러 번 사로잡혔다. 백성서파가 죽이라고 한 상대는 대니 레번워스였다. 대니 레번워스는 우는 아이도 울음을 멈추게 하는 식인 살인마로 테네시주의 내슈빌 근처까지는 확실히 그의 소문이 사람들 입에 오르내리고 있었다.

레번워스는 보디가드처럼 보이는 젊은이 하나를 데리고 다녔다. 그 보디가드의 권총 실력은 놀라울 정도였다.

그런데 미시시피강을 넘어 루이지애나주로 들어가자 모두가 레번워스에 관해서는 말하지 않았다. 대신 너새니얼 헤일런의 이름이 자주 귀에 들렸다. 다리 셋 달린 개와 노인과 함께 다니는 너새니얼 헤일런이 굶어 죽어가는 사람들에게 음식을 나눠주고 대신 감사의 인사만 받는다고. 그들은 황야의 성자라는 말들이 떠돌았다.

"너새니얼 헤일런……. 도대체 어떤 놈일까?" 빌 개릿은 자동차를 운전하면서 나지막하게 읊조렸다.

"어머니를 살해해 싱싱 교도소에 들어간 남자예요." 패인 도로에 바퀴가 걸려 차체가 튀었다. 빌 개릿은 별일 아니라는 듯 핸들을 돌리면서 힐끔 내게 눈길을 던졌다. "제 전 파트너가 그렇게 말했어요. 그 사람도 싱싱 교도소에 있었는데 6·16 때 생매장될 뻔했답니다. 너새니얼 헤일런과 대니 레번워스가 구해줬다고 하더라고요."

내가 말을 이었다.

우리는 하염없이 몇 날 며칠을 사람 하나 없는 황야를 달리고 있었다. 도로 끝에 드리워진 구름 아래로 격렬하게 번개가 번쩍이고 강한 바람이 차체를 두들겼다. 모래가 바람을 타고 타닥타닥 앞 유리창을 두드렸다. 우리는 그 상황을 녹음기에 기록했다.

"토네이도가 휘몰아칠지도 모르겠네요."

"나는 7년간 경찰로 일했어. 범죄자를 지긋지긋하게 많이 봤지. 하지만 멀쩡히 갱생하는 놈도 가끔 있었어." 빌 개릿이 말했다. 나는 창 너머의 태풍을 바라봤다. "만약 대니 레번워스가 식인을 중단하고 진짜 성인처럼 기아들을 돕고 있다면 그래도 우리는 놈을 처치해야 하나?"

"당신은 처음부터 백성서파였나요?"

"응. 조부 때부터."

"그러니까 신앙을 물려받은 거네요."

"그런 셈이지."

"자신의 신앙에 의문을 품었을 때도 있었나요?" 그는 생각에 잠기더니 대답했다.

"동생이 라이플 폭발로 죽었을 때."

"……."

"다섯 살짜리 아이에게 라이플을 사주는 곳에서 우리는 자랐어. 덕분에 나는 경찰 사격대회에서 늘 성적이 좋았지. 지금 쓰는 라이플도 아버지가 열세 살 생일 선물로 사준 거야. 내가 열네 살, 피터가 열한 살 때였어. 토끼 사냥을 나갔는데 피터가 작은 강가에서 발이 미끄러졌어. 그 바람에 총이 폭발했어. 펑! 순간이었어. 총알은 동생의 뒷머리에 박혔지." 호흡을 가다듬었다. "하지만 그걸로 신앙이 흔들렸냐고 물으면 그러지는 않았어. 신의 뜻은 우리가 헤아릴 수 없지. 어떤 이유가 있어서 동생을 불러들인 거라고 생각했어."

"그게 신앙이죠."

"그렇지."

"우리는 머리로 생각하고 신을 믿으려 하지 않죠. 신앙은 영혼의 문제니까요."

"교회의 말은 절대적이란 뜻인가?"

"그게 옳으냐 아니냐는 상관없어요. 우리는 영혼의 평온을 얻으려고 우리 머리로 생각할 것을 신에게 의탁한 거니까요." 내가 말했다.

"하지만 오랫동안 라이플을 들지 못했어. 경찰관이 되고 오랜만에 쐈는데 실력은 그리 녹슬지 않았더라고." 빌은 브레이크를 밟고 도로를 횡단하는 말 무리를 보내주었다.

5, 60마리의 말을 카우보이 셋이 지키고 있었다. 말 위의 그들은 허리에 찬 권총에 손을 얹은 채 우리로부터 눈길을 돌리지 않았다. 우리도 그랬다. 말이 천천히 차 앞을 지나갔다. 그 순간 조수석 창으로 악마 같은 짐승이 달려들며 이를 드러내며 으르렁댔다. 나는 순간적으로 몸을 웅크렸고 빌이 바로 총을 뺐다. 그리 크지 않은 개는 창문에 침을 튀기며 미친 듯 짖어댔다. 어쩔 줄 몰라 하는 우리를 보며 카우보이들이 낄낄대고 웃었다.

"젠장! 이 동네는 말만 타면 죄다 클린트 이스트우드* 행세를 하네." 말 사이를 돌아다니는 그 성질 더러운 개를 노려보며 빌이 성대하게 혀를 찼다.

"클린트 이스트우드! 용케 그런 옛날 이름을 아시네요."

"그야, 옛날 서부극 팬이라면 당연히 아는 이름이지." 마지막 말 한 마리가 거리를 건너자, 후위를 지키던 남자가 모자에

---

* 서부극 영화를 주로 찍은 미국의 배우이자 감독.

손을 대고 고개를 까딱해 인사했다. "자네는 말 탈 줄 아나?"

나는 고개를 저었다.

"나도 마찬가지야. 어릴 때 유원지에서 조랑말을 타본 게 다야. 말이라니? 도대체 무슨 일인지! 미국은 이대로 서부 개척 시대로 돌아가나?" 빌이 말했다.

실제로 텍사스주에 들어서니 차보다 말이 더 자주 눈에 띄었다. 사람들도 말을 타기 좋은 차림을 하고 있었다. 청바지에 카우보이들이 바지 위에 덧입는 챕스, 카우보이 부츠 뒷굽에는 박차를 달아 한 걸음 내디딜 때마다 철커덕 소리가 났다. 여성들은 긴 치마를 입고 대초원 스타일*의 작은 모자를 쓰고 있었다.

나카무라 목사의 이야기가 떠올랐다. 텍사스주와 멕시코에 걸쳐있는 지역은 경제가 말을 중심으로 움직이고 있다고. 말이 모든 상품의 가치 기준이 되고 있다고 말이다. '그렇다면?' 하고 나는 생각했다. 말을 사고파는 사람에게는 다양한 정보가 모일 것이다.

그래서 가는 곳마다 축산업자를 찾아가 조사했다. 그렇게 해서 우리는 롱뷰라는 마을에서 대니 레번워스의 자취를 발견할 수 있었다.

* 미국 서부의 대초원에서 벌어지는 로라와 그 가족들의 이야기를 그린 〈초원의 집〉 시리즈에 나오는 여성들의 옷 스타일.

우리에게 정보를 제공한 사람은 축산회사를 운영하는 멕시코인으로, 말 도둑이 횡행한다며 투덜거렸다.

"나는 멕시코에서 막 건너왔는데 어디나 마찬가지야. 말이 인간보다 훨씬 가치가 있어. 당신들도 여기서 더 서부로 가면 말로 갈아타는 게 좋아. 여기서부터는 기름을 넣을 곳이 없거든."

기름은 어디서나 문제였으나 이 남자가 생각하는 만큼은 아니었다. 백성서파에는 과거 석유산업의 핵심에 있던 사람들이 속해있어 각지에 흩어진 교회에는 아직 비축분이 충분했다. 말의 가격을 묻자 눈이 튀어나올 정도의 가격을 댔다. 6·16 이전이라면 뉴저지주에 집 한 채를 지을 돈이었다.

"비싼 건 아니야. 말은 소유주의 신분을 보증하지. 이런 시대인지라 믿을 수 없는 놈들과는 아무도 거래를 안 해. 미국은 어떤지 몰라도 멕시코에서 말은 남자가 목숨을 걸고 지켜야 하는 존재야. 지켜야 할 게 없는 놈을 어떻게 믿지? 가족? 아아, 물론 가족은 소중하지. 하지만 가족을 버리는 놈들도 수없이 많아. 하지만 말을 버리는 놈은 없단 말이지." 그는 어깨를 움츠리며 말했다.

그는 한 달쯤 전에 너새니얼 헤일런에게 말을 팔았다고 했다.

"정확하게는 교환했지." 그는 손끝으로 자신의 오른눈을 톡톡 두드리며 말했다. "너새니얼 헤일런과 함께 있던 노인이 VB 의안을 여러 개 갖고 있었어. 죽은 사람에게 뺀 것일 텐데 나는 상관 안 해. 노인이 수술해 줬어. 간단하더라고. 나, 원래 오른눈이 없었거든. 그저 의안을 넣었을 뿐이야. 젊은 쪽이 너새 니얼 헤일런인 줄은 몰랐어. 나중에 그의 얘기를 정말 많이 들었지. 말 영수증 사인을 보고 진짜 놀랐다니까! 너새니얼 헤일 런? 그 사람이 지금 그 유명한 너새니얼 헤일런이었다고?"

나와 빌 개릿은 서로를 마주 봤다.

"이 눈 덕분에, 당신들이 권총을 품고 있는 것도 알아. 지금 당장 당신들을 죽이고 고기를 얻을 수도 있어." 남자가 씩 웃었다.

너새니얼 헤일런이 휴스턴으로 갔다는 남자의 말을 믿고 우리는 남쪽으로 차를 몰았다.

국도 259호선에서 59호선으로 갈아타면 휴스턴까지는 외길이었다. 길이 남아있으면 그렇다는 얘기다.

300킬로미터 정도 되는 거리라, 운이 좋으면 대여섯 시간이면 도착할 수 있었을 텐데 결국은 이틀이나 걸렸다. 거대한 크레이터투성이의 험한 길 때문에 생각만큼 달릴 수 없었던 데다토네이도가 몰아쳐 꼬박 하루 동안 발이 묶이고 말았다.

"소행성의 파편은 총알 같다니까." 버려진 빌딩 안에서 토네이도가 지나가길 기다리고 있을 때 빌 개릿이 말했다. "아무리 작은 파편이라도 지구의 숨통을 끊어놓을지 몰라. 경찰로 있을 때 22구경 조그만 총에 발목을 맞은 놈을 봤어. 목숨이 위험할 정도의 부상은 아니라고 생각했는데 녀석은 죽고 말았어. 정맥으로 들어간 총알의 파편이 심장을 찔렀거든."

이 얘기가 왠지 마음에 걸려 나는 메모장에 적어 놓았다.

자, 만약 이 일이 6·16 이전이었다면 인구 200만 명이 넘는 휴스턴처럼 큰 도시에서 사람 하나를 찾는 것은 도저히 불가능했을 것이다.

과거 전미 제4대 도시였던 휴스턴도 완전히 폐허가 되었다. 다운타운의 고층 빌딩들은 완전히 파괴되어 흙먼지 속에서 불길한 그림자를 늘어뜨리고 있었다. 한때 번듯했던 빌딩들은 기울어져 서로 기대있거나 쓰러져 산더미 같은 잔해를 남겼다. 입체 교차 고가도로는 무너져 우리 머리 위로 아슬아슬하게 철골과 콘크리트가 드러나 있었다. 낙하한 잔해에 뭉개진 차도 여럿 보였다. 차를 거리로 집어넣는 게 불가능할 듯했고 그렇다고 직접 걸어 다닐 마음도 생기지 않았다. 몇 번인가 총성을 들었기 때문이다. 가끔 뭔가를 경고하듯 까마귀가 울면 다른 까마귀도 멀리서 응답했다.

그러던 중 정말 우연히 난민 캠프를 발견했다. 거리 외곽을 두세 시간쯤 괜스레 돌아다니다 빌 개럿이 실수로 고가도로를 탄 것이다.

여기저기 갈라진 도로가 완만한 나선을 그리면서 솟아올라 있었다. 정신을 차렸을 때는 이미 우리는 도로 끝까지 와있었다. 갑자기 뚝 끊긴 도로에서 다발이 된 철근이 허공에 뻗어있었다. 해가 저물려면 아직 좀 시간이 있었으나 바람에 날리는 재 탓에 주위는 이미 어두컴컴했다.

눈 아래 펼쳐진 폐허에서 깜빡이는 불빛이 선명하게 시야에 들어왔다. 따뜻한 불빛이 마을 서쪽에 펼쳐져 있었다. 죽은 거리에서 그곳만이 펄떡펄떡 숨을 쉬고 있는 듯했다.

폐허 가운데 갑자기 나타난 작은 마을은 절로 숨을 삼킬 정도로 활기가 가득했다.

남북으로 뻗은 대로 양쪽에는 비교적 손상이 적은 건물이 늘어서 있고, 발전기가 그곳에서 으르렁 소리를 내고 있었다. 주점의 창문에는 네온사인이 전자음을 발하며 반짝였다. 마치 서부극에서 막 빠져나온 듯한 남녀노소가 어슬렁어슬렁 걸어 다니고, 짐칸에 커다란 나무통을 여럿 실은 마차가 시간이 금이라는 듯 달리고 있었다.

"이런 마을은 많아." 휘둥그레진 눈으로 주위를 살피는 나를 보며 빌 개럿이 웃었다. "미국인은 터프하지. 왜 이렇게 북적인다고 생각해?"

내가 고개를 저었다.

"술이야. 나는 테네시주 출신인데 테네시주와 켄터키주에는 재난을 피한 증류소가 여럿 남아있어. 아까 마차도 술을 운반하고 있었을 거야." 그는 차를 천천히 운전하면서 말했다.

"그러니까, 이곳에는 술이 있단 말입니까?" 문이 없는 차가 경적을 울리며 우리를 추월해 사라졌다.

"캔디선 안은 배를 굶주릴 일은 없을지 모르지만, 여기 사람들처럼 취할 수는 없겠지." 그가 차를 건물 옆에 대자 말뚝에 매인 말들이 짜증스럽다는 듯 힝힝거리며 발을 찼다. "사람은 어떤 순간에도 술을 마시지. 자, 우리도 생명의 물을 맛볼까?"

우리는 '바이유 블루'라는 이름의 지하 주점에 들어갔다. 반쯤 무너진 건물이 조금이라도 내려앉으면 당장 여기도 끝장일 텐데 가게 안은 웃음과 음악 소리로 가득했다. 카우보이모자를 쓴 남자들이 탁탁탁 발걸음 소리를 울리며 신나게 컨트리 음악을 연주하고 있었다. 생각보다 넓었고 벽돌로 쌓은 원형 천장을 튼튼한 원기둥이 지탱하고 있었다. 마치 중세 성의 지하 창고 같은 분위기였다.

테이블 사이를 헤치고 안쪽 테이블에 도착하자 술병 진열장에는 위스키병이 옛날처럼 쭉 진열되어 있었다. 뉴욕에서는 전혀 보지 못한 상품들이 다 갖춰져 있었다. 통통한 바텐더가 혼자 가게를 운영하며 우리에게도 고개를 끄덕여 주었다.

"술과 여자와 음악을 사랑하지 않는 자여, 평생 바보로 살지어다."*

깜짝 놀랄 정도로 내 등을 세게 때리며 빌 개럿은 소리 높여 술을 주문했다. 오랜만에 넘긴 위스키에 목이 타들어 가고 위장이 놀라 경련했다. 술의 열기가 온몸에 기분 좋게 퍼졌다. 마비된 머리에 음악이 스미고 긴장했던 신경이 알코올에 녹아내

---

* 독일의 신학자인 마르틴 루터가 남긴 말.

렸다. 술과 여자와 음악을 사랑하지 않는 자는 평생 바보로 살 것이다.

이 얼마나 훌륭한 진리인가!

여기에는 술이 있다. 음악도 있다. 그러나 나는 아내를 멀리 뉴욕에 남기고 왔다. 사랑하는 사람이 없으면 술도 음악도 공허할 뿐이었다. 여기에 있는 사람들도 6·16으로 사랑하는 사람을 잃었을 것이다. 그래도 업라이트 피아노는 쾅쾅 소리 높여 울렸고, 남자도 여자도 태양이 다시 떠오르기라도 하는 듯 웃고 술을 마시고 서로 고함을 질러댔다. 가슴이 북받쳐 올랐다. 이 세계는 멋진 척하는 사람들이 있는 한 절대 끝나지 않을 것이다.

무릎이 턱 꺾여 자칫 넘어질 뻔했다. 나는 깜짝 놀라 카운터를 잡았다. 순간 자신이 어디 있는지 몰라 낭패감이 들었다. 아무래도 꾸벅꾸벅 졸았던 모양이다. 허둥지둥 주위를 살피자 빌개럿과 바텐더가 얘기를 나누고 있었다.

"그리 멀지 않아. 큰길을 쭉 내려가면 판잣집이 늘어선 구역이 나와. 그들은 거기서 작은 진료소를 하고 있어. 벽에 녹색 십자가가 그려져 있으니까 금방 알 수 있을 거야." 바텐더가 말했다.

"노인과 젊은이지?"

"눈빛이 험악한 노인과 잘생긴 젊은이지."

"고마워. 나중에 가볼게." 빌 개럿은 그렇게 말하고 내게 얼굴을 돌렸다. "네이선, 깼어?"

"찾았어요? 개도 데리고 있답니까?" 손님에게 불려가는 바텐더를 눈으로 좇으면서 물었다.

"개는 안 물어봤어. 하지만 일주일 전쯤에 말을 탄 두 명이 이 마을로 들어왔대. 하나는 솜씨가 좋은 의사라네. 딱 한 번 보고 바로 진단한다는데." 빌 개럿은 잔에 남은 술을 마시고 말했다.

"하지만 대니 레번워스는 의학 지식이 없어요. 그리고 너새니얼 헤일런도……."

"너새니얼 헤일런은 VB 의안을 넣었지?"

"그럴 겁니다."

"구급대원이 사용하는 앱을 깔았을지도 모르지. 이름은 기억 안 나는데 간단한 진료라면 바로 할 수 있는 앱이 있어."

"그렇군요."

"둘은 이제 함께 행동하지 않을 수도 있어. 이 마을에 흘러들어온 두 인물이 우리가 쫓는 둘이 아닐 수도 있고."

"대니 레번워스이기를 기도할 뿐이죠."

"헛걸음일지도 모르지."

"그렇죠."

"루이지애나주부터 여기까지 올 동안, 대니 레번워스의 목격 정보는 거의 없었으니까." 빌 개럿은 남은 술을 단숨에 들이켰다. "만약 녀석이 너새니얼 헤일런과 헤어졌다면 우리도 두 손 들어야지."

늘어선 막사 같은 2, 30채 건물들 한가운데 그 판잣집이 있
었다. 창으로 새어 나오는 더러운 노란빛에 벽의 초록색 십자
가가 어렴풋이 떠올라 있었다. 왼편 판잣집에서는 취사 연기가
피어오르고, 오른편 판잣집에서는 말 울음소리가 들렸다. 다른
집에서도 말이 힝힝 콧바람을 불어대는 소리가 흘러나왔다. 마
구간으로 쓰이는 오두막이 한두 개가 아닌 듯했다.

빌 개럿은 일단 그 구역을 빠져나온 다음 차를 세웠다.

"우리 표적은 어디까지나 대니 레번워스야." 나도 수긍했다.

그는 콘솔 패널에 끼워진 디스플레이에 대니 레번워스의 사
진을 띄웠다. 낙타색 코트를 입고 머리칼을 짧게 양갈래로 묶
은 레번워스. 화면의 반을 차지하고 있는 너새니얼 헤일런은
밝은 금발을 정수리 위로 올려 묶었다.

"잘생겼네."

"그러네요."

"방법은 알고 있지?"

"네."

"일단 큰 소리를 내서 우리가 여러 명인 것처럼 보여야 해."

"네."

"그리고 녀석들이 우리 말에 순순히 따르지 않으면 일단 쏴.
너새니얼 헤일런이 C건을 가지고 있다는 사실을 절대 잊지 마.

순간의 망설임이 목숨을 앗아갈 거다."

"알겠습니다."

"좋았어. 가자고." 빌 개럿은 세미 오토매틱 총을 품에서 꺼내 슬라이드를 당겨 약실로 총알을 보냈다.

그의 권총이 C건이 아니라는 사실에 살짝 낙담하며 나는 글러브박스에서 발연통을 꺼냈다.

차에서 내려 고양이처럼 발소리를 죽이며 진료소로 다가갔다. 우리를 알아차린 존재는 말들뿐이었다. 어두운 오두막 안에서 신경질적으로 발을 구르는 소리가 났다. 어디선가 남자가 고함을 치고 어딘가에서는 여자가 웃었다. 가랑눈이 내리기 시작했다.

빌 개럿이 고개를 끄덕이자 나는 발연통에 불을 붙여 창으로 던져 넣었다. 하얀 섬광이 창문을 깨고 진료소로 날아들었다. 마른 파열음이 들리고 깨진 창문으로, 문 밑으로, 판자 틈으로 붉은 연기가 새어 나왔다. 판잣집이 술렁이더니 문이 벌컥 열리며 한꺼번에 연기가 뿜어져 나왔다. 나는 서둘러 권총을 들고 붉은 연기에 섞여 몸부림치는 사람의 그림자를 조준했다.

"엎드려! 엎드리라고!" 빌 개럿이 고함쳤다. "손을 머리 뒤로 올리고 엎드려! 엎드리란 말이야!"

"쏘지 마! 쏘지 마!" 그림자는 기침을 토하며 양손을 높이 든 채 소리쳤다. "사람을 잘못 본 거야! 너희 착각하는 거라고!"

"어, 엎드려! 엎드리라고!" 나는 나중에 튀어나온 남자를 조준한 채 오가는 고함에 지지 않도록 소리를 높였다.

"시키는 대로 해! 양손을 머리 뒤로 올리고 엎드려!"

"나는 환자야! 나는 상관없다고! 나는 그냥 환자라고!"

"움직이지 마! 움직이지 마!" 빌 개럿이 땅에 엎드린 남자를 무릎으로 제압하고 손을 뒤로 가져온 다음 수갑을 채웠다. 곧바로 양손에 권총을 들고 우왕좌왕하는 다른 사람에게 총구를 들이댔다. "물러나, 네이선! 엎드려, 엎드려!"

"알았어! 알았어!" 남자가 머리 뒤로 손을 올리고 땅에 무릎을 꿇었다. "쏘지 마! 제발 쏘지 말아 줘!"

허둥대는 나를 개의치 않고 빌 개럿은 그 남자에게도 재빨리 수갑을 채웠다. 판잣집에서 계속 새어 나오는 붉은 연기가 거리 끝으로 흘러갔다. 다른 판잣집 문간에서 주민들이 나타나 연기 너머에서 고개만 빼고 상황을 살피고 있었다.

"들어가! 들어가라고!" 빌 개럿은 남자를 일으켜 세우며 총을 들지 않은 손으로 주민들을 제지했다. "상관하지 마! 경찰이다!"

이쪽을 향해 슬금슬금 다가오던 몇 명이 걸음을 멈췄다. 6·16 이전의 습관처럼 경찰이라는 말에 자연스레 반응한 것이다. 나도 빌 개럿을 그대로 따라 했다. 땅에 몸을 던진 남자를 일으켜 세우고 주민들을 향해 별일 아니라는 말을 계속했다.

연기의 기세가 점차 약해지더니 곧 어둠에 묻혀 슬쩍 흔들릴 정도로 가라앉았다.

나와 빌 개럿은 두 남자를 앞세우고 차에 태웠다. 조수석의 빌이 그들에게 총구를 대고 있고, 그 옆에서 나는 시동을 걸고 차를 출발시켰다. 헤드라이트 속에 판잣집의 주민들이 떠올랐다가 금세 어둠 속으로 녹아들었다.

"젠장, 도대체 무슨 일이야?"

두 사람의 목소리가 섞여 뒷자리에서 날아들었다.

"도대체 뭔데?"

빌 개럿이 손전등을 비추자 그들은 괴로운 듯 신음했다.

"어때요?" 익숙지도 않은 사냥꾼 흉내를 낸 탓에 내 목소리는 흥분에 갈라져 있었다. "대니 레번워스인가요?"

흔들리는 손전등 빛은 빌 개럿의 혼란을 증명하고 있었다. 룸미러 속의 실루엣은 하얗게 빛났다가 암전되어 보이지 않았다.

"빌, 어때요?"

"사람 잘못 봤어. 우리 둘 다 그런 이름이 아니야!"

그들은 저마다 소리쳤다.

"아니, 대니 레번워스일 리가 없잖아!"

브레이크를 밟자 진흙 길에 차가 미끄러지며 멈췄다. 뒷자리에 앉아있던 둘의 몸이 뒤로 젖혀졌다가 돌아왔다.

헤드라이트 속에서 흙먼지가 일어났고 빛은 그 끝의 폐허로 뻗어 나갔다. 무너진 벽 너머에 붉은 광점이 보인 듯해 인간의 동공인가 싶어 몸을 움츠렸으나 아무 일도 일어나지 않았다.

나는 고개를 돌려 손전등 불빛을 받은 두 사람의 얼굴을 응시했다.

나이 든 쪽은 벗겨진 이마에 땀을 흘린 채 상기된 얼굴이었다. 트위드 재킷에 파란색 나비넥타이를 하고 있었다. 대니 레번워스를 닮았다기보다 그를 연기한 월터 본드를 닮았다. 젊은이는 기모 소재의 항공 점퍼를 입고 있었다. 확실히 이목구비가 단정했으나 밝은 금발이 아니라 검은색 곱슬머리였다. 둘 다 눈을 가늘게 뜨고 빌과 나 가운데 누구에게 생사여탈의 권리가 있는지 가늠하고 있었다.

"이런, 이런!" 빌 개럿이 한숨을 쉬며 내 등을 힘없이 두드렸다. "아무래도 우리 기도는 이뤄지지 않은 모양이야."

"당신들은 롱뷰라는 마을에서 축산회사 남성에게 VB 의안 수술을 해주고 대신 말을 받았죠?" 내 질문에 그들은 서로의 얼굴을 바라봤다. "그때는 왜 본인을 너새니얼 헤일런이라고 칭했나요?"

"우리만이 아니야." 나이 든 쪽이 성을 냈다. "너새니얼 헤일런이라는 가명을 쓰는 사람은 많았어."

빌 개럿은 어금니를 악물었다.

"'나는 누구에게 위해를 가할 생각은 없으나 내게 튀는 불똥은 처리한다.'라는 뜻으로 쓴 거라고. 그 축산업자에게 그 정도로 못을 박은 거지."

젊은 남자가 그렇게 말하자 나이 든 쪽이 마구 떠들어댔다.

"말을 팔고 나서 누군가를 시켜 우리를 습격하게 할 수도 있다고. 너새니얼 헤일런이라는 이름은 이 근방에서는 존 도*나 존 핸콕**같은 거라고. 우리에게 손대지 않는 게 네게 좋을 거야, 그렇게 경고한 거야."

"그 축산업자는 멕시코 사투리가 셌어. 아마 너트를 몰랐을 거야." 젊은이가 말했다. "아니면 당신들, 한 방 먹은 거고."

"너트? 지금 너트라고 했나?" 빌 개럿의 눈이 가늘어졌다.

"나는 개인적으로 너트를 알아."

"6·16 전에 이 사람이 너새니얼 헤일런에게 오토바이 엔진을 준 적 있어." 노인이 덧붙였다. "진정한 너새니얼 헤일런에게 말이야. 그뿐만이 아니야. 두 달 전만 해도 우리는 그와 동행했어."

"대니 레번워스도 같이 있었나?"

"아, 그랬지."

"당신은 의사인가요?" 내가 글러브 박스에서 녹음기를 꺼내 녹음 버튼을 눌렀다. "이름을 말씀해 주시겠습니까?"

"이래 봬도 나는 의사야." 노인이 녹음기를 보더니 한층 불

---

* 영어권 국가에서 본명이 불분명하거나 신원 미상의 남자를 가리키는 명칭으로 쓰인다.
** 미국의 독립 선언문에 서명한 사람 중 특히 크고 읽기 쉬웠던 서명을 한 사람으로, '서명'을 뜻하는 관용어로 사용되고 있다.

쾌한 목소리로 말했다. "이름은 밝히고 싶지 않아. 그보다 당신들은 누군데?"

"우리는 백성서파 교회 사람입니다."

"그렇군. 당신들, 대니를 처치하려는 거지?" 젊은 남자가 말했다.

"어떻게 그걸?"

"전에도 화이트라이더를 자처하는 킬러들의 습격을 받았으니까." 나와 빌 개럿은 서로의 얼굴을 마주 봤다.

"그 화이트라이더가 어떻게 됐는지 궁금하지?" 젊은 남자가 억눌리고 날카로운 목소리로 말을 이었다. "너트가 다 해치웠어."

그런 보고는 들은 적 없으나 대니 레번워스는 처단 명단 꼭대기에 있으니까 그를 처리하지 못해 안달인 사람은 우리만이 아닐 것이다. 나는 수긍하고 눈짓으로 젊은이에게 이야기를 계속하라고 권했다.

"나는 자동차 수리공이야. 아까 환자라고 한 건 거짓말이고 이 의사 선생과 함께 여기까지 여행했어. 선생과는 오클라호마 시티에서 중고차를 팔 때 알게 되었지." 그런 다음 심호흡을 한번 하는 동안에, 그는 본명을 밝히기로 결심한 모양이었다. "내 이름은 롱크, 니므롯 롱크야."

판잣집의 인터뷰

　의자에 앉은 니므롯 롱크는 커다란 셰퍼드의 머리를 쓰다듬으면서 어떻게 말을 꺼내야 좋을지 망설이는 듯했다.

　개는 주인님이 붉은 연기에 휩싸여 있을 때 마침 다른 개를 만나러 나가는 바람에 외출 중이었다. 우리가 판잣집에 돌아온 후에 진료소로 돌아온 개는 미간을 찡그리며 이 냄새는 뭐냐는 듯 묻는 표정으로 니므롯 롱크를 올려다봤다. 개는 오른쪽 앞다리가 없었다.

　익명을 요청한 의사는 한잔 걸치고 오겠다는 말을 남기고 네온사인이 번쩍이는 쪽으로 가버렸다. 배려일 수도 있고 단순히 귀찮은 일에 휘말리고 싶지 않다는 의사 표현일 수도 있다. 나는 그의 이야기도 듣고 싶었으나, 그는 너새니얼 헤일런에 관한 이야기는 니므롯 롱크가 다 알고 있을 테니까 자기 얘기는 필요 없다고 말했다. 어쩔 수 없었다. 판잣집 주민들에게 의사가 별일 아니었다고 조금 오해가 있었다고 해명하는 소리가 사라지자, 외곽 마을에는 다시 무거운 침묵이 내려앉았다.

차가운 바람이 끊임없이 새어 들어왔으나 벽돌로 쌓아 만든 난로에서는 불꽃이 새빨갛게 타올라 판자벽에 불의 그림자를 드리우고 있었다. 남자 둘이 사는 살풍경한 방에는 2층 침대 하나와 테이블로 사용되는 나무 상자 외에는, 의자와 납땜한 간이 변기 정도가 전부였다. 진료소처럼 보이는 부분은 작은 약품들이 진열된 조악한 나무 책장과 그곳에 걸어놓은 청진기 정도밖에 없었다.

나무 상자를 사이에 두고 나와 니므롯 롱크는 마주 앉았다. 그는 입을 벌렸다가 다시 닫고 몸을 펴고 난로에 장작을 넣고 다리 밑에 누운 개를 내려다봤다.

"이 녀석은 칼 하인츠야." 개는 힐끔 나를 올려다보고 잘 부탁한다는 듯 꼬리를 살랑살랑 흔들었다. "원래는 고철상의 개인데 지금은 내가 데리고 있지."

그렇게만 말하고 다시 이야기가 끊겼다. 빌 개럿은 방구석의 안락의자에 몸을 맡기고 꾸벅꾸벅 졸고 있었다. 난로 안에서는 불꽃이 장작을 감싸고 있었다.

"혹시 괜찮으면 일단 당신 얘기를 해주세요." 그렇게 화제를 끌어내면서 나는 녹음기 버튼을 눌렀다. "사람은 사귀는 친구를 보면 인품을 안다고 했어요. 당신을 알면 간접적으로 너새니얼 헤일런도 어느 정도는 알 수 있겠죠."

"당신들이 쫓는 사람은 대니 레번워스잖아?"

"그렇습니다."

"그렇다면 너트는 상관없잖아."

"대니 레번워스는 너새니얼 헤일런과 함께 다니고 있죠?"

"……."

"요즘 들어서는 도대체 제가 누굴 쫓고 있는지 모르겠습니다." 속 시원하게 털어놓았다. "특히 텍사스주로 들어온 뒤로는 너새니얼 헤일런 얘기밖에 안 들렸어요. 대니 레번워스는 존재하지 않는 것처럼요. 도대체 무슨 일이 있었습니까?"

"당신이 오면서 들은 소문 그대로야."

"너새니얼 헤일런을 직접 안다고 이야기한 사람은 당신이 처음입니다."

"다시 묻겠는데 백성서파가 너트를 죽이려는 건 아니지?"

"그는 처단 명단에 올라와 있지 않습니다."

니므롯 롱크는 눈에 결의를 담고 고개를 끄덕인 뒤 다섯 살 때 아버지가 토네이도에 휩쓸려 사라진 일부터 이야기하기 시작했다. 멕시코인 어머니가 여자 혼자 네 명의 아이를 키웠다는 것과 자신이 했던 다양한 일들, 열다섯 살 때 슈퍼마켓에서 강도를 만난 일 등을 더듬더듬 말했다.

"강도가 여자에게 산탄총을 겨누고 '죽고 싶지 않으면 너 대신 죽을 놈을 골라.'라고 말했어. 그녀와 눈이 마주쳤지. 그 순간⋯⋯. 뭐라고 표현할 수 없지만, 그녀의 공포가 내 안으로 흘러 들어왔어. 죽을 만큼 무서웠지. 하지만 그만큼 또 화가 났어. 나는 바닥에 엎드려 있었는데 정신을 차려보니 산탄총 앞에 서 있더라고. 나중 일은 거의 기억나지 않아. 나는 묵주에 키스했어. 이게 그 묵주야." 그는 셔츠 안에서 은으로 된 묵주를 꺼내 보여주었다. "총에 맞을 줄 알았는데 그런 일은 벌어지지 않았어. 강도는 천장을 향해 한 발 쐈을 뿐이었어. 하지만 그때 나는 하얀빛을 본 것 같았어. 산탄총의 발사광이었겠지만, 나로서는 뭔가가 내 안에서 죽으며 빛을 내는 듯했어. 강도가 '아디오스, 꼬마.'라고 했어. 나는 가게를 나와 잠시 똑같은 곳을 오갔어. 그리고 걸어서 집으로 돌아왔지."

이야기는 거기에서 시작해 그가 처음으로 너새니얼 헤일런을 만난 날로 옮겨갔다. 너새니얼 헤일런이 오토바이 엔진을 받으러 뙤약볕 아래를 자전거에 카고 트레일러를 매달고 80킬로미터의 길을 왔던 일과 우드로 헤일런이라는 이름의 쌍둥이 형이 있었음을. 그리고 그의 어머니에 대해서도.

"너트의 마지막 스피크업을 생생하게 기억해. '우디를 죽였어. 내가 죽였어.' 그런 말을 하염없이 되풀이했어. 그때 나는 오클라호마시티에 있었어. 친구와 함께 중고차 판매점을 운영했었지. 스피크업이 왔을 때 나는 친구들과 술을 마시고 있었어. 바의 로우라인비전으로 6·16의 시뮬레이션 영상을 보고 있었지. 사망자의 숫자가 약 50억 명으로 추정된다느니 쓰나미가 유라시아 대륙의 반을 삼킬 거라느니, 2년 이내에 평균 기온이 영하 40도까지 떨어질 거라느니, 그런 이야기들이었지. 그래서 너트의 스피크업을 알아차리지 못했어. 나중에 답장을 보냈는데, 그에 관한 답장은 끝내 오지 않았지. 너트가 우디를 죽였다니. 나는 믿지 않았어. 녀석들이 오토바이 엔진을 받으러 왔을 때 딱 한 번 봤을 뿐이지만, 사이좋은 형제로 보였으니까. 그 후 내가 너트의 소식을 알게 된 건 1년 뒤였어. 어머니를 칼로 찔러 살해한 너트가 경찰에 자수했다는 이야기를 ABC 뉴스로 봤지."

나는 만약을 대비해 메모했다. 녹음기에 남아있는 니므롯 롱크의 목소리는 무겁다기보다 담백했고, 화가 난 듯하면서도 온화하고, 무심한 듯하면서도 감정이 가득 담겨있었다.

6·16 직후는 지독했지.

사람이 정말 많이 죽었어.

큰 지진이 연달아 일어나 사망자가 계속 나왔지. 오클라호마시티는 바로 사방이 불바다가 되었어. 알잖아? 오클라호마주는 석유가 많이 묻혀있었으니까. 그 석유가 지반 침하 때문에 새어 나왔어. 갈라진 도로 틈으로 검고 끈적이는 액체가 뿜어 나와 곳곳에 검은 웅덩이가 생겼지. 그 상태로 불이 붙자 어쩔 도리가 없었어. 순식간에 불길이 퍼졌지. 도로가 타고 집이 타고 나무가 타고 결국에는 사체까지 타서 전부 숯이 되었어. 쓰러진 빌딩에는 한없이 불길이 일렁였지. 뭉게뭉게 피어오르는 검은 연기가 하늘에서 떨어지는 재를 다시 밀어 올렸지. 그래서 거리는 검은 비닐봉지를 뒤집어쓰고 있는 듯했어. 숨 쉬는 것조차 힘들었어. 바람이 불어오면 모두 대피해야 했어.

바로 약탈이 시작되었지.

서로 식량과 물을 빼앗다가 서로를 죽였지. 민병대 같은 녀석들이 화력을 제 마음대로 써댔어. 멍청한 10대들처럼 지붕에 기관총을 놓고 기분 내키는 대로 쏴댔어. 놈들은 식량만이 아니라 여자도 빼앗았어. 어릴 때부터 생각한 거지만, 이 나라에는 기독교도인 척하는 악마가 정말 많아. 악마란 놈은 평화로울 때는 자신이 악마라는 것도 몰라. 하지만 무슨 일만 생기면 바로 눈을 뜨지. 아아, 지금까지는 내가 거짓으로 살았구나, 이게 진짜 나다. 이렇게 말이야. 나는 아니란 소리가 아니야. 살아남기 위해서는 어쩔 수 없다고 한탄하며, 사람에게 상처를 줬을 때, 비로소 우리는 모두 악마에게 마음을 건넨 거야.

그래도 처음에는 괜찮았어. 살아남은 사람들은 서로 도우며 서로를 지켰지. 난민 캠프가 여러 군데 생겼고. 나는 한동안 에이티앤티AT&T 브릭타운 볼파크에 있었는데, 아마 거기가 제일 큰 캠프가 아니었을까? 커봤자 겨우 2~300명 정도였지만 말이야. 우리가 반드시 해야 할 일은 두 가지였어. 식료품과 무기 탄약의 조달이었지. 하지만 누구나 같은 생각을 하고 있었어.

가는 곳마다 다툼이 일어났고 매일 누군가 살해됐어. 날마다 손에 넣을 수 있는 식량은 줄어들었고, 모두가 기아에 허덕였어. 그때 어떤 난민 캠프에서 누군가 사람을 먹었다는 소문이 흘러나왔어. 진짜인지 거짓인지는 알 수 없었지. 하지만 모두 거짓말이라고 단정하지 못했어. 오히려…… 나는 입에 침이 고였어. 그 침을 꿀꺽 삼켰을 때, 정말 사람을 먹어버린 듯한 불쾌한 감정이 들더군. 그 정도로 배가 고팠어.

꼬박 한 달간 비가 내린 뒤 갑자기 추워졌지. 그런 까닭에 우리 캠프에서 아픈 사람이 생겼어. 개리의 진찰로는…… 아, 젠장, 말하고 말았네. 그 의사의 본명은 개리 그레이엄이야. 그는 단순한 감기라고 진단했어. 하지만 체력이 바닥난 사람들은 단순 감기에도 그대로 죽어 나갔어. 개리는 병으로 죽은 사람들의 VB 의안을 빼내 간직했지. 재활용할 수 있을지도 모른다고 생각한 거야. 그걸 지금 우리가 가진 말로 바꾼 거야. 개리가 사체에서 의안만 빼낸 건 아니었어. 그는 그걸 내내 후회하고 있어. 만약 너트를 만나지 않았다면 자살했을지도 몰라. 나는…… 개리 일행이 죽은 사람의 고기를 먹었다는 사실을 알았을 때 그 하얀빛을 봤어. 슈퍼마켓에서 강도의 산탄총 앞에 섰을 때 봤던 그 빛과 똑같았지. 내내 움직이지 않던 위장이 배속에서 비명을 지르며 고기를 원했어. 아아, 지금 내 안에서 또 뭔가가 죽었다는 생각이 들더군. 나는 개리가 내준 고기를 먹었어.

이후 우리는 인간을 습격하기 시작했어. 인간을 봐도 고기로만 보였으니까. 그게 뭐 어때? 다들 비슷하잖아, 먹지 않으면 내가 먹힌다고. 어느새 그렇게 생각하게 되었지. 아니, 그런 생각조차 안 했을지도 몰라. 선악 따위 아주 오래전부터 알 수 없게 되었고, 유일하게 아는 건 먹지 않으면 죽는다는 것뿐이었어.

그날, 우리는 동료들과 인간 사냥에 나섰어. 우리는 너무 배가 고파 늘 화가 나 있었지. 검게 그을린 폐허를 어슬렁대는 녀석들을 동료가 발견했어. 하나는 젊은 남자이고 다른 하나는 노인이었어. 둘 다 빼빼 말랐고 다리 하나 없는 개를 데리고 있었어.

"뭐야, 저 녀석들? 우리보다 마른 주제에 왜 저 개를 안 먹은 거지?" 동료가 말했어.

"그런 짓을 하지 않아도 먹을 게 있나 보지. 오늘은 운이 좋을지도 모르겠어." 누군가가 말했어.

하지만 나는 그런 생각이 들지 않았어. 오히려 반대로 생각했지. 저 둘에게는 손을 대지 않는 편이 좋겠다는 생각이 들더라고. 아마도 칼을 데리고 있었기 때문일지 몰라. 그들은 허기를 채우는 것보다 더 소중한 걸 잊지 않은 듯했어. 잘 표현할 수 없지만…… 인간으로서 우리가 잃은 무언가를 그들은 여전히 가지고 있는 듯 보였다고. 그때 처음으로 인육을 먹은 걸 후회했어. 사람을 먹을 바에야 죽어야 했다고. 하지만 그런 생각이 든 건 아주 짧은 순간이었지. 배에서 꼬르륵 소리가 나고 군

침이 돌았어. 우리의 마음은 위장과 구별되지 않는 상태여서 악마는 그곳을 비집고 우리 몸으로 들어오지. 우리는 대여섯 명이었어. 무기도 꽤 갖추고 있었고. 그래서 뛰어나가 그들을 포위했어.

그들은 당황하지도 않았어. 총을 겨눴는데도 혼란스러워하지도 않더군. 개조차 이런 일은 지금까지 수도 없이 있었다는 듯 얌전했어. 머리를 양갈래로 묶은 노인은 우리 같은 놈들에게는 관심도 없었어. 같이 있는 젊은이만 봤지. 만약 여기서 죽는다면 마지막으로 봐야 하는 건 이 사람뿐이라는 듯.

"먹을 걸 가지고 있나?" 누군가가 그들에게 그렇게 물었고 다른 사람이 이어서 말했어.

"안 가지고 있으면 너희들을 식량으로 삼을 거야." 동료들이 와락 웃음을 터뜨렸어.

그들은 그저 가만히 서있었지. 젊은 남자는 회색 코트를 입고 머리에 검은 후드 모자를 쓰고 있었어. 아주 마르고 얼굴의 반은 수염으로 덮여있었으나, 그의 회색 눈은 아주 평온했어. 뭔가와 닮았다는 생각이 들었는데 바로 알 수 있었어. 녀석의 눈은 어렸을 때부터 어머니가 질리도록 보여준 마리아 님과 같았어. 어머니는 6·16으로부터 1년 전에 암으로 돌아가셨는데……. 가슴에 걸고 있던 묵주가 갑자기 뜨거워지는 듯했어. '나는 역시 이 녀석을 먹으면 안 되겠구나.' 그런 생각이 들었어. 그때 그의 눈이 쓱 움직였어. 왼눈만! 오른눈은 내리깐 채

242

왼눈만 움직였다고. 나는 정말 놀랐는데 그의 왼편에서 개를 쏘려던 녀석은 더 놀랐지. 아주 순간적으로 일어난 일이었어. 총성이 두 발 울렸나 싶었는데 동료 둘이 툭 쓰러졌고 다른 한 명의 얼굴에 총구가 겨눠져 있었어. 우리는 총을 들고 있었는 데 그것을 들 틈조차 없었어. 움직일 수도 없었지. 조금이라도 움직이면 틀림없이 살해당할 것임을 알았어. 우리는 아직 넷이나 되었으나 총구 앞에 있는 녀석은 이미 죽은 거나 마찬가지니까 사실상 셋뿐이었지. 셋이 동시에 발포하면 그를 쓰러뜨릴 수 있을지 몰라. 하지만 아무도 움직이지 않았어.

"이 둘을 먹으면 너희들은 오늘도 살아남을 수 있겠지." 그는 왼눈을 분주히 움직이면서 오른눈으로 내 동료를 가리켰어. "사람을 먹는다면 언젠가 내 차례가 온다고 생각해라."

"목숨을 빼앗는 것보다 시신의 고기를 먹는 게 죄가 무겁다는 건 아니야." 노인은 여자 목소리를 냈어. "이 사람의 말은 사람을 죽이면서까지 살아남으려 한다면 당신들에게도 책임이 있다는 소리지."

이런 녀석들을 이길 방법은 없었지. 나는 무기를 거둬들였어. 동료들도 마찬가지였지. 그들의 말에는 그만큼 설득력이 있었어. 개가 세 다리로 절뚝절뚝 다가와 내 손을 핥았어. 그 혀는 차갑고 거칠었고 말라있었어. 그리고 나를 가만히 올려다봤어. 개는 깡말랐으나 그 눈에는 선량함만이 있었지. '어때요? 조금 편안해졌나요?' 그렇게 말하는 듯했어. 아아, 이 녀석은 지금 내 마음의 썩은 부분을 핥아주었구나. 그런 생각을 하고 있자니 눈물이 하염없이 흘러나왔어.

"오랜만이네, 니모." 나는 눈만 껌뻑였지. 귀를 의심했어. 젊은 남자가 모자를 벗자 밝은 긴 금발 머리가 흘러내렸어. 그는 생긋 웃으며 말했어. "나야. 너트라고. 기억해? 옛날에 너에게 오토바이 엔진을 받은 적 있어."

너무 놀라 입도 뻥긋하지 못했어. 엔진이니 뭐니 해도 감이 탁 오질 않더라고. 그만큼 너트는 변해있었어. 내가 기억하는 너트는 작고 수염도 아직 자라지 않은 깡마른 꼬마였으니까. 녀석은 키가 20센티미터 가까이 자라있었어.

그날 밤, 그들은 우리 캠프에서 묵었어.

처음에는 다들 외부인을 끌고 온 우리를 곱게 보지 않았지. 특히 개리 그레이엄은 너트 일행에게 불친절했어. 하지만 너트는 아이들에게 알사탕을 나눠주었고 무엇보다 칼 하인츠의 역할이 컸어. 아이도 어른도 칼에게 푹 빠졌어. 실제로 칼을 만지고 있으면 자신에게도 아직 인간적인 부분이 남아있는 걸 느낄 수 있었거든. 개리조차도 숨겨놓은 고기를 칼에게 먹이려 했을 정도니까. 하지만 칼은 먹지 않았어. 덩치가 엄청나게 컸는데도 너트가 주는 몇 알의 개 사료에 만족했어. 칼은 착한 개구나. 너트와 노인은 식량을 거의 가지고 있지 않았어. 그들은 나뭇잎과 나무껍질을 씹으며 굶주림을 참았지.

"그런 바보 같은 짓을! 그것만으로는 생명을 유지할 수 없어. 당신들도 시신의 고기를 먹었을 거야." 개리가 소리쳤어.

너트는 아무 말도 하지 않았는데 노인이 대신 입을 열었어.

"우리는 안 먹어."

"거짓말쟁이들! 너희들은 거짓말쟁이야!"

"당신은 시신의 고기를 먹은 자신을 용서할 수 없는 거야." 개리는 타는 듯한 눈으로 상대를 노려봤어. "내가 좋은 걸 하나 알려줄게. 양심의 가책을 덜고 싶으면 분업을 해. 죽이는 사람, 해체하는 사람, 조리하는 사람을 나누라고. 나와 대니도 그랬어. 내가 죽일 때는 대니가 조리했고 대니가 죽일 때면 내가 조리했지."

"그것 봐! 역시 너희들도 먹었잖아!" 개리가 귀신의 목덜미라도 낚아챈 듯 웃었어.

"당신은 죄의식을 나눠 가지려 하고 있어." 노인이 그렇게 말하자 개리의 큰 웃음소리가 얼어붙었지. "보통 다들 그래. 하지만 우리와 나눌 필요는 없어."

"당신, 무슨 소릴 하는 거야……."

"우리는 당신보다 충분히 더 많은 죄를 지었어." 노인이 자비로운 눈으로 너트를 보며 말했어. "사람을 먹으나 안 먹으나 새삼 달라질 건 없어."

"쳇! 인육을 먹은 것보다 더한 죄가 있다고?"

개리의 이 한마디는 왠지 레번워스를 황홀하게 만들었어. 마치 정겨운 노래를 들은 것처럼. 그때 우리는 아직 그의 정체

같은 건 알지도 못했어. 레번워스가 개리의 말에 황홀해진 이유는 과거 저지른 죄의 희미한 달콤함을 맛보았기 때문인지도 몰라.

"당신은 악마가 아니야." 모두의 눈이 목소리가 들린 쪽으로 날아갔어. "공복을 채우려고 먹는 행위는 당연한 일이야."

너트의 목소리는, 뭐라고 표현해야 할까. 마치 소중한 보물이 담긴 상자를 열어, '자, 뭐든 원하는 걸 가져가.'라고 말하는 듯 들렸어.

"지켜야 할 게 있다면 더욱 그렇지."

"너, 너처럼 새파랗게 젊은 놈이 뭘 알아?" 귀까지 빨개진 개리 그레이엄이 울부짖었어. 눈에는 눈물이 차있더군. "나, 나는……."

"하나의 생명은 언제나 두 생명보다 가볍지. 한 사람을 먹었으면 두 사람을 구하면 돼."

"……."

"내가 당신에게 저주를 걸지. 당신은 앞으로도 사람을 먹을 거야. 하지만 그보다 더 많은 사람을 구하게 될 거야." 개리는 너트의 눈길을 견디지 못하고 고개를 돌렸어.

나 역시 무슨 영문인지 알 수 없었어. 아이들에게 안겨있던 칼 하인츠는 개리를 똑바로 보고 있었어. '개리 씨, 당신이라면 그가 무슨 말을 하는지 알 텐데요.' 그렇게 말하는 것처럼 보였어.

"그게 전부야? 그게 저주라고?"

"예전에 들은 말이야. 저주에는 좋은 저주도 있으니까 좋은 건 일단 입 밖으로 말하고 봐야 한다고." 몇 명인가가 고개를 끄덕였어. "인간의 마음에 악마가 깃들기도 하지만, 악마의 마음에 사람이 깃들 때도 있지. 어쨌든 내 생각은 그래."

나무 상자 위의 녹음기는 녹음 중임을 표시하는 붉은색 파일럿램프가 켜져있었다. 강한 바람이 불어와 판잣집의 벽이 덜컹덜컹 흔들렸다.

"그날 밤, 나와 너트는 많은 이야기를 나눴어." 니므룻 롱크는 말을 끊고 누워있는 칼 하인츠의 머리를 쓰다듬었다. "너트에 관해 모르는 당신에게 말해봤자 모르겠지만, 녀석은 원래 카리스마가 있었어. 하지만 위압적인 느낌은 전혀 아니야. 함께 있는 것만으로도 마음이 편안해지지. 예전부터 말수는 적었는데 지금도 그다지 입을 여는 편은 아니야. 하지만 일단 말을 시작하면 누구나 귀를 기울여. 대단한 말을 하는 것도 아냐. 과거의 브루클린 네츠나 오토바이처럼 평범한 얘기들이지. 그런데도 다들 몰입하고 말아. 다음 날, 몇 명인가가 너트 일행을 따라나섰어. 나와 개리 그레이엄도 그중 하나였고. 나는 너트에게 어디로 가냐고 물었어. 너트는 모른다고 대답했어. 올바른 곳에 도착하면 알 거라고 했어. 그 말을 듣고 다들 받아들였어. 들어보라고, 사실 그렇잖아? 올바름이란 머리로 아무리 생각해 봐야 알 수 없다고. 특히 세계가 이렇게 변했으니까 아무리 생각해도 답은 나오지 않아. 우리는 남쪽을 향해 걸었어. 해병대 출신인 자의 조언을 따라 서로를 지키려고 흩어져서 걸었지. 그러면 한 그룹이 습격당해도 다른 그룹이 도울 수 있으니까. 여행하며 너트에게 일어난 일들을 들었어. 어머니와 우디의 일을. 나는 아무 말도 해줄 수 없었고 너트도 딱히 원하는 게 있는 것 같지도 않았어. 그저 내가 들어주길 바랐던 듯해. 너트가 한 말은 아니지만, 녀석은 자신에게 저주를 걸었을지도 모르지. 이따금 동료들이 폐가에서 식량을 발견해도 너트는 먹지 않고 주머니에 넣었어. 그리고 배가 고파 더는 안 되겠다 싶은 사람에게 나눠줬어. 텍사스주에 들어서자 너트가 꽤 유명해져 있음을 깨달았어. 소문이 한발 앞섰던 거지. 너무나 바보 같은 전설도 들었어. 굶주린 사람들에게 고기를 주어 500명의 위장을 채웠다고. 함께 여행하는 무리가 늘었다 줄었다 했지. 올바른 장소라는 걸 찾은 사람들은 자기의 길을 갔어. 휴스턴 마을에서 의사를 찾고 있다는 이야기를 듣고 개리는 이곳에 오기로 마음먹었어. 나는 개리를 따라가기로 결심했고. 무엇보다 의사는 사람을 구하는 직업이니까 개리를 지켜주면 나도 사람을 구하게 되는 거잖아? 인육을 먹은 이후 개리는 언제나 누군가가 자신을 노리고 있다고 느꼈어. 누군가가 자신을 죽이러 올 거라고 잔뜩 겁을 먹고 있었지. 옛날 같았으면 정신과 병명이 붙여졌겠지. 그래서 우리는 본명을 숨기고 여행했어. 아까도 말했다시피 너새니얼 헤일런이란 이름은 텍사스주에서는 다른 의미를 지니기 시작했고, 우리는 다 너트 덕분에 간신히 다른 걸음을 걷기 시작할 수 있었다고 생각했어. 물론 개리에게는 너새니얼 헤일런의 이름을 더 유명하게 만들려는 마음도 있었을지 몰라. 여기까지 오는 동안에 여러 명의 환자를 진찰했는데 늘 너새니얼 헤일런의 이름을 댔지. 목숨을 구한 사람도 있었고 그렇지 못한 사람도 있었지만."

"그래서 진짜 너새니얼 헤일런은 어디로 갔습니까?" 나는 신중하게 물었다.

난롯불에 눈길을 던지고 있던 니므롯 롱크는 아무 말도 해주지 않았다.

"괜찮아요. 아까도 말했듯 백성서파 교회가 쫓는 사람은 대니 레번워스뿐이니까요." 그래도 그는 아무 말도 하지 않았다. "왜 칼 하인츠는 지금 당신과 있나요? 혹시 너새니얼 헤일런은 이미 죽었나요?"

내가 어쩔 수 없이 화제를 바꿨다.

"너트는 죽지 않아." 나는 고개를 끄덕였다. "헤어질 때 너트가 칼에게 우리와 함께 가라고 했어."

그는 천천히 이야기를 이어 나갔다.

"'네게 받은 엔진은 내게 정말 소중한 것이었어.' 너트는 그렇게 말했지. '그러니까 칼만 좋다면 당신에게 내 소중한 친구를 줄게.' 칼은 잠시 망설였어. 나와 너트를 번갈아 올려다봤지.

너트는 칼을 안고 머리를 쓱쓱 쓰다듬었어. '너는 강한 개야, 칼. 우리보다 훨씬 강하지. 그렇지? 나는 괜찮아. 앞으로는 니모를 지켜줘. 나랑 있으면 너는 굶어 죽어. 니모라면 제대로 먹여줄 거야. 어떻게 생각해, 파트너?' 칼은 컹컹 짖고는 나를 따라나섰어. 마치 너트의 생각을 알아들은 것처럼. 그게 다야. 그래서 칼이 지금 나와 함께 있는 거고." 우리는 조용히 일어난 칼을 눈으로 좇았다. 칼 하인츠는 마치 지금까지의 이야기를 다 이해한 듯 나를 향해 짖었다. "칼, 왜 그러니? 무슨 말을 하고 싶은 거야?"

니므롯 롱크는 개의 머리를 쓰다듬었다. 그러자 칼 하인츠는 다시 짖으며 내 쪽으로 와 꼬리를 격렬하게 흔들었다.

"칼, 왜 그래? 내게 하고 싶은 말이 있니?" 나는 손으로 개의 몸을 쓸어내렸다.

칼은 얌전히 자리에 앉아 혀를 내밀고 내 옆에 자리를 잡았다. 내 명령을 기다리듯 말이다.

"칼은 당신이 마음에 든 모양이야."

칼 하인츠는 다시 주인을 향해 소리 높여 짖었다. 친근함과 격려가 가득한 그 목소리는 내 귀에도 "맞아요!"라고 얘기하는 듯 들렸다.

대니 레번워스를 추적하는 이 힘든 여정 중에 이 순간만큼 내 마음이 따뜻했던 적은 없었다. 칼 하인츠가 나의 모든 것을 긍정해 주는 듯했다. 굳이 동물치료요법의 역사를 들추지 않더라도 동물이 인간의 스트레스를 완화한다는 사실은 잘 알려져 있다. 그 유명한 지그문트 프로이트도 환자의 긴장을 풀기 위해 진료실에 차우차우 개 리윤 유(실제로는 조피로 알려져 있다)를 두었다. 도대체 프로이트 선생은 개에게 왜 아시아인 이름을 붙였는지 내 좁은 견문으로는 알 도리가 없지만(차우차우가 중국 개여서 그랬나?), 위대한 선생의 시도가 그야말로 정곡을 찔렀음을 나는 이때 온몸으로 실감했다.

"너트가 딱 이런 느낌이야." 칼 하인츠를 쓰다듬으면서 니므롯 롱크를 봤다. "너트는 칼처럼 함께 있으면 마음이 다정해져. 내게도 아직 인간적인 게 남아있는 느낌이 들거든."

칼이 '맞아요, 맞아요!'라고 이야기하는 듯 짖었다. 그리고 내 바짓단을 물고 잡아당겼다.

"칼, 뭘 하고 싶니? ……날 어디로 데려가려는 거니?"

"어쩌면 칼은 당신과 함께 가고 싶은지도 모르겠네."

"설마 그럴 리가!"

"칼은 누구의 소유물이 아니야."

"……"

"그렇지, 파트너?" 칼 하인츠를 지켜보는 니므롯 롱크의 얼굴은 평온하고 자애가 넘쳤다. "너는 인간의 영혼을 구하려고 신이 이 황무지에 보낸 사신이야."

그리하여 나와 빌 개럿에게 새로운 파트너가 생겼다.

그날 밤은 그들의 진료소에서 잠시 몸을 눕히고, 다음 날 우리는 다시 차를 타고 길 위를 달리는 신세가 되었다. 뒷자리에는 칼 하인츠가 얌전히 누워있었다. 니므롯 롱크는 우리가 보이지 않을 때까지 배웅해 주었는데 그레이엄 의사는 끝내 모습을 보이지 않았다.

우리는 폐허를 우회하며 서쪽으로 진로를 잡았다. 확신이 있었던 것은 아니나 휴스턴에서 더 남하해 봤자 멕시코가 나올 뿐이다. 너새니얼 헤일런은 오클라호마주에서 니므롯 롱크와 함께 남하했고, 더 남하해 휴스턴으로 가는 그들과 어디선가 헤어졌다. 그곳에서 동쪽으로 진로를 꺾었으리라고 생각하기는 어렵다. 만약 너새니얼 헤일런이 플로리다주를 목표로 했다면 애당초 오클라호마시티에 나타났을 리 없기 때문이다. 이처럼 엉터리 같은 이유로 그들이 서쪽으로 갔으리라 추론했다.

결과적으로 우리의 추론은 틀리지 않았다. 휴스턴을 떠난 지 이틀 후, 교회로부터 메시지가 도착했다. 텍사스주를 횡단하는 국도 70호선 옆에 있는 버넌이라는 마을에서 대니 레번워스가 목격되었다고.

"파일이 첨부되어 있어." 핸들을 쥔 빌 개럿의 목소리에 칼 하인츠가 불안한 듯 고개를 쳐들었다.

"칼, 괜찮아. 빌은 원래 목소리가 낮을 뿐 화가 난 게 아니야." 나는 어깨 너머로 말을 걸었다.

칼 하인츠는 안심한 듯 고개를 떨궜다. 디스플레이를 터치해

파일을 열자 새로운 처단 명단이 화면 가득 펼쳐졌다. 이미 처리된 사람의 이름에는 선이 그어져 있었다.

명단 가장 위에 너새니얼 헤일런의 이름이 새롭게 올라와 있었다.

화이트라이더

이름 없는 폐허를 빠져나가려는데 왼쪽 시야의 절반이 갑자기 경고색으로 물들었다.

큰길 끝, 산산이 부서진 건물 뒤로 나타난 검은 할리데이비슨을 십자선이 쫓았다. 너새니얼 헤일런의 왼눈은 살짝 흔들리며 홀로 움직였다.

길을 막듯 오토바이를 세운 까무잡잡한 남자는 선글라스를 벗고 이쪽을 살폈다. 더러운 금발이 얼굴 위로 한 가닥 늘어져 있었다. 에볼루션 엔진의 정겨운 저음이 규칙적으로 공기를 흔들었다.

"그는 VB 의안을 가지고 있어." 프레임에 잡힌 남자의 영상을 주시하면서 너새니얼 헤일런이 날카롭게 말했다. "C건 두

개를 허리에 차고 있고."

거리는 약 50미터. 평범한 권총이라면 표적을 명중시키기에 아슬아슬한 거리다. 하지만 C건이라면 유효 사정거리가 여섯 배나 늘어난다. 손을 떠는 노인이 아닌 이상, 서서 쏜다면 90퍼센트 이상의 명중률이다.

즉, 다음은 왕년의 서부극처럼 누가 얼마나 빠르냐의 문제였다. 그러나 손과 권총의 거리, 풍향, 근력 등을 알려준 새빨갛게 물든 왼눈은 너새니얼에게 지금 상황은 상대가 더 유리하다는 걸 알려주고 있었다.

남자의 이름은 카일 고드프리. 백성서파 교회 자료에 따르면 전직 해병대원으로, 2166년에 베이징에서 발생한 위구르족 이슬람 원리주의자 조직에 의한 미국 대사관 점령 사건의 진입 부대원이었다. 여섯 명으로 구성된 이 진입 부대원 전원이 VB 의안 수술을 받았는데 고드프리를 포함해 딱 두 명만 살아 돌아왔다. 그는 부상당한 대원을 부축한 채 계속해서 달려드는 적을 쏴 쓰러뜨렸다. 테러리스트 중에도 VB 의안 수술을 받은 사람이 있었는데 고드프리의 C건은 그 누구보다 빠르고 정확했다고 또 다른 생존자(성명은 불명)가 증언했다. 고드프리의 C건은 신의 선물이었다고. 그는 전역 후 마음의 병을 얻어 여러 차례 아내를 심하게 폭행해 체포되었다. 그가 백성서파로 개종한 것은 애리조나주의 정신병원에 입원했을 때이다. 나이팅게일 소행성의 화염이 일렁이는 병원에서 그의 침대 주위만 봄

볕이 쏟아진 동그란 원처럼 무사했다. 그곳만 바닥이 내려앉지 않았고 천장이 무너지지 않았고 벽도 쓰러지지 않았다. 고드프리는 잠옷 차림으로 침대에 앉아있었다. 들뜬 리놀륨 바닥이 요동치며 그의 옆을 스쳤을 때, 쓰러진 벽 너머로 하얀 갈매기를 봤다. 그는 침대에서 내려와 맨발로 시커먼 황야를 날아가는 갈매기를 쫓았다. 소음을 내며 무너지는 잔해는 불가사의하게도 그에게 단 하나도 떨어지지 않았다. 고드프리는 갈매기를 쫓았다. 날개를 펼치고 활공하는 그 모습이 하얀 십자가로 보였다.

너새니얼은 움직이지 않았다.

하염없이 내리는 눈과 재가 적의 모습을 모호하게 만들었다. 카일 고드프리는 이때 이미 처단 명단에 실린 몇 명—멕시코 마약 조직(바하 카르텔)의 거물 에르네스트, '위엄 있는 자' 발렌주에라, 열네 살 때 사람을 죽여보고 싶었다는 이유로 친구를 죽인 스티븐 매시, 학생을 여섯 명이나 살해한 고교 교사 사이먼 칼슨 등—을 처리했다. 할리데이비슨의 기름 탱크에는 뭔가가 그려져 있었는데 마주 보고 있는 물고기 같았다.

"백성서파가 찾는 사람은 나야. 너는 상관없어." 대니 레번워스가 말했다.

"어이! 거기 있는 사람이 너새니얼 헤일런인가?" 오토바이에 탄 채 남자가 불렀다.

"아무래도 내게 용건이 있는 것 같은데?" 너새니얼이 속삭였다. "녀석의 첫 발에 맞지 않으면 건물 속으로 뛰어들어."

"식인의 가장 멋진 부분은 신을 모독할 수 있다는 점이야."
대니 레번워스의 배에서 꼬르륵 소리가 났고 얼굴에 차가운 미
소가 퍼졌다. "6·16 이후 내 식욕을 자극하는 건 저런 광신자
의 고기뿐이지."

그 목소리를 뚫고 총알이 날아왔다.

폐허에 울리는 총성 속에서 둘은 동시에 오른쪽과 왼쪽으로
흩어졌다. 철골이 드러난 콘크리트 블록 뒤로 뛰어든 너새니얼
은 바로 응사했다. 그와 동시에 반격하는 대니 레번워스가 오
른눈 끝에 스쳤다. 하지만 적은 이미 오토바이 뒤로 숨어버렸
다. 그렇다면 기름 탱크가 적당할 듯해 노렸으나 괜한 짓이었
다. 특수 가공을 했는지 그대로 총알을 튕겨냈다. 차체와 엔진
에 총알이 맞아 불꽃이 튀었다.

곧 총알이 떨어진 너새니얼은 탄창을 뺐다. 새로운 탄창을
그립에 꽂고 있는 동안에도 왼눈만은 적을 놓치지 않았다. 눈
동자 안은 경고하듯 새빨갛게 물들어, 영상 신호가 흔들렸다.

그때 지지직 조금씩 흔들리던 십자선이 크게 튀어 올랐다.
오토바이를 뛰어넘은 적이 양손에 C건을 들고 돌진해 왔다. 적
의 몸통을 포착한 십자선을 향해 방아쇠를 당겼으나 상대가 더
빨랐다. 총알이 너새니얼의 오른 어깨를 파고들었다. 물론 두
께가 50센티미터나 되는 콘크리트 블록을 총알이 관통한 건 아
니었다. 카일 고드프리는 조금 깨진 블록 사이로 정확하게 총

을 쏜 것이었다.

총 맞은 어깨가 불에 덴 것처럼 아팠다. 만약 옆에서 대니 레번워스가 엄호 사격을 해주지 않았다면 적은 거리를 훨씬 좁혀왔을 것이다. 레번워스의 막무가내 사격에 고드프리가 어쩔 수 없이 건물 뒤로 몸을 던졌다. 십자선을 따라 너새니얼이 쏜 총알은 세 발 모두 옆으로 쓰러진 버스 옆구리에 맞았을 뿐이었다. 하지만 좋은 소식도 있었다. 새빨갰던 시야가 정상으로 돌아왔다. 그것은 전투 조건이 비등하게 돌아왔음을 의미했다. 왼눈은 쓰러져 있는 버스를 외형선 상태로 표시했고, 열 감지 센서가 그 뒤에 몸을 숨긴 적의 위치 좌표를 예측해 십자선에 표시했다.

버스 뒤로 우회하려던 대니 레번워스는 단 한 발의 응사로 카일 고드프리처럼 정확하게 적을 맞히는 것은 불가능한 일임을 깨달았다. 조금만 움직여도 적은 바늘구멍을 꿰듯 정확하게 총알을 날렸다. 총성의 울림을 들으면서 다시 잔해 뒤에서 몸을 낮출 수밖에 없었다.

교착 상태로 세 사람은 상황이 바뀌기를 가만히 기다렸다. 눈바람이 불어와 먼지가 소용돌이쳤다.

팔을 타고 피가 흘러내렸다. 어디선가 건물 무너지는 소리가 나고 바람 소리가 사람 목소리로 들렸다. 그러자 너새니얼은 처음부터 세계는 이렇게 창조된 것만 같다는 생각이 들었다.

'우리와 마찬가지로, 세계도 다시 태어나려면 역시 피를 흘

려야 하는구나.'

"백성서파가 죽이려는 사람은 나 아니었나? 여행 중에 들은 이야기로는 그랬는데." 정적을 깨고 대니 레번워스가 말했다.

조금 있다가 대답이 돌아왔다.

"너희 둘 다야."

"지장이 없다면 네 이름이라도 좀 알려주지."

"죽을 사람에게 뭘 알려주더라도 지장은 없겠지. 카일 고드프리야."

"신은 없다God Free면서 백성서파야?"

"철자가 달라."

"알아. 카일…… 카일이라고 불러도 되나?" 레번워스가 낮게 한숨을 쉬고 말했다.

"맘대로 불러."

"좋아. 카일, 너는 우리를 죽이지 못해."

"왜?"

"내 주님이 이미 네 머리에 십자선을 맞추고 있으니까."

"뭐!"

"'그럴 리 없어, 만약 그렇다면 왜 쏘지 않지?' 넌 지금 이렇게 생각하고 있을 거야. 왜냐하면 내 주님 즉, 신은 절대 자기 손을 더럽히지 않기 때문이지."

"헤헤. 이거 우연의 일치네. 내 주님도 너희들 엉덩이에 총구를 들이대고 있거든." 카일 고드프리가 말했다.

"우리 엉덩이에 총구를 들이대고 있는 건 신이 아니라 백성 서파야."

"……."

"너는 지금 나쁜 놈의 수하가 되어 신에게 도전하고 있어." 그게 무슨 소리냐는 듯한 표정을 짓는 너새니얼 헤일런의 얼굴에 대니 레번워스는 한눈을 찡긋해 보였다. "너트의 죽음을 바라는 건 신이 아니라 인간이지. 예수의 죽음을 바란 게 인간이듯 말이다."

"C건이 두 개 있으면 아버지와 아들을 한꺼번에 죽일 수 있지."

"아버지와 아들을 다 죽여도 우리에게는 아직 정령이 남아 있지."

"애석하게도 나는 가톨릭이 아니야."

"맞아. 백성서파는 가톨릭도 개신교도 아니지."

대니 레번워스는 고개를 숙이고 입을 크게 벌리며 신음했다. 목을 막고 있는 뭔가를 토해내는 뱀처럼. 너새니얼이 있는 장소에서는 그렇게 보였다. 그리고 이어서 입을 열었을 때는 사람이 바뀌어 있었다.

"당신들은 노아 던이라는 폭력배가 상징하는 것을 믿고 있지." 카일 고드프리는 경계하며 입을 다물었다. "제대로 된 마음을 지닌 자는 절대 배고플 일이 없지 않나? 세상을 속이는 그런 말을 당신도 믿어?"

미시즈 레번워스가 비웃었다.

"사람을 먹는 건 악이야!" 버스 뒤에서 고함이 날아왔다. "너 새니얼 헤일런은 여기저기 돌아다니며 올바른 사람의 영혼을 빼앗아 함께 인간을 먹게 했어!"

"설령 그랬다 하더라도 그게 왜 신의 뜻이 아니라고 단언할 수 있지? 신이 나이팅게일 소행성으로 세상을 멸망시킨 건 우리의 죄를 자각시키려는 것일지 몰라. 너새니얼은 그런 신이 보낸 천사야."

"너새니얼 헤일런은 악마야! 물론 너도 마찬가지야!"

"신은 결국 악마와 화해했을지 모르지. 나이팅게일 소행성은 화해의 표시로 신이 악마에게 보낸 선물이고."

"말도 안 되는 소리! 닥쳐!"

"아주 단순한 이유에서 당신은 우리를 죽이지 못해. 지금 그걸 증명해 보일게."

그렇게 말하고 대니 레번워스는 잔해 뒤에서 쓱 일어섰다. 천재일우의 기회에 카일 고드프리는 눈을 부릅뜨고 몸을 내밀며 권총을 겨눴다.

하지만 실제로 방아쇠를 당긴 사람은 너새니얼 헤일런이었다. 동시에 레번워스가 달리기 시작했다. 가벼운 몸놀림으로 장애물을 뛰어넘어 화이트라이더에게 육박했다.

그것은 평소의 살의와는 전혀 무관한 일격이었다. 십자선이 빨갛게 떠오르고 표적이 센서에 잡혔다. 너새니얼은 반사적으로 총구를 올려 십자선의 한가운데를 쐈을 뿐이다. 만약 그의 C건에서 튀어나온 총알에 소형 카메라가 달려있었다면 우리는 다음과 같은 영상을 봤을 것이다.

고속 회전하면서 발사된 총알은 눈을 녹이고 아지랑이처럼 공기를 흔들면서 쓰러진 버스를 향해 일직선으로 뻗어간다. 차 바닥을 불과 몇 센티미터의 틈으로 날아들어 녹슨 배선을 날려버린다. 그리고 찢어진 시트를 비스듬히 지나가면서, 차체와 창문틀의 아주 좁은 틈을 비집고, 버스에서 튀어나와 카일 고드프리의 세 손가락과 함께 권총을 튕겨낸다.

"여기까지야." 고드프리가 남은 C건 한 개를 들어 올리기 전에 대니 레번워스는 그의 정수리에 총구를 들이댔다.

화이트라이더가 움직임을 멈췄다.

"나를 죽이려면 당신은 사각지대에서 나와야만 해." 미시즈 레번워스의 목소리는 방아쇠에 건 손가락만큼이나 조용했다. "하지만 그곳에서 나온 순간 너새니얼의 눈이 당신을 잡아낼 거야. 단순하지, 안 그래?"

"제기랄!"

"당신은 열중하면 주위를 살피지 못하는 타입이구나. 행동하기 전에 생각 좀 하라는 말, 어머니에게 안 들었어?"

"빌어먹을 식인귀 새끼!"

"맛있어 보이네."

"……"

"예전의 나라면 무슨 일이 있더라도 당신을 먹었을 거야. 당신을 먹는 데 의미가 있으니까." 피투성이가 된 손을 움켜쥔 채 몸을 웅크린 고드프리에게 레번워스는 다시 총을 겨눴다. "자, 총을 버릴지 자기 머리를 쏠지 결정해."

"빨리 죽여줘……."

"그리고 내게 먹힐 거야?" 상대가 숨을 멈췄다. "당신이 백성서파에 귀의한 것도 일종의 속죄지?"

레번워스는 증오로 불타는 눈을 조용히 응시하며 적의 손에서 살며시 권총을 빼앗았다.

"하지만 당신이 하는 일은 속죄가 아니야. 당신의 속죄는 다른 사람에게 돈을 맡기고 운영하는 것이나 마찬가지야. 이른바 투자 신탁이지."

고드프리는 아무 말도 하지 않고 레번워스의 이야기에 귀를 기울였다. 잘린 손가락에서 흘러나온 피에서 살짝 김이 나고 있었다.

"속죄의 투자 신탁." 레번워스에게서 억눌린 웃음이 흘러나왔다. "고통을 교회에 내맡기고 다음은 교회의 명령에 따를 뿐이지. 교회가 자신의 고통을 다 알아서 해결해 주리라 믿고. 그러면서 속죄하고 있다고 느끼지. 게다가 신앙심이라는 이자까지 붙고 말이야."

"속죄?" 고드프리가 이를 드러냈다. "네가 감히 속죄를 입에 담아, 레번워스? 아무런 잘못도 없는 사람들에게 식인을 권하는 게 네 속죄야?"

"나는 속죄할 마음이 애당초 없어."

"……"

"그저 너새니얼과 계속 함께 있고 싶은 마음뿐이야. 그가 당신을 먹고 싶다면 나는 솜씨를 발휘해 네 엉덩잇살로 맛있는 패티를 만들어줄 거야. 그게 여자라는 존재잖아? 솔직히 말하면 그에게 수없이 먹으라고 권했어. 하지만 그는 먹지 않아. 그에게는 죽은 형이 있어. 그 애는 늘 배고파했대. 배가 고파지면 너새니얼은 형이 곁에 있는 것같이 느껴진대. 너무 바보 같아서 귀엽지? 그래서 내가 곁에 있어주는 거야."

"나는 교회를 배신하지 않아." 고드프리는 앙다문 이 사이로 목소리를 짜냈다. "설사 여기서 너희들에게 먹힐지라도……."

"예수의 제자들도 그렇게 말했지. 그런데 첫 번째 제자인 베드로마저 겟세마네에서 도망쳤어. 하지만 착각하지 말아줘. 우리는 선교사가 아냐. 당신이 교회를 배신하든 말든 우리는 상관없어. 그저 여행을 방해받고 싶지 않을 따름이야."

둘의 눈길이 교차했다.

"너희들은…… 어디로 가는데?"

"올바른 장소로."

"그게 어딘데?"

"몰라." 고드프리의 뒤에서 소리가 들렸다. "하지만 가보면 알 것 같아."

그는 고개를 비틀어 회색 코트를 입은 남자를 올려다봤다. 밝은 금발을 높게 묶고 야윈 뺨이 수염으로 뒤덮여 있었다. 너새니얼 헤일런이 외투처럼 두르고 있는 평온함은 추억만이 간신히 남은 폐허를 연상시켰다. 오른 어깨에 권총이 스친 흔적이 있고 소매에서는 피가 뚝뚝 떨어졌다.

카일 고드프리가 없었다면 내서니얼 헤일런은 뉴멕시코주까지 도착하지 못했을 것이고 이 책은 완성되지 못했을지도 모른다.

요컨대 신은 절대 자기 손을 더럽히지 않는다는 대니 레번워스의 허세가 뜻밖에 실현되고 말았다. 즉, 카일 고드프리는 이후 정말 너새니얼 헤일런을 보호하는 저격수가 되었다. 자기 손을 더럽히는 것을 두려워하지 않고 습격해 오는 화이트라이더들을 연달아 해치운 건 그였다. 블랙라이더 전설의 일역을 이 수호천사가 담당했음은 의심할 여지가 없다. 너새니얼 헤일런이 손가락 하나 까딱하지 않더라도, 고드프리가 원거리에서 쏘는 총알이 적의 머리를 날려주었기 때문이다.

백성서파 교회가 그런 배신자를 가만히 놔둘 리 없었다. 나와 빌 개럿, 그리고 개 칼 하인츠가 뉴멕시코주로 들어왔을 무렵에는 이미 카일 고드프리의 이름도 처단 명단에 올라와 있었다.

"보라고. 이게 그때 너트가 날린 오른손이야." 나중에 이야기를 듣게 되었을 때 카일 고드프리는 사라진 손가락을 내게 보여주며 자랑스럽게 말했다. "너트는 내게 따라와도 좋다고 했어. 어딘지도 모르는, 그 '올바른 장소'라는 곳을 말이야. 그는 이렇게 말했어. '만약 내가 올바르다고 생각한 곳이 당신에게는 아니라면 그때 나를 죽여.' 그는 진심이었어. 나는 알 수 있었어. 베이징의 미국 대사관에 돌입했을 때, 테러리스트도 비슷한 말을 했어. 그 위구르족은 총알을 맞고 이미 죽어가고 있었지. 그리고 너트와 비슷한 말을 했어. 나는 올바른 곳으로 갈 거라고. 하나 알려주겠다고 내가 말했지. '네가 정말 가고 싶은 곳은 미국이야. 하지만 너는 못 가. 그래서 미국인을 증오한 거지.' 나는 그렇게 말해줬지. '당신은 아무것도 몰라. 미국에 영혼을 빼앗겼기 때문이지.' 그 테러리스트가 웃으며 말했어. '아하, 그래?' 나는 그렇게 말하고 녀석을 쐈어. 쏜 순간 쏴서는 안 되었다는 생각이 들었어. 그 녀석 말이 옳았다고 생각했기 때문은 아니었어. 이슬람의 가르침을 깨달았던 것도 아니고, 처음 적을 죽인 것도 아니고, 동정한 것도 아니야. 이게 영화라면 상대는 엄마 품을 갓 떠난 꼬마였어야겠지만 그것도 아니었어. 나는 내 임무였기 때문에 쐈어. 그게 다야. 그래서 바로 그런 생각을 잊었지. 하지만 미국으로 돌아오고 난 후 내내 그 목소리가 들려왔어. 그 녀석은 내 판단에 목숨을 맡겼어. 해병대원으로서가 아니라 나, 카일 고드프리라는 사람의 판단을 말이야. 더 최악이 뭔지 알아? 내가 그 녀석의 말을 완벽하게 이해했단 거야. 미국 따위 아무것도 아니야. 그건 알고 있었어. 하지만 나는 해병대원으로서 녀석을 죽였어. 그런 게 군인이지만, 동시에 너무 두려웠지. 나는…… 그 녀석 말처럼 미국에 골수까지 빼앗기고 만 거야. 진짜 나는 어디 있지? 내 영혼은 어디에 있지? PTSD(외상 후 스트레스 장애)라는 놈이 왔지. 전쟁 때의 나는 내가 아니었다고, 그렇게 말하면 간단하지만 나는 그렇게 생각되지 않더라고. 너트와 얘기하며 나는 그때 일을 떠올렸어. 그리고 내가 또 똑같은 실수를 저지르고 있음을 깨달았어. 화이트라이더 같은 게 아니라 카일 고드프리는 어디 있지? 나는 정말 이 녀석을 죽이고 싶나? 너트는 내 오토바이를 쳐다봤어. 그래서 시간이나 벌어보려고 오토바이를 좋아하냐고 물었지. 그랬더니 쑥스러워하며 고개를 끄덕였어. 그 얼굴을 보고 마음이 움직이지 않을 사람은 없을 거야. 마치 어딘가로 가버렸던 영혼이 돌아온 듯 눈을 반짝였지. '좋아. 한번 타봐.' 내가 말했어. 너트는 고개를 저었어. '나도 오토바이를 가지고 있었어. 사고 난 차의 엔진을 가져와 고치려 했지.' 너트는 그렇게 말했어. '그리고 다시 달릴 수 있게 되면 형을 태워줄 생각이었어.' 그게 다였어. 너트는 자기 혼자만 오토바이에 타고 싶어 하지 않았어. '아, 됐어. 네가 오토바이를 타지 않는다고 해서 이 세계가 끝나는 것도 아니지.' 내가 그렇게 말하자 다 웃었어. 대니 레번워스가 웃었고 너트도 환하게 웃었고 나도 사라진 손가락에서 피가 뚝뚝 흘러나온 채로 웃었어."

그들은 서쪽으로 더 나아갔다. 텍사스주를 거쳐 뉴멕시코주로 향했다. 올바른 장소로. 이 한마디가 예언처럼, 저주처럼, 그들을 겟세마네로 이끈 것이다.

너새니얼의 계단

만약 그들이 최단 거리로 이동했다면 국도 70호선 어딘가에서 우리에게 추격당했을 것이다. 텍사스주와 뉴멕시코주의 경계를 넘은 일행은, 어쩌면 클로비스 바로 직전에 국도 84호선으로 들어간 다음 60호선을 이용해 서쪽으로 나아갔을지 모른다. 아니면 일단 북상해 주간고속도로 40호선을 이용했을까. 그러나 40호선 연변의 앨버커키 부근에서 그들을 목격했다는 정보는 없었다. 포장도로가 아니라 그저 황야를 막연히 가로질렀을지도 모른다.

어쨌든 아코마 푸에블로 마을에서 여성 화이트라이더를 살해한 걸 마지막으로 너새니얼 헤일런이 다시 C건을 드는 일은 없었다.

그 자객의 이름은 노라 구오였다. 아코마 푸에블로 마을까지 가는 도중 너새니얼을 따르는 사람은 늘었다 줄었다를 반복하며 착실히 증가하고 있었다. 노라 구오는 새로운 얼굴 가운데 하나였다. 이름도 없는 황야를 걷고 있는데 너새니얼의 앞을 걷던 여자가 갑자기 뒤돌아서 고무풍선을 던졌다. 너새니얼의 얼굴을 맞고 터진 풍선에는 속건성 에폭시 수지 접착제가 들어있었다. 총기나 칼 같은 게 아니었던 탓에 어썰티드X의 어떤 모듈도 전혀 반응하지 않았다.

수지 접착제는 너새니얼의 얼굴을 하얗게 뒤덮었다. 눈을 막고 콧구멍 깊이 들어갔고, 입을 막은 채 빠르게 마르기 시작했다. 주위에 있던 사람들이 웃었다. 얼굴에 새하얀 휘핑크림 같은 것을 올린 채 빙글빙글 도는 너새니얼을 보고 즉흥적인 슬랩스틱 코미디라고 생각했을 것이다. 그러나 본인은 숨이 막혀가고 있었다. 출구가 막혀, 이산화탄소가 얼굴 속에서 팽창했다. 양손은 공기를 원하며 목덜미를 벅벅 긁어댔다. 만약 VB 의안을 넣지 않았다면, 그는 블랙라이더라는 별명을 얻기 전에 이 불모의 땅에서 질식사했을 것이다. 눈앞이 막힌 어둠 속에서 일분일초가 무한하게 느껴졌다. 곧 VB 의안의 셀프 클리닝 모듈이 소음을 내며 작동했다. 응고되었던 수지 접착제가 조각조각 떨어지며 왼쪽 시야가 돌아왔다. 그와 동시에 도망가려는 노라 구오의 등에 빨간 십자선이 맞춰졌다. 거의 반사적으로 C건을 잡았다. 질식 직전에 쏜 총알은 암살자의 등을 관통해 심장을 맞췄다.

카일 고드프리가 저격 직후 쓰러지는 너새니얼을 안아 나이프를 이용해 기도를 확보했다. 굳게 달라붙은 입술을 가르고 코에서 건조한 수지 접착제 덩어리를 끄집어냈다. 사람들은 그저 멀거니 서있기만 했다. 호흡이 안정되자 너새니얼은 자리에서 일어났으나 오른눈은 여전히 감긴 채였다. 쓰러진 화이트라이더의 검은 머리카락이 땅 위에 흐트러져 있었으나 피는 그리 많이 나오지 않았다.

"이 아가씨, 아무리 많이 잡아도 열여섯이나 열일곱 살이네." 미시즈 레번워스가 그의 어깨에 손을 올렸다. "너트, 괜찮아?"

너새니얼은 아무 말도 하지 않았다. 하지만 소녀의 시체를 내려다봤다. 한 장의 사진처럼 내려봤다. 지금 이 죽음을 보는 게 내 눈일까, 아니면 기계의 눈일까? 그러나 거기에는 어떤 결정적인, 영원히 물을 수 없는 깊은 단절이 있는 듯했다. 그것도 어쩌면 당연한 일이라고 생각했다. 내 눈으로 똑똑히 보고 있다면 내 마음은 왜 이토록 차분할까?

2176년 7월, 너새니얼 일행은 아코마 푸에블로 마을을 지나 예전의 엘 말파이스 국립공원으로 들어갔다.

갑자기 암석투성이의 황야가 울부짖으며 움직였다.

조약돌이 튀어 오르고 거석이 크게 흔들리다가 오래된 설탕 과자처럼 굴러떨어졌다. 대지의 트림 같은 땅울림은 한없이 이어졌고 흐린 하늘 아래에서는 갈까마귀들이 일제히 소리를 내며 선회하고 있었다. 암석에 달라붙듯 서있는 멕시코식 흙집은 납작하게 무너졌고, 낙하한 돌에 짓눌리거나 그것도 아니면 땅이 들려 경사면으로 미끄러져 떨어졌다. 폐허는 잔해가 켜켜이 쌓였고 잔해의 산은 흙으로 돌아갔다.

마침 그때, 우리는 주간고속도로 40호선을 달리고 있었다.

6·16 이후 지진을 수없이 경험했으나, 이때의 지진은 상당히 진도가 큰 편이었다. 원래도 상당히 패어있던 고속도로가 물고기의 비늘처럼 갈라져 신경질적으로 솟아올랐다. 빌 개럿은 도로를 벗어나 차를 세웠다. 이토록 큰 지진이라면 틀림없이 땅이 갈라질 텐데 문제는 땅의 어느 부분이 갈라질지 우리는 예상하지 못한다는 점이었다. 어디에 차를 세우든 대지의 균열에 삼켜질지 아닐지는 어디까지나 운에 맡기는 수밖에 없었다. 뒷자리의 칼 하인츠는 흥분해 짖었고, 아무리 짖어도 소용없다는 사실을 깨닫자 귀를 축 늘어뜨리고 각오를 다졌다. 큰 힘에 끌어 올려져 차체가 로데오 말처럼 격렬하게 흔들렸다. 앞 유리창이 보란 듯이 깨졌다. 도로 앞쪽으로 어렴풋하게 보이던 앨버커키가 소음과 함께 흙먼지에 완전히 휩싸였다.

이윽고 흔들림이 멈추고 바람이 먼지를 흩날려 다시금 거리가 모습을 드러냈을 때, 우리는 우리에게 아직 운이 남아있음에 감사했다. 사람도 개도 몸에서 모래 먼지를 털어내고 두리번두리번 주위를 둘러봤다. 거리의 윤곽은 완전히 변해있었다.

쓰러지지 않고 남아있던 고층 빌딩이 홀연히 자취를 감춰 지평선과 구분이 되지 않았다.

우리도 이 정도였으니 진원지인 엘 모로에 더 가까웠던 그들은 서있기는커녕 몸을 낮추는 것조차 할 수 없었다.

여기저기 흔들리며 빵처럼 찢어진 대지로 여러 명이 갈라졌다. 아코마 푸에블로 마을에서 화이트라이더 소녀를 죽인 후, 다시 새롭게 몇 명이 그들을 따라나섰다. 헤일런 마을을 개척한 사람들이 바로 이들이다.

일행 가운데에서는 이 지진을 일으킨 사람이 너새니얼 헤일런이라고 믿어 의심치 않는 맷 제임스라는 이도 있었다. 예수님도 호수 위를 걷지 않았느냐, 그에 비하면 블랙라이더의 계단 정도는 아무것도 아니다. 나중에 내게 그렇게 말한 사람은 밴조를 연주하는 맷 노인이었다.

대지가 다시 안정을 되찾자 한 사람 한 사람씩 자리에서 일어섰다. 주위에는 유황 냄새가 살짝 돌고 있었는데, 바람은 아무 일 없었다는 듯 불었고 구름은 조용히 부유했고 눈과 재가 조용히 피어올랐다.

"젠장! 보라고. 프런트 포크가 구겨졌어!" 카일 고드프리는 쓰러진 오토바이를 일으켰다.

무너진 바위산, 대지의 균열, 풀어지듯 흩어진 갈까마귀들. 잃어버린 몇몇 생명에 대한 감상에 젖어들 여유도 없이 말을 잃은 사람들은 다시 걷기 시작했다.

앨버커키에 진입한 우리는 여진으로 무너지는 잔해를 조심하며, 신중하게 폐허를 가로질렀다. 사체도 여럿 보았으나 그 외에는 아무것도 없었다. 세계는 이미 오래전에 사멸했기 때문에, 앞으로 아무리 거대한 재해가 찾아오더라도 시체가 발에 차이는 일은 없을 것이다.

"괜찮아. 이런 지진 정도로 뭐가 바뀌겠어?" 나는 축 늘어진 칼 하인츠를 격려했다. "칼, 너는 강한 개지?"

뉴욕을 떠난 지 8개월이 지났는데 마치 8년은 된 듯했다. 이 여행에서 그토록 많은 죽음을 봤다. 많은 사람을 만나 많은 이야기를 들었다. 너무나 많은 일이 한꺼번에 일어나 점차 아무 일도 안 일어난 듯 느껴졌다. 너무 많이 맞아 고통이 사라진 권투선수처럼. 죽음조차 더는 내 마음을 괴롭히지 않았다. 죽음은 당연했고 삶은 기적이었다. 첫 파트너 랜디 프로이딘버그가 살해되었을 때의 동요를 생각하면 격세지감이었다. 그 습격자들이 랜디를 먹으려 했단 것을 깨닫고 나는 정말 당황했다.

황야에 있으면 영혼에도 캔디선이 그어진 듯한 느낌이 들었다. 그뿐만 아니라 식인이 횡행하는 지옥도는 우리 안에서 확실히 확대되고 있었다. 사실은 이곳에서 사는 한 많은 것을 포기할 수밖에 없다. 그리고 하나를 포기할 때마다 우리 마음은 돌처럼 차갑고 딱딱해졌다. 그러므로 밤이 되면 칼 하인츠를 안고 잤다. 칼이 있어서 정말 다행이었다. 그 덕분에 나는 수없이 내가 누군지 떠올릴 수 있었다.

"칼은 참을성이 강한 개야. 하지만 그렇게 세게 안으면 곧 물릴 거야." 모닥불 너머에서 빌 개럿이 말했다.

'나는 괜찮아요. 하지만 조금만 더 부드럽게 안아줘요.' 칼 하인츠가 말했다.

"칼, 있잖아?" 나는 그의 얼굴을 양손으로 감쌌다. "우리는 네 주인님을 죽여야 해. 칼, 그걸 아니?"

불 옆에 누운 칼 하인츠는 애달프게 꼬리만 흔들 뿐 대답하지 않았다.

모든 게 끝나갈 무렵, 나는 피로에 절어있었다. 한없이 이어지는 황야를 달리며 한시라도 빨리 너새니얼 헤일런과 대니 레번워스를 처리하고 아내가 기다리는 뉴욕으로 돌아갈 생각만 했다. 시커먼 어둠 속에서 이 팔로 마리앤을 껴안는 생각만 했다. 그런 내가 이 지진을 통해 신의 뜻을 알아차리는 일은 죽은 사람의 손금을 보는 일처럼 아무런 의미가 없었다.

하지만 너새니얼 헤일런은 달랐다. 그는 이 지진에서 어떤 신의 의지를 읽었다. 그는 다시 서쪽 황야로 향했는데 마음에는 막연한 확신이 끓어올랐다.

수행자 중 한 사람이 주도로 53호선 근처에서 죽은 사슴을 발견했다. 그들은 바로 불을 지펴 사슴을 나눠 먹었다. 큰 사슴이라 전원이 이틀이나 먹고도 고기가 남았다. 몇몇은 바위투성이인 그 지역에 남기로 결심했다. 다른 미꾸라지와 사슴이 있을 거라 짐작한 것이다.

대니 레번워스, 카일 고드프리, 그리고 남은 사람들은 너새니얼 헤일런을 따라 여행을 계속했다. 해가 내리쬐는 한낮에는 정처 없이 여로를 서둘렀고 밤이 되면 모닥불을 둘러싸고 맷할아버지가 밴조를 뜯으면서 노래하는 무법자들의 발라드를 들었다.

슬픔을 가득 담은 바람이 흑흑 울부짖으며 모래바람을 일으켜, 잠들지 못하는 자들의 뺨에 얼어붙을 듯 차가운 숨결을 불어넣었다. 그러자 긴 방랑 생활로 인해 마음에 쌓인 먼지들이 날아가고 쌓여있던 불안과 걱정도 날아갔다. 사람들은 미간을 찌푸리고 어둠을 노려보며 침낭 속에서 자포자기한 채 몸을 뒤척였고 그중에는 무의식적으로 본인의 고환을 움켜쥐는 것으로 마음의 위안을 얻는 사람도 있었다.

지진이 발생하고 꼬박 한 달이 되어서야 그들은 엘 모로에 도착했다. 유황 냄새가 심해져 사람들은 천 조각으로 입과 코를 막았다. 지면에서 배어 나오는 연기가 암석 사이로 일렁였다. VB 의안은 연기의 정체를 SO_2라고 알렸으나 너새니얼 헤일런은 그게 뭔지 알지 못했다.

"이산화황이야." 지식이 있는 자가 말했다. "여기는 멈추지 말고 지나치는 게 좋아."

실제로 엘 모로의 이산화황 농도는 400ppm을 초과해 너새니얼의 왼눈은 내내 붉게 물들어 있었다(이산화황은 농도가 500ppm을 넘으면 죽음에 이르는 유독가스다). 일행은 걸음을 멈추지 않고 농도가 조금이라도 옅은 곳을 향해 진로를 잡았다. 그러자 자연히 더 높은 곳으로, 높은 곳으로 흘러가게 되었다. 죽은 사슴과 야생마를 발견하면 재빨리 해체해 고기만 지니고 이동했다. 바위산 꼭대기에 도달하니 이산화황 농도가 30ppm 까지 떨어졌다. 아래에는 무한한 황무지가 펼쳐져 있었다. 계곡 끝에는 비슷한 계곡이 있을 뿐, 그곳은 흰머리 독수리와 인디언, 태곳적 망령들의 영토였다.

"6·16 이전과 변하지 않은 게 하나 있다면 그건 미국의 황야야." 카일 고드프리가 오토바이에 걸터앉아 말했다.

바위산을 돌아 급경사를 내려갔을 때 대지를 남북으로 가르는 깊은 균열에 길이 막혔다. 앞으로 나아가려면 우회하는 수밖에 없었다. 바위산에 잘린 하늘을 올려다보자 천지가 개벽한 이후 쭉 그랬듯 시간의 신이 다정하게 밤을 초대하고 있었다.

사람들은 시든 나무를 주워 모아 불을 지폈다. 문명의 메아리를 느끼면서 공허한 눈으로 고기를 구웠다. 구슬픈 밴조 소리가 바람을 타고 황야 저편으로 실려 갔다.

"버몬트 수도원에 나온 유령 이야기 알아?" 카일 고드프리가 혼잣말처럼 이야기를 시작했다. "어릴 때 읽은 어린이용 신학서에 있던 얘기야. 그곳 수도원장은 천사처럼 독실한 크리스천이었던 터라 그녀가 죽은 후, 다른 수녀들은 그녀가 당연히 천국에 갔을 거라고 믿었지. 그래서 매일 그녀를 위해 기도를 올렸어. 어느 날, 그녀는 유령이 되어 수도원에 나타났어. 창백한 얼굴로……. 수녀들이 입는 그 긴 옷 있지? 그 옷에는 여러 개의 도깨비불이 붙어있었어. 그녀는 수녀들에게 이렇게 말했어. '나는 지옥에 있어요.' 수녀들은 깜짝 놀랐지. 당연히 놀라지 않았겠어? 이어서 이런 말을 했어. '아직 살아있을 때 나는 기도하려고 모은 손을 보고 아름답다고 생각했어요. 지금 나는 그때의 죄를 연옥에서 속죄하고 있어요.' 어릴 때 이 이야기를 읽고 생각했지. 달랑 그 정도로 지옥에 떨어진다면 우리는 다 지옥행 아닐까?"

모두 아무 말이 없었다.

대니 레번워스는 행복한 듯 눈을 가늘게 떴다.

고드프리가 몸을 기울여 불 속에 침을 뱉었다.

"내가 하고 싶은 말이 뭔지 알아?"

"응. 잘 알지." 너새니얼 헤일런은 대답했다.

침묵의 식사가 끝나고 멍하니 불을 바라보고 있을 때였다. 자그락자그락 발소리가 울리는가 싶더니 균열에서 뭔가가 튀어나왔다. 모닥불이 닿지 않는 어둠 속에서 두 개의 커다란 눈동자만이 하얗게 반짝였다. 어썰티드X는 반응하지 않았다.

"사슴이다! 봤어? 갈라진 틈에서 사슴이 나왔어!" 누군가가 소리쳤다. 놀란 사슴은 폴짝폴짝 뛰어 어둠 속으로 사라졌다.

사람들은 사냥감을 놓쳤다는 사실에 크게 웃으며 서로를 놀려댔다. 그리고 균열 끝에 서서 바닥을 응시했다. 유황 냄새가 올라왔다. 저 깊은 바닥에 웅크린 어둠은 일어나 걸을 수 있을 만큼 짙고 또 두터웠다.

　다음 날, 너새니얼 헤일런은 홀로 균열의 바닥까지 내려갔다. 허리에는 밧줄이 묶여있고 밧줄 끝을 사람들이 단단히 붙잡고 있었다.

　20미터쯤 내려오자, 발이 땅에 닿았다.

　"신호를 보내면 나를 당겨 올려줘!" 너새니얼은 절벽 위의 사람들에게 소리쳤다. "일단 여기서부터는 혼자 내려갈 수 있을 것 같아."

　경사가 아주 가파르고 때로는 다리가 흠칫 떨릴 정도의 단층도 있었으나 그는 천천히 내려갔다. 암벽에 핀 꽃을 보자 가슴이 뛰었다. 사슴이 있다는 점과 꽃이 피었다는 사실은 아무래도 큰 의미가 있는 듯했다. 왼눈이 빨갛게 물들 정도는 아니었으나 그래도 경사를 내려감에 따라 이산화황 농도는 짙어졌다. 땀이 흐르기 시작한 건 몸을 움직였기 때문만은 아니었다. 바닥이 가까워지면서 기온이 올라갔다. 팔로 얼굴의 땀을 닦으면서 더 신중히 내려갔다.

　"저기, 우디. 저 밑에는 뭐가 있을까?" 자기도 모르는 새 혼잣말을 중얼대고 있었다. "만약 이곳이 우리가 목표로 한 곳이라면 로얄엔필드는 무용지물이었을지도 모르겠네. 오토바이로 이런 데까지 올 수는 없으니까."

　단층이 앞을 가로막아 발 디딜 곳을 찾아야겠다고 생각한 순간 쌓인 눈을 밟는 바람에 미끄러지고 말았다.

"악!"

쿵. 등으로 착지해 그대로 경사면으로 굴러떨어졌다. 뭐든 잡아야 하는데. 순간 그렇게 생각했으나 속도가 붙은 몸은 아무것도 할 수 없었다. 어딘가에 머리가 세게 부딪치며 이마가 찢어졌다.

그리고 의식이 날아갔다.

얼마나 긴 시간 동안 실신해 있었는지는 모른다. 어쩌면 불과 몇 초였을지도 모른다. 대자로 뻗은 너새니얼의 눈에는 갈라진 지표면의 가는 틈 사이로 회색 하늘이 비쳤다.

나 배고파.

"……."

나 배고파.

"아아…… 맞다. 어제 나만 고기를 먹고 말았구나. 집에 가자마자 밥 줄게. 우디."

둘 중 하나를 쏘겠다면 저 애부터 쏴. 저 애를 봐……. 응, 보라고! 알겠지? 저런 애는 오래 못 살아.

"무슨 소리를 그렇게 해. 엄마."

너는 수술받을 거야. 알겠지?

"우디는? 우디도 받게 할 거지?"

우디는 필요 없어. 쟤는 내가 데려갈 거니까.

"뭘 먹고 있는 거야, 우디? 아아, 라자냐? 맛있어, 우디?"

나는 엄마랑 가기로 했어. 너트는 혼자여도 괜찮다고 엄마가 말했으니까.

"나 혼자 괜찮지 않아!" 몸을 일으키며 외쳤다. "나도…… 나도 괜찮지 않아……."

수면을 때리는 물방울 소리가 환영을 뒤흔들었다.

어쩔 수 없이 너새니얼은 물이 일으키는 파문에 흐릿하게 사라지는 어머니와 형을 보내주었다. 넋을 놓은 눈동자에 칼 하인츠가 스쳤으나 개는 어디에도 없었다. 흙이 축축했다. 이마에 손을 대니 피가 묻어 나왔다.

청량한 샘 옆에서 너새니얼은 눈물을 흘렸다.

물방울이 떨어져 중심을 잃은 잎이 튀어 올랐다.

동그란 물소리가 울렸다.

"나는 괜찮아. 나는 괜찮아……."

물가까지 기어가 샘에 입을 댔다. 유황 냄새가 설핏 났지만, 물은 달고 부드러웠다.

"우디, 여기야?" 얼굴의 피를 닦아냈다. "여기지……? 우리는 이 샘을 향해 온 거지?"

한참 동안 기다렸으나 정적에 집어삼켜질 것만 같았다. 얼마 후 자리에서 일어나 온 길을 되짚어 올라갔다.

계단 만들기는 다음 날부터 시작되었다.

재료가 될 바위나 돌, 잔해는 얼마든지 있었다. 사람들은 일단 적당한 크기의 바위를 균열 가장자리에 쌓아 올렸다. 이어서 경사면을 깎아 경사를 완만하게 만들었다. 그리고 바위와 바위를 부딪쳐 깨서 단을 형성한 경사면에 깔았다. 카일 고드프리가 애마를 타고 나가, 일주일 만에 돌을 깨는 망치와 흙을 실어 나를 수레를 구해 돌아왔다. 그 덕분에 1,571개의 계단 중, 처음 몇 단은 부서진 돌을 모아 깐 모자이크 모양이었으나 나머지는 제대로 된 돌판이 사용되었다.

힘을 합쳐 일하는 가운데 질서가 생겨났다. 질서는 분업을 낳았다. 바위를 채취해 깨는 사람, 경사면을 개척하는 사람, 돌판을 까는 사람. 사냥은 순서대로 했다. 물가에는 온갖 동물이 찾아와 음식이 없어 곤란할 일은 거의 없었다. 사람들은 바위 표면을 파내 만든 동굴에 살며 밤에는 불을 둘러싸고 고기를 구워 먹었다. 이렇게 생활이 풍요로워지자, 사유재산이 생겼고 법률로 사람들의 권리가 지켜졌다. 법률은 정치적 교섭의 산물로, 정치에 의견 충돌은 늘 따라오는 법이다. 충돌을 해소하는 가장 빠른 방법은 무력행사이므로, 군대가 조직되어 다시 전쟁이 되풀이되는 것이다. 그러나 헤일런 마을에서 자본주의는 아직 먼일이었다. 지금은 아직 누구나 능력에 따라 일하고 필요한 만큼 분배받았다. 만약 카를 마르크스가 이 광경을 봤다면 감격의 눈물을 흘리며 이렇게 소리쳤을 것이다.

'이야말로 공산주의다, 젠장! 내 유물사관*에 부족했던 점은 종말 사상이었나!'

한 달쯤 지난 어느 날, 마차에 탄 앤드루 프로스트가 가족을 데리고 찾아왔다. 계단을 까는 데 필요한 도구를 찾으러 나갔던 카일 고드프리가 여행 중에 마주친 폭도로부터 구해준 남자였다. 프로스트에게는 여섯 명의 아름다운 딸이 있었으므로 남자들 사이에서 범상치 않은 바람이 불었다. 일에 집중하지 못하고 서로를 부모의 원수라도 되는 양 노려보며 쉴 새 없이 아가씨들에게 눈길을 보냈다. 바로 이런 상황에서 사고가 일어났다. 돌판을 깔던 사람들이 실수로 돌판을 놓치는 바람에 70킬로그램이나 되는 돌판을 떨어뜨리고 말았다. 돌판은 지옥 같은 속도로 경사면 아래로 떨어져 물가에서 사냥감을 기다리고 있던 사람들을 덮쳤다.

불행을 당한 셋 다 한창때 나이의 독신 남자였던 터라 사람들의 의견은 분분해졌다. 돌판을 일부러 떨어뜨렸다고 규탄하는 매파와 어디까지나 실수였다는 비둘기파로 나뉘었다. 권총이 불을 뿜어도 이상할 게 없을 만큼 일촉즉발의 상태를 자연스럽게 넘긴 사람은 의외로 대니 레번워스였다.

"굳이 말하자면 돌판을 떨어뜨린 사람의 죄는 동물 학대야." 입을 쩍 벌린 일동을 향해 레번워스는 당당하게 주장했다. "생각해 보라고. 생식 행위는 동물의 정당한 권리지만, 모든 개체

---

* 마르크스주의의 역사관을 가리키는 말로, 세계사를 정신의 발전이 아닌 물질의 발전으로 보는 역사관을 뜻한다.

에 상대가 준비되어 있지는 않아. 생식을 둘러싼 목숨을 건 경쟁은 자연의 섭리니까 돌판을 고의로 떨어뜨렸던 아니든 암컷이 그것을 문제로 삼지 않는 한 수컷들이 요란을 떠는 일만큼 멍청한 일은 없지 않아? 나는 굳이 따지자면 동물 학대에 해당한다고 생각해."

그리고 죽은 남자의 동생을 우선 프로스트의 딸들과 선을 보게 했는데 일이 잘 풀렸다. 죽은 남자의 동생은 프로스트의 열여섯 살짜리 막내딸을 선택해 함께 동굴에서 살게 되어 이 일은 일단락되었다. 너무나 불가사의한 일이나 요컨대 사람들은 이제 죽음에 진저리가 나 악의보다는 선의에, 죄보다는 구원에 굶주려 있었다. 이 비참한 사고를 잊지 않도록, 개척한 계단 중간쯤에서 죽은 사람들을 위해 후하게 장례를 치러주었다. 이후 개양귀비가 피는 이곳이 마을의 공동묘지가 되었다.

어디서 들었는지 사람들이 속속 계곡으로 모여들었다. 남자도 있었고 여자도 있었다. 죄인이 있다면 목사도 있었다. 그중에는 과거 너새니얼 헤일런과 동행했던 사람들도 있었다. 23년이라는 그의 짧은 인생 가운데 처음으로 정을 나눈 여성도 있었다.

시에나 켄드릭은 너새니얼보다 두 살 많은 스물다섯 살로, 6·16 이전에는 작가를 꿈꾸며 소설을 썼다. 단편소설 몇 편이 하비에르 슬론이 이끄는 동인지《제비의 초상》에 실린 적도 있는 전도유망한 젊은 작가였다. 9월도 끝나가는 따뜻한 날에 그녀는 해머로 바위를 깨는 너새니얼을 향해 이렇게 말했다.

"당신은 아무 말도 안 하네." 너새니얼은 힐끔 그녀를 봤을 뿐 역시 아무 말 없이 다시 바위를 깨기 시작했다. "늘 평온하고 절대 화를 내는 법이 없지. 지금까지 많은 사람을 죽여왔을 텐데, 절대 그렇게 보이지 않아."

양손으로 해머를 들어 올려 바위를 내려쳤다.

"틀림없이 희망이 전혀 없는 거겠지."

해머가 지면에 쿵 닿자 너새니얼은 그녀와 마주 봤다. 검은 머리를 짧게 자른 단발머리는 그녀의 단정한 이목구비를 더 도드라지게 했다. 빨간 체크 피코트에 낡은 청바지, 나이키 농구화를 신고 있었다. 콧등에는 금색 피어싱을 하고 있었다.

"이상해. 당신은 여기 사람들의 희망인데 정작 본인은 아무 희망도 없어." 시에나 켄드릭이 말했다. "희망을 원해?"

"나는 모두의 희망 같은 게 아냐." 너새니얼은 눈을 내리깔았다. "그저…… 지금은 그저 사람들이 물가에 내려가기 쉽게 만들고 싶다는 생각뿐이야. 그게 나의 희망이야."

"그건 당신 희망이 아니라 모두의 희망이지."

"……"

"당신 자신은 뭘 하고 싶어?"

"나는…… 잘 모르지만. 아무래도 잘 모르겠어."

한숨이 흘러나왔다. 그러자 시에나 켄드릭은 화가 난 듯 다가와 그의 뺨을 양손으로 감싸고 억지로 입을 맞췄다.

당황한 너새니얼은 눈만 깜빡거릴 뿐이었다.

"바로 이곳이 모든 희망이 태어나는 장소야." 시에나는 그렇게 말하고 생긋 웃었다. "세상이 이렇게 된 이상 우리가 돌아갈 수 있는 장소는 이곳뿐이야."

돌계단은 아주 조금씩이었으나 착실하게 물가로 나아갔다.

작업을 시작하고 석 달이 지났을 무렵, 놀랍도록 기쁜 소식이 있었다. 물가 근처에 몰래 감자를 심은 사람이 있었는데 그 덕분에 첫 수확을 얻을 수 있었던 것이다.

여성들은 커다란 솥에 물을 끓여 감자를 삶았다. 남자들은 말린 고기를 내왔다. 마침 마차로 이곳에 온 남자가 12년 된 버번 통을 가지고 있었다. 맷 할아버지가 밴조를 뜯자 불 주위로 사람들이 모여들었는데 그 수는 어느새 50명이 넘었다. 누군가 밴조에 바이올린을 맞춰 연주했다. 나무 상자 드럼이 리듬을 만들고 하모니카가 멜로디를 이었다. 그러자 자랑스럽게 노래를 부르는 사람도 나타나 예수 그리스도가 호수 위를 걷는 모습을 밝게 노래했다. 팔짱을 낀 남녀가 깡충깡충 뛰기도 하고 빙빙 돌기도 하며 춤을 췄다. 이리하여 노래와 술이 있는 연회가 시작되었다.

밤이 깊어지자, 모닥불 너머에서 춤을 추던 시에나 켄드릭이 홀쩍 다가와 너새니얼 헤일런의 옆에 앉았다.

천천히 흔들리는 불꽃이 사람들의 시끌벅적한 웃음소리를 막아주었다. 계곡을 통과해 불어온 바람이 소란을 싣고 갔다. 둘만이 공유할 수 있는 정적이 주위를 감쌌다. 그것은 아무 말도 할 필요 없음을 깨닫게 해주는 정적이었다. 말은 서로의 내면에 온전히 있기에, 마음만 먹으면 언제든 할 수 있었다. 너새니얼 헤일런과 시에나 켄드릭은 그런 얕은 잠과 같은 침묵 속에 몸을 맡겼다.

"언젠가 또 소설을 쓸 거야?"

"모르겠어." 너새니얼은 시든 가지로 모닥불을 들쑤셔 불을 키웠다. "우리는 지금 어떤 위대한 작가도 상상할 수 없는 세계에 있어. 현실이 너무 어마어마해서 상상력이 따라갈 수 없어. 이러면 어떤 소설이든 두 손 들어야지."

시에나가 말했다.

"하지만 상상은 멈출 수 없어."

"상상…… 어떤?"

"여러 가지지. 나는 정말 많은 것을 상상해. 너무 상상해서 머리가 이상해지는 것 같을 때도 있어. 아마도 여기 있는 모두가 그럴 거야. 그래서 우리는 물가까지 내려가는 계단을 만들고 있는 거야. 바위를 부수고 돌판을 깔고 있으면 마음이 차분해지니까."

시에나는 너새니얼의 옆얼굴을 바라봤다. 눈에 눈물이 고였다가 뺨을 타고 떨어졌다.

"왜 그래?"

"아니야." 시에나는 울면서 미소를 지으며 고개를 저었다. "그럼 나도 소설 대신 계단을 만들고 있는 걸까?"

"응."

"대니는 사람을 먹는 대신 계단을 만들고."

"응."

"카일도, 맷 할아버지도."

"맞아."

"그렇구나." 시에나는 여러 번 작게 고개를 끄덕였다. "그랬 구나……. 나만 그런 게 아니었구나. 상상에 더는 의미가 없음 을 알면서도, 아는데도…… 올바른 것과 아름다운 것을 상상 해. 그러면 더 슬퍼지기만 하는데."

"세계가 이런 식으로 되었어도 우리는 그냥 우리로 있을 수 밖에 없어." 너새니얼이 말했다. "그러니까 너도 틀림없이 또 소설을 쓸 거야."

"응."

"그러면 안 돼."

"응?"

"소리 내어 제대로 말하지 않으면 안 된다고……. 나는 다시 소설을 쓸 거야."

"……."

"자, 따라해 봐. 나는 다시 소설을 쓸 거야."

"……나는 다시 소설을 쓸 거야."

"더 큰 소리로."

시에나는 허공을 바라보며 가슴 가득 숨을 채워 넣었다.

"나는 다시 소설을 쓸 거야."

"응. 됐다."

"나는 다시 소설을 쓸 거야."

"바로 그거야."

바람이 불어와 모닥불이 잦아들었다. 불티가 어둠 속으로 날아갔다.

"있잖아, 너트. 알고 있어?"

"뭘?"

"너도 이렇게 모두를 구원하고 있어." 너새니얼은 황급히 눈길을 피했다. "춤추자."

"아냐, 나는…….."

시에나는 재빨리 너새니얼의 앙상한 손을 잡고 모닥불을 넘어 춤추는 사람들의 원으로 들어갔다.

와! 하는 환호성이 일었다.

전원이 일제히 땅을 세게 차며 리듬을 탔다. 밴조와 바이올린에 맞춰 리듬을 탔고, 하모니카 음색이 요염하게 허리를 흔들게 했다. 노랫소리가 더 커졌다.

황소개구리를 생각하면서

눈을 뜬 적이 있나?

황소개구리를 생각하면서

눈을 뜬 적이 있나?

당신은 거기에 누워 웃어야 해

울음을 터뜨리지 않도록 웃어야 해

손뼉 소리가 두 사람을 둘러싸고 휘파람 소리가 여기저기서 날아들었다. 너새니얼의 다리가 엉키자 사람들이 깔깔대고 웃었다. 시에나가 웃었다. 너새니얼은 그것을 보고 자신도 웃고 있음을 알았다.

둘은 완전히 피로에 지칠 때까지 춤추고 모닥불 옆에서 모포 한 장을 같이 두르고 잠들었다.

품에 안은 시에나의 몸은 따뜻해 모든 선한 것이 담겨있는 듯했다.

'딱 한 번의 키스였어.'

잠에 빠지기 전에 너새니얼은 어렴풋하게 그렇게 생각했다.

'아주 작은 용기로 우리는 이토록 변할 수 있구나. 만약 시에나가 다시 소설을 쓴다면 나는 그녀의 펜이 되자.'

그는 개 짖는 소리에 잠을 깰 때까지 고뇌와 후회 없는 꿈속으로 빠져들었다.

호수 위를 걷다
: 또는 자기 정당화 메커니즘에 관한 고찰

　이 장을 읽으려면 조금은 강한 인내심이 필요할지 모른다. 그러나 부디 끝까지 내던지지 말고 읽어주시길. 나는 여기서 블랙라이더 전설이 탄생한 경위와 캔디선 바깥에서 사는 사람들의 심리 상태를 조명하고자 한다. 이 부분을 제대로 언급하지 않으면 이 책은 그저 독자의 무료함을 달래기 위한 한심한 읽을거리에 지나지 않을 것이다.

　굶주린 사람들에게 고기를 나눠주어 500명의 배를 채웠다, 손가락 하나 까딱하지 않고 화이트라이더들을 차례로 처리했다, 손을 대기만 했는데 병든 자가 나았다, 혼자서 1,571개의 돌계단을 쌓았다.

　너새니얼 헤일런이 베푼 기적들은 말하자면 예수 그리스도의 기적과 흡사하다. 예수는 악령 퇴치부터 병자 치료까지 해냈다. 다섯 개의 빵과 두 마리의 물고기로 5,000명의 배를 채우고 갈릴리호 위를 유유히 걸었다.

예수가 베푼 이 기적을 우리는 어떻게 이해해야 할까?

나로서는 이 모든 게 다 사실이라고 받아들일 수는 없다. 물리학적으로 어떻다는 말이 아니다. 신약성서에 등장하는 기적적인 이야기는 예수가 인간을 초월한 존재임을 증명하려고 제자들이 쓴 것이다. 그것을 놓고 자연과학 운운하는 일은 무의미를 넘어 바보 같은 짓이다.

내 의문은 이것이다. 이토록 많은 기적적인 이야기가 정말 필요한가? 호수 위를 걷는 것만으로 인간은 예수를 신으로 받아들이지 못했단 말인가? 예수의 옷을 만졌을 뿐인데 12년간의 출혈이 멈췄다는 여자의 이야기만으로는 불충분하다고? 그럴지도 모른다. 기적이 하나뿐이라면 부정하기도 쉽다. 마태와 마르코, 요한과 누가는 이래도 되나 싶을 정도의 수많은 기적을 만들어냄으로써 믿지 않은 자들의 입을 다물게 했을지 모른다.

그러나 가령 그렇다고 하더라도 다음 의문은 해소되지 않는다. 왜 예수는 5,000명의 배만 채웠는가? 굶주리는 사람은 곳곳에 있는데 왜 단숨에 5억 명 정도의 배를 채우지 않았나? 의문은 더 있다. 각 복음에서는 기적이 드러나는 방식에 차이가 있다. 이를테면 5,000명의 배를 채운 이야기는 모든 복음에 나오는데 예수가 호수 위를 걷는 이야기는 누가복음에만 등장한다. 도대체 왜? 어쩌다가 누가만 훔쳐봤나? 내가 존경하는 현재 가장 유명한 코미디언 솔로몬 쿠가는 이렇게 말했다.

세계란 한쪽 눈만 뜨고 한쪽 눈은 감고 보는 게 딱 좋다. 두 눈을 다 뜨고 보면 견딜 수 없는 게 너무 많아진다. 파리는 복안으로 세계를 보기에 견딜 수 없는 것투성이일 것이다. 그래서 녀석들은 똥에 모여든다. 괴로운 현실을 직시하기보다 똥에 모여드는 게 훨씬 낫기 때문이다.

—《귀갓길의 소름》

누가 한쪽 눈을 감고 있었는지는 모르지만 이렇게 되면 너새니얼 헤일런이 일으킨 수많은 기적도 전해진 이야기가 전부는 아닐 것이다. 그것들은 그의 성스러움을 널리 알리려고 사람들이 무의식적으로 매달린 신의 이미지에 불과하다.

우리는 점점 핵심에 접근하고 있다.

문제는 요컨대 이 이미지가 어디서 생겼고, 그리고 사람들이 얼마나 이 이미지를 이용해 식인을 정당화했는지에 있다.

이미지란 고정관념을 갖는 것이다. 예를 들어보자. 나치에서 유대인 대학살을 입안한 아돌프 아이히만의 머리에는 뿔이 있고 입에는 뾰족한 송곳니가 있는 게 분명하다. 이게 이미지란 것으로, 철학자 한나 아렌트의 말처럼 '악의 평범성'이다《예루살렘의 아이히만》). 실제의 아이히만은 상당히 잘생겼고 사무 능력 외에는 특출할 게 없는 평범한 관료였다. 사진만 보면 그가 유대인 수백만 명을 가스실로 보낸 남자라고는 아무도 생각하지 못할 것이다. 월터 본드가 연기한 대니 레번워스는 가늘고 긴 얼굴에 낯빛이 어두운 음험한 남자였는데 진짜 레번워스는 애교 있는 얼굴을 한 몸집이 작은 남자였다.

인간은 이미지로만 현실을 받아들인다는 점은 플라톤이《국가》에서 동굴을 비유로 들어 이미 말한 바 있다. 사람들이 안다고 착각하고 있는 세계와 현실의 세계는 종종 전혀 다른 모습을 하고 있다. 그도 그럴 것이, 우리가 보고 들을 수 있는 데는 한계가 있으며, 현실 세계는 그런 한계보다 훨씬 복잡하고 거대하고 쉽게 변하기 때문이다.《여론》을 쓴 20세기의 저널리스트 월터 리프먼은 싱클레어 루이스의 소설《메인 스트리트Main Street》를 인용해 이런 예를 들었다.

고퍼 프레이리의 주민, 샤원 양은 프랑스에서 전쟁이 발발했음을 알고 그것이 어떤 것인지 상상하려 했다. 그녀는 프랑스 땅을 밟은 적도 없고 물론 전선 근처에 가본 적도 없었다. 프랑스와 독일 병사들을 본 적은 있는데, 그 수가 300만 명이라고는 상상도 하지 못했다. 실제로 누구도 상상할 수 없을 것이다. 그 분야의 전문가라면 300만 명의 병사라는 형태로 상상하려 하지 않는다. 전문가라면 이를테면 200개 사단으로 이해할 것이다. 그러나 샤윈 양은 전투 대형도 알 턱이 없었다. 그래서 전쟁에 관해 생각하면 조프르 장군과 독일 황제가 대결하듯 두 사람의 모습만 떠올랐다.

현실을 있는 그대로 인식할 수 없는 게 인간의 숙명이라면 우리는 모두 샤윈 양과 마찬가지로 가짜 현실 즉, 허구 속에서 살고 있는 셈이다. 그러나 허구라 해도 결코 경시해서는 안 된다.

자, 그럼 이제 6·16 이후, 식인이 횡행할 정도의 심각한 식량난 속에서 그 얼마 안 되는 식량을 흔쾌히 다른 이에게 나눠 주는 인물을 상상할 수 있을까? 가능할 수도 있다. 그러나 아마도 그것은, 우리가 캔디선 안에서 보호받고 있기 때문이다. 캔디선 안쪽이라면 그처럼 올바른 자, 선한 그리스도 교도를 떠올리는 일은 호수 위를 걷는 예수를 떠올리는 일만큼 쉬울 것이다. 게다가 우리 동부 사람은 '식인'이라는 죄의식에 끊임없이 시달릴 일도 없었다.

그러나 중서부와 남부 사람들은 이미 죄를 드러낸 채 살았다. 사랑하는 사람이 눈앞에서 굶어 죽는 게 당연한 곳에서 죄의식에 짓눌리면서도 사람을 잡아먹고, 그러면서도 신의 사랑을 받길 기원했다. 그런 사람들에게 다른 이에게 식량을 나눠주는 사람을 상상하는 일은 결단코 쉽지 않았다. 만약 정말 그런 사람이 있다면 그는 성인聖人임이 틀림없었다.

내 의문은 바로 이것이다. 캔디선 안과 밖, 도대체 어느 쪽이 현실이고 어느 쪽이 허구인가? 이에 대한 대답이 나올 일은 아마 영원히 없으리라. 또 나와서도 안 된다. 우리의 현실은 이미 허구이고 허구 또한 현실이기 때문이다. 한쪽이 다른 쪽을 비난할 수도 없다. 캔디선 안팎 모두 미국의 현실이자 허구이다.

너새니얼 헤일런이 음식을 먹지 않고 식량을 사람들에게 나눠주고, 끊임없이 추격해 오는 킬러를 처치한 일은 실제로 일어난 일들이다. 이런 사실이 몇몇 사람들의 이미지 속에서 **너새니얼 헤일런은 사람을 죽이고 그 고기를 사람들에게 나눠주었다**는 식으로 왜곡되었다 해도 그리 놀랄 일은 아니다. 신화는 허구다. 신화라는 단어 자체에 '근거 없이 만들어진 이야기'나 '픽션'이라는 의미가 포함되어 있음을 떠올리길 바란다. 사소한 오해와 혼동이 전설을 만들어낸다. 게다가 너새니얼 헤일런과 함께 여행한 자가 구세계의 식인 살인마였다면 더욱 그렇다. 너새니얼 헤일런은 식인귀와 동행했으니, 그들이 사람들에게 나눠준 식량은 인육이 틀림없다.

그렇다면 너새니얼 헤일런은 왜 악마라는 이미지를 얻지 않았을까? 물론 악마 이미지를 얻긴 얻었다. 식량이 부족하지 않은 백성서파의 상층부와 식량 배급을 받는 모든 동부 사람에게서는 말이다. 그러나 황야에 사는 사람들에게 너새니얼 헤일런은 악마일 리 없다. 만약 그가 악마라면 식인의 죄를 범한 자는 하나도 남김없이 지옥 불에 떨어질 테니까.

너새니얼 헤일런의 신격화는 물론 허구다. 그것은 구세계의 신에 대한 두려움과, 식인에 대한 죄책감으로부터 만들어져 사람들에게 전설이라는 형태로 공유된 이미지이다. 그러나 리프먼은 '일정 조건 아래에서 사람들은 현실 사태에 대한 반응과 똑같은 강렬함으로 허구에 반응한다. 또 대다수 사람은 자신이 반응한 그 허구 자체를 창조하는 데 일조한다.'고 말했다.

허구라는 설명으로 불충분하다면, 거짓말이라고 바꿔 말해도 좋다. 그렇게 바꿔 말한다 해도 본질이 바뀌지는 않으니까. 노벨문학상을 수상한 마쓰노 쇼타로는 이렇게 말했다.

거짓말은 사랑하는 사람을 위해 존재한다. 사랑이 없는 관계라면 굳이 거짓말을 하고 싶지도 않다. 사랑은 없고 거짓말만 있는 관계는 편안하면서도 외롭다.

— 2116년, 노벨문학상 수상 연설 중

이해하겠는가? 사랑하는 사람의 죽음이 곳곳에 널려있는 황야가 낳은 아이, 그것이 블랙라이더 전설이다. 황야에 사는 사람들의 절박한 거짓말 속에서 블랙라이더는 물 위를 걸어 기적을 보여준 것이다.

내가 식인 행위를 인정하거나 장려한다는 건 아님을 분명히 짚어두겠다.

내 현실(혹은 허구)은 캔디선 안에 있다. 내 인격도, 사고도 물론 캔디선 안이라는 공간에서 형성되고 규정되었다. 어머니를 살해한 한낱 범죄자에 불과한 사람이 어떻게 신격화되었는가. 나는 무엇보다 그것을 해명하고 싶었다. 그럼으로써 캔디선 바깥에 있는 사람들의 비장한 심정을 이해할 필요가 있었다. 왜냐하면 현재처럼, 불안정한 상태의 선택이 논란의 여지가 안 되는 시대가 언제까지나 이어지리라고 생각하지 않기 때문이다. 언젠가 우리는 자기 행위와 이 혼란한 시대를 정리할 때를 맞게 될 것이다. 그리고 평화가 돌아오면 블랙라이더는 비로소 그곳에서 상징으로서의 죽음을 맞게 될 것이다. 평상시에는 아무도 구세주를 필요로 하지 않기 때문이다. 내 걱정은, 마침내 평화가 찾아왔을 때 미국이 다시 예전처럼 하나가 될 수 있느냐는 것이다. 그때 가서 식인을 한 자를 규탄하거나 복수가 횡행해서는 안 된다.

마지막으로 인간이 지닌 복종 심리를 잠시 소개하고자 한다. '밀그램 실험'이라는 유명한 실험이 있다. 폐쇄적인 환경 속에서, 인간은 놀랍도록 권위에 쉽게 복종한다는 사실을 밝힌 예일대학교 심리학부가 한 실험이다. 실험의 설정은 다음과 같다.

두 사람이 기억과 학습에 관한 연구에 참여하려고 심리학 연구실에 온다. 한 사람이 '선생' 역할을 맡고 다른 이가 '학습자'

역할을 맡는다. 실험자는 이 연구가 학습자에게 벌을 줌으로써 학습에 미치는 영향을 알아보는 것이라고 설명한다. 학습자는 어떤 방으로 안내되어 의자에 앉게 하고 두 팔은 많이 움직이지 못하도록 묶는다. 그리고 손목에 전극이 연결된다. 그 후, 나열된 단어를 외우라는 지시를 내린다. 그리고 질문에 대한 답이 틀릴 때마다 전기충격을 가하고 충격은 점점 세진다.

실은 이 실험의 진짜 관심 대상은 선생 역할 쪽이다. 학습자가 묶인 모습을 본 뒤, 선생 역할은 주실험실로 보내져 전기충격 발생기 앞에 앉게 한다. 큰 특징은 수평으로 놓인 30개의 스위치로, 15볼트에서 450볼트까지 15볼트 단위로 충격 강도를 나눠 놓았다. 또 그 강도는 '가벼운 전기충격'에서 '위험: 과도한 전기충격'으로 글로도 적어 놓았다. (중략) 틀린 답이 나오면 선생 역할의 참가자는 학습자에게 전기충격을 가하도록 지시받는다. 가장 낮은 전기충격 강도(15볼트)에서 시작해 틀릴 때마다 강도를 높여 두 번째는 30볼트, 다음은 45볼트로 늘리라고 한다. (중략) 이 실험의 핵심은 구체적으로 계량이 가능한 상황에서 항의하는 피해자(학습자) 역할에게 점점 강한 고통을 주도록 명령받았을 때, 그 사람(선생 역할)이 어디까지 하느냐에 있다.

— 스탠리 밀그램《권위에 대한 복종》

학습자 역할을 하는 사람은 물론 가짜였다. 사실 전류 같은 건 흐르지 않았다. 선생 역할의 참가자가 스위치를 누를 때마다 학습자는 고통스러운 척 연기할 뿐이었다. 게다가 이 실험의 '권위자'는 고작 심리학부의 연구자들이고, 선생 역할을 맡은 이들의 머리에 권총이 겨눠져 있는 것도 아니었다. 또 시키는 대로 하지 않으면 배반자라는 꼬리표가 붙는 것도 아니었다. 예를 들어 선생 역할의 참가자가 피해자를 동정해 스위치 누르기를 거부해도 어떤 징벌도 받지 않는다.

전기충격이 강해짐에 따라 피해자의 반응도 격렬해졌다. 신음하거나 절규하는 강도가 점점 심해졌다. "선생님! 저 좀 풀어줘요! 이런 실험, 그만둘래요! 더는 못 해요!", "아파서 죽을 것만 같아요." 선생 역할의 이들은 그저 말로만 실험을 계속하라고 재촉받을 뿐이었다. "계속하세요." 혹은 "그대로 진행하세요." 이 조사의 목적은 도덕에 의한 명확한 호소 속에서(즉 외부로부터의 어떠한 육체적, 정신적 위협이 없는 상태에서) 사람들이 언제 어떻게 권위에 반항하는지를 알아보는 것이었다.

실험과는 전혀 관계가 없는 사람에게 당신이라면 어떻게 하겠느냐고 물으면 전원이 '명령을 받으면서도 어디선가 실험자에게 항의할 거야.'라고 생각할 게 분명하다. "싫다는 사람에게 전기충격을 가하고 싶지 않아.", "어떤 실험이든 다른 사람에게 강한 전기충격을 줄 정도의 가치는 없다고 생각해요.", "사람이 고통스러워하는 모습은 볼 수 없어요." 그러나 놀랍게도 피해자의 엄청난 항의에도 불구하고 대다수 참가자는 실험자의 명령에 따라 변함없이 최고의 벌칙을 적용했다!

6·16 이후를 사는 우리는 이 실험에서 무엇을 배워야 할까? 기아에 허덕인 사람들의 식인 행위에 대해 어떤 분석을 내릴 수 있을까?

생명의 위협을 느낄 정도의 굶주림에 시달리다가 인육을 먹지 않으면 어떻게 해볼 도리가 없는 지경에 빠졌을 때, 우리 안에도 당연히 격렬한 갈등이 생긴다. 시소에 비유하자면 한쪽 편에 '먹는다'와 다른 편에 '먹지 않는다'라는 선택지가 오간다. 지금은 그야말로 좌우가 균형을 유지한 상태이다. 신앙이나 양심은 물론 '먹지 않는다'라는 쪽으로 기울어진다. 간신히 굶주림을 넘길 수 있는 사람들 즉, 캔디선 안에 사는 사람들에게 물으면 아마도 대부분이 동포를 먹을 바에는 죽음을 선택하겠다고 대답할 것이다. 그러나 캔디선 밖의 상황은, 현실은 그렇지 않음을 증명하고 있다. 많은 사람이 죽음보다 식인을 선택한 것이다.

이 장에서 논한 길고 긴 고찰에 인내심을 갖고 읽어준 분이라면, 이는 놀랄 일도 아닐 것이다. 밀그램 실험에서는 참가자가 실험 중단을 선언해도 실질적인 피해는 전혀 없었다. 고작 아르바이트 비용 4달러가 날아가는 정도였다. 그런데도 많은 참가자는 양심을 거스르고 전기충격 스위치를 마지막까지 눌렀다.

지금 눈앞에 양심을 따르면 굶어 죽는 상황에 놓여있다. 이런 상황에서 사람들이 양심을 거스르는 일 즉, 배고픔이라는 권위에 복종하는 것은 훨씬 쉬울 게 분명하다. 신앙의 문제는 너새니얼 헤일런을 신으로 추앙함으로써 이미 해결했다. 그것만이 아니다. '먹는다'라는 쪽으로 훅 기울어진 시소에 마지막 추가 얹힌다. 그것은 먹지 않으면 먹힐지 모른다는 공포다.

그래도 식인을 둘러싼 갈등은 해소되지 않을지 모른다. 전기충격 스위치를 누르는 것뿐인데도 인간에게는 심각한 갈등이 생긴다. 그것이 사람을 죽이고 해체하고 나아가 먹는 일이 되면 그 갈등의 강도는 상상을 초월할 것이다. 가족을 지키려는 아버지는 자신을 이렇게 설득하고, 이 갈등을 해소하려 했을지 모른다. "나는 지옥에 떨어질 거야. 하지만 아이들은 내가 준 걸 모르고 먹었을 뿐이니까 애들의 죄는 분명 가벼울 거야. 가령 지옥에 가더라도 가족이 다 함께 있을 테니 두렵지 않아."

이상이 내가 나름대로 이해한 이 세계의 모습이다. 이 장에서 내가 해명하고 싶었던 것은 블랙라이더 신화가 탄생한 경위이다. 이브 본느프와가 편찬한 《세계신화대사전世界神話大事典》에 다음과 같은 구절이 있다.

신들은 인간의 눈물에서 태어난다. 인간은 자신들의 위안을 위해 신화를 창조했다.

너새니얼 헤일런의 신격화 요청을 이토록 정확하게 표현한 말은 또 없으리라. 식인귀들은 절대 팡타그뤼엘주의자*(프랑수아 라블레《가르강튀아 팡타그뤼엘》제34장)가 아니다.

---

* 평화롭고 즐겁고 건강하게 살며 언제나 배부르게 먹는 사람이라는 뜻이다.

유다의 키스

긴 여행의 끝, 드디어 예루살렘에 도착한 예수 그리스도는 제일 먼저 신전으로 들어가 주위를 둘러봤다.

그날은 열두 제자와 함께 물러났으나, 다음 날 다시 돌아왔을 때는 호통치면서 상인과 환전상을 신전에서 쫓아냈다. 예수에게 신전은 그야말로 '기도의 집'이지 제물을 위한 비둘기나 양, 소를 사고파는 장소가 아니었기 때문이다.

그 때문에 전부터 민중을 매료시키는 예수를 눈엣가시로 보고 있던 신전 제사장과 율법학자들은 드디어 그의 살해를 결의한다.

유다 이스카리옷은 예루살렘에 들어올 때부터 불온한 움직임을 보였다. 그는 최후의 만찬 전에 예루살렘 신전의 제사장

들을 찾아가 "그 남자를 당신들에게 넘기면 얼마를 줄 겁니까?"라고 담판해 은화 30개에 예수를 팔았다. 그리고 말했다. "내가 키스하는 사람이, 그 사람이오."

유다의 배신을 알아차린 예수는 최후의 만찬에서 그에게 빵을 건네면서 이렇게 말했다. "하려 했던 일을 지금 당장 하거라." 그 말을 듣고 유다는 혼자 밖으로 나갔다.

만찬을 끝낸 예수는 올리브 산 중턱에 있는 겟세마네로 향했다. 기도하기 위해서다. 세 번의 기도를 마치자 유다가 제사장과 병사들을 이끌고 왔다. "때가 되었다."라고 예수가 말했다. "사람의 아들은 죄인들의 손에 넘겨질 것이다."

유다는 예수에게 다가와 "선생님, 안녕하십니까."라고 말하며 키스했다.

레이저 거리계에 따르면 모닥불까지의 거리는 716미터였다. "보여요?"

"아니." 빌 개럿은 라이플의 스코프에서 눈을 떼고 말했다. "다들 하나가 되어 춤을 추고 있어서 누가 너새니얼 헤일런인지 모르겠어."

밤의 어둠은 너새니얼 헤일런의 VB 의안으로부터 우리를 숨겨주었으나, 공평하게 우리가 그를 저격할 기회도 빼앗았다.

빌 개럿이 라이플을 내던지자 나도 레이저 거리계를 내려놓고 바위에 걸터앉았다.

옅은 안개가 끼고 갈라진 구름 틈 사이로 별이 딱 하나 보일 뿐이었다. 별빛은 수만 광년에 걸쳐 지구에 도착했으니, 어쩌면 저 별은 이미 오래전에 사멸했을지도 모른다. 그렇게 생각하니 조금이나마 마음의 위안을 얻을 수 있었다. 사람의 죽음도 마찬가지다. 우리는 죽은 뒤 환영을 질질 끌며 지상을 서성인다.

헤드라이트를 끈 차 안에서 칼 하인츠의 그림자가 움직였다.

넉 달 전쯤, 앨버커키에서 만난 대지진은 뉴멕시코주의 황야를 가르고 물을 뿜어냈다. 물가에 야생동물이 모이고 그 고기를 구하려 사람들도 움직였다. 사람이 모이는 곳에 정보가 모인다. 나와 빌 개럿이 처음으로 찾은 물가에 너새니얼 헤일런은 없었으나, 몇 개월 전까지 그와 함께 여행한 사람이 있었다. 다음에 도착한 물가에서는 사람들이 쌍심지를 켜고 느닷없이 총을 들이댔는데, 그곳에서 누구든 받아주는 물가가 있다는 정보를 들었다. 그렇게 우리는 이곳에 도착한 것이다.

계곡 바닥에서 일렁이는 불을 멀리서 바라보면서 우리는 자동차 뒤에서 불을 피워 통조림을 데웠다. 문을 열어주자 칼 하인츠가 내려와 불가를 빙글빙글 돌았다.

'벌써 아침밥이에요, 네이선?'

"그래. 밥 먹자. 스테이크는 어느 정도로 구워드릴까요?" 나는 그를 잡고 목덜미를 긁어주었다.

'아, 정말 그런 게 있다면 말이죠!'

"그러네. 매시트포테이토를 곁들인 스테이크를 실컷 먹어보고 싶네." 모닥불 건너편에서 이쪽을 훔쳐보고 있던 빌을 보고는 더는 참지 못하고 개를 풀어주었다. "동물에게 말을 거는 건 그리 이상한 게 아니에요."

헛기침하며 말했다.

"나는 아무 말도 안 했어. 아니면 역시 제정신이 아닌 건가?" 그는 양손을 들고 항복하는 포즈를 취했다.

"칼을 뉴욕으로 데려가려고 해요."

"음. 그거 좋지."

"아내에게 칼을 소개할 일이 기대돼요."

"자, 다 데워졌으니 먹자고."

먹는 동안 우리는 이야기를 나누지 않았는데, 통조림과 건빵이라는 무미건조한 식사라 그것도 겨우 5분 남짓 소요됐다. 계곡 바닥에서 수런거리는 소리가 어렴풋하게나마 바람을 타고 올라오자, 사료를 먹고 있던 칼 하인츠가 고개를 들었다.

우리는 다시 나란히 암벽 끝까지 기어가, 빌 개럿은 라이플의 스코프를, 나는 쌍안경 타입의 레이저 거리계를 들여다봤다.

불가에서 사람들이 춤을 추고 있었다. 원 중심에는 젊은 두 남자가 있고 키가 큰 쪽이 비틀댈 때마다 웃음이 일고 놀리는 듯한 휘파람 소리가 울렸다. 바이올린 소리가 들렸다. 이미 새벽 4시—시간이라는 개념에 무슨 의미가 있나 싶지만—에 가까운 시각이었다.

"저 둘의 결혼식인가?"

"어? 그런데 둘 다 남자잖아요? 아니, 딱히 동성혼에 반대한다는 말은 아니지만."

"아냐. 머리 짧은 쪽이 여자 아냐?" 나는 뚫어져라 둘을 응시했으나 판단이 서질 않았다. "내기해도 좋아. 저기에는 술도 있어."

"그러네요."

"해가 뜰 때까지 움직이지 못할 것 같네."

우리는 동시에 라이플과 레이저 거리계를 내려놓았다.

"이 거리에서 맞힐 수 있나요?"

"문제없어."

"그렇다면 유일한 문제는……."

"맞아. 우리 둘 다 누가 너새니얼 헤일런인지 모른다는 거지. 실수로 엉뚱한 사람을 죽이고 싶지는 않아."

"대니 레번워스의 사진에 찍힌 건 옆얼굴뿐이었고 게다가 반년도 더 전이라 훨씬 말랐을 겁니다."

"우리처럼 말이야."

"대니 레번워스를 먼저 해치우는 건 어때요? 조금 더 밝아지면 머리를 양갈래로 묶은 남자는 보일 겁니다."

"레번워스 외에도 머리를 묶은 남자가 있을 수 있어. 여기까지 오는 동안에도 있었잖아. 게다가 운 좋게 레번워스를 해치운다고 해도 너새니얼 헤일런은 포기할 수밖에 없어."

"두 마리 토끼를 잡다가 둘 다 놓친다는 말인가요?"

"그래."

"당신은 대니 레번워스보다 너새니얼 헤일런을 죽이고 싶나요?"

"나는 처단 명단 순서를 따를 뿐이야."

"동료로 받아달라고 부탁해 저 안에 들어가는 건 안 돼요. 가령 너새니얼 헤일런을 죽이더라도 살아 돌아갈 수 없어요. 보세요." 나는 어둠 끝을 가리켰다. "저 균열을 우회하지 않으면 저곳에 드나들 수 없어요. 도망치려 해도 틀림없이 추격당할 겁니다."

"뒤쪽의 바위산을 도는 방법도 있어."

"저쪽은 이산화황 농도가 너무 높아요. 잘못하면 중독으로 죽을 수도 있어요. 적어도 내게는 무리죠."

"전직 화이트라이더도 하나 있었지? 이름이 뭐였더라?"

"카일 고드프리." 그렇게 말하고 나는 생각에 잠겼다. "그는 왜 교회를 배신했을까요?"

빌 개럿은 침묵했다.

"너새니얼 헤일런을 죽이는 게 정말 옳은 일일까요? 이 여행에서 우리는 그에 관한 많은 이야기를 들었어요. 대부분은 나쁜 소문이 아니었고요." 나는 몸을 일으켰다.

"나쁜 소문을 내는 녀석은 다 놈에게 살해당해서겠지."

"그렇겠죠."

"당신은 너새니얼 헤일런을 죽이고 싶지 않아?"

"아뇨. 그런 건……."

"그 기분을 전혀 모르는 건 아냐."

"……."

"너새니얼 헤일런은 그저 불행한 애송이일 뿐이야. 경찰관일 때도 수없이 같은 기분을 맛보았지. 심하게 학대당한 여자가 남편을 쏜 일도 있었어. 안타까운 사건을 정말 많이 봤어. 계부에게 강간당한 남자아이가 정신에 병이 든 채 자라 열다섯 살에 드러그스토어를 습격했다가 가게 주인에게 사살된 사건도 있었어. 그 계부는 적어도 6·16까지는 체포되지도 않고 아주 태평하게 평범한 일상을 보냈지."

"그러면……."

"그 꼬마는 아르바이트하는 여자애를 쏴서 죽였어." 빌이 말을 막았다. "가게에 들어가자마자 그 여자애의 머리를 쏴버렸어. 알겠어? 내가 하고 싶은 말은 아무리 동정할 만한 일이 있었더라도 망가진 건 돌이킬 방법이 없다는 거야."

나는 눈을 떴다.

"우리 현장 사람들은 명령에 복종하는 수밖에 없어. 우리에게는 선악의 판단이 요구되지 않아. 선악의 기준은 열 명이 존재하면, 다 다르게 판단하니까. 만약 내가 신이라면 그 계부를 쏴서 죽였을 텐데 그런 일은 없겠지. 우리는 사건을 일으키는 녀석을 처리한다, 그뿐이야. 다음 일은 검사나 판사에게 맡기면 그만이지. 결국은 그게 질서라는 거 아닌가?"

"압니다. 하지만 너새니얼 혜일런이라는 존재는 뭐랄까…….
그는 사람들에게 희망을 줍니다. 사람들을 용서하며 모두를 이
끄는 듯해요."

"그저 인간에게 무관심할 뿐일지도 모르지."

"아마도 그럴 겁니다."

"교회의 명령은 절대적이야."

"……."

"옳고 그름의 문제가 아니야. 우리는 영혼의 평온을 얻으려
고 우리 머리로 생각해야 할 일을 신에게 맡겼어. 그렇지?"

나는 당황해 무의식적으로 칼 하인츠를 찾았다.

"칼?" 칼은 어디에도 없었다. "칼!"

내 공허한 목소리가 허무하게 어둠에 빨려 들어갔다.

"거기 있지, 칼?"

차 뒤쪽에서는 모닥불이 홀로 약하게 빛을 내고 있었다.

그때 칼 하인츠는 캄캄한 바위산을 홀로 내려가고 있었다.

세 다리로 애를 먹으며 어렵사리 갈라진 틈을 뛰어넘고 용기
를 내어 단층을 뛰어내렸다. 수없이 미끄러지고, 때로는 아주
심한 통증을 느꼈을 것이다. 그래도 그는 귀를 쫑긋 세우고 이
따금 걸음을 멈추고 킁킁대며 자신이 갈 길을 확인했다.

계곡 바닥에 내려서자, 저 멀리 보이는 불그림자를 향해 몇

번인가 짖었다. 사람들의 즐거운 듯한 소리가 들렸으나 자신의 목소리는 닿지 않았다. 거대한 균열 너머로 건너가려면 수 킬로미터나 우회해야 했다. 그는 코를 남쪽으로 두고, 비틀비틀 걷기 시작했다. 그러다 갑자기 멈춰 고개를 쳐들었다. 유황 냄새가 강해지자 불안함에 왔던 길을 돌아봤다. 역시 북쪽으로 돌아가는 게 좋을까? 그렇게 생각하고 몸을 돌렸다가, 마음을 고쳐먹고 그대로 나아갔다.

만약 내가 솔로몬의 반지를 가지고 있다면, 가령 칼 하인츠의 말을 직접 듣지 못하더라도, 이를테면 그 근처의 사슴이나 흰머리 독수리나 헤일런 마을의 조랑말 등에게 유력한 증언을 얻었을지 모른다. 그 세 다리의 개는 꽤 서두르는 듯했어, 내가 하늘에서 이 근처는 유독가스가 가득해 위험하다고 수없이 경고했는데 귀를 기울이지 않았어, 나도 봤어, 비틀거리는 주제에 아주 기뻐 보였어, 틀림없이 주인님을 만난다는 생각에 주변이 보이지 않았을 거야. 그러나 내게는 그런 반지가 없었기에 칼 하인츠의 마음을 알 도리가 전혀 없었다.

검게 솟은 바위산 사이를 개는 고개를 늘어뜨리고 묵묵히 걸었다. 지면에서 올라오는 유황 냄새 탓에 코가 타들어 가고 목구멍이 찌릿찌릿 아팠다. 그래도 혀를 축 늘어뜨리고 규칙적으로 호흡하면서 앞으로 나아갔다. 사람들의 목소리가 멀어지고 드디어 아무것도 들리지 않았다. 그의 가슴에 불안이 파고들었다. 그러나 그 불안은 기대만큼 크지 않았다.

첫 주인이 반쯤 재미로 앞다리 하나를 날렸을 때는 너무 어려서 아무것도 몰랐다. 그러나 지금 돌이켜보면 그것 역시도 다 의미 있는 일이었음을 안다. 이후 경험을 통해 배운 것인데, 인간들의 행위에는 자신은 헤아리지 못하는 의미가 있다. 그 의미란 바비 로스를 만난 것이다.

바비 로스가 모으던 고철을 보고 있는 것만으로도 즐거웠다. 구겨진 덕트에 싸움을 걸거나 폐차 시트를 물어뜯거나 고물 속에 살림을 차린 쥐들을 쫓아다니는 일은 무한한 기쁨이었다.

어느 날 새벽, 세계가 격렬하게 흔들렸다. 들어본 적 없는 폭음이 귀를 먹먹하게 했고, 밝아오던 하늘을 불덩어리가 가득 메웠다. 고물 더미가 무너졌으나 쥐들은 이미 도망친 다음이라 아마도 다 무사했을 것이다. 무사했다고 말할 수 있으면 좋으련만. 바비 로스는 점점 말라갔고 어느 날 밤, 바닥에 털썩 쓰러지더니 지독하게 고통스러워했다. 식은땀을 흘리며 이리저리 굴러다녔다. 귀를 뒤로 접은 칼 하인츠는 불안함에 우는 소리를 내며 바비 로스의 곁을 떠나려 하지 않았다. 아직 여름이었는데 이유도 없이 점점 차가워져 자기 몸으로 바비 로스의 몸을 따뜻하게 했다. 얼굴을 핥아주었다. 하지만 주인님이 자리에서 일어나 머리를 쓰다듬어 주는 일은 두 번 다시 일어나지 않았다.

그것에도 역시 의미가 있었다. 낮과 밤이 수없이 바뀐 뒤에 너트가 돌연 찾아왔다. 모르는 남자를 데리고 왔으나 너트는 너트 그대로였다. 아니, 키가 조금 커져있었다. 그 눈 오는 날이 너트와 만난 마지막 날이었다. 칼 하인츠는 너새니얼 헤일런의 그날의 차가웠던 손을 기억하고 있었을지 모른다. 고열이 나기 직전, 마치 큰물이 들이닥치기 직전 물이 싹 빠지듯, 온몸의 열이 사라지고 없었다. *칼, 너는 강한 개야. 잘 알지?* 그날처럼 너트는 그의 머리를 양손으로 감쌌다. *그날도 내가 똑같이 말했지? 기억해, 파트너? 너는 내 형처럼 강한 개야.*

물론 기억해요. 너트.

드디어 균열을 건너 돌아왔을 무렵에는 물로 희석한 듯한 옅은 서광이 황야에 흘러들고 있었다. 유황에 머리는 몽롱해져 그냥 서있어도 위태로운 다리가 더 후들거렸다. 비틀대다가 균열 틈으로 떨어질 것 같아, 그다음부터는 암벽을 따라 걸었다. 수없이 멈춰 서서 호흡을 가다듬어야 했다.

그로부터 긴 여행이 시작되었다. 너트는 수많은 사람을 쓰러뜨렸다. 그때마다 너트는 조금씩 너트가 아니게 되었고, 너트 안에 남아있던 너트는 더 고집스럽게 너트에 달라붙어 있었다. 너트와 헤어지려 했을 때 너트는 이미 죽어있었다. 쓰러져 움직이지 않는 바비 로스와 똑같은 눈을 하고 있었다. 하지만 니므롯은 그러지 않았다. 니모는 다시금 숨이 돌아온 인간의 눈을 하고 있었다. 콘크리트를 뚫고 얼굴을 내민 봄풀 같은 눈. 그래서 니모를 따라나서기로 했다.

니므롯 롱크와의 생활은 짧았으나 평온했다. 밖을 자유롭게 다닐 수 있도록 허락해 주기도 했다. 어느 날 밤, 훌쩍 동네를 산책하고 돌아오자 그곳에 네이선이 있었다. 니모와 어떤 갈등이 있었던 듯, 조용히 앉아서 얘기하고 있었으나 판잣집에는 긴장이 감돌고 있었다. 칼 하인츠는 니므롯의 발밑에 누워 두 사람의 대화에 귀를 쫑긋 세웠다. 얼굴을 찌푸린 니모와 네이선이 무슨 이야기를 했는지는 모른다. 하지만 아주 중요하고 또 자신과 관련이 있는 것만 같았다. 비유하자면 아주 오래전에 묻은 뼈 자리를 남몰래 이야기하는 듯했다.

주위는 점점 밝아졌고 어느새 유황 냄새도 옅어졌다. 화톳불 옆에 몸을 웅크린 사람들이 보였다. 이제 더는 아무도 웃지 않고 아무도 춤추고 있지 않았다. 몇 명이 조용히 술을 마시고 있을 뿐이었다.

너트!

칼 하인츠는 달리면서 소리 높여 짖었다.

너트, 거기 있죠? 나예요. 칼이에요!

"어이, 봤어?" 빌 개럿이 날카롭게 말했다. "그 개, 저쪽에 있어."

말할 필요도 없이 내 레이저 거리계도 정확하게 칼 하인츠를 잡고 있었다. 거리로는 924미터. 칼 하인츠가 잠들어 있는 사람들에게 다가가자, 파인더에 표시되는 거리는 점점 줄어들었다.

큰 바위에 도달했을 때 칼 하인츠가 비틀거리더니 털썩 쓰러졌다.

"칼! 칼, 왜 그래!" 나도 모르게 벌떡 일어나고 말았다.

"이산화황에 당했겠지." 여기까지 오는 도중에 본, 몇몇 사체가 눈가를 스쳤다.

"네이선, 침착해." 빌이 암반 위에서 우왕좌왕하는 나를 달랬다. "저 개는 포기해."

"그럴 수는 없어!"

"무엇보다 우리는 저리로 건너갈 수 없어. 너새니얼 헤일런을 쏘고 바로 도망쳐야 해."

사실 그 한마디가 나를 놀라게 하지는 않았다. 머릿속이 혼란한 외중에도 칼 하인츠는 동물적인 본능으로 너새니얼 헤일런의 존재를 알아차렸다고 생각했다. 거꾸로 말하면 너새니얼 헤일런이 아닌 인간을 칼 하인츠가 원하리라고 생각할 수 없었고, 생각하고 싶지도 않았다. 그리고 너새니얼 헤일런이 다른 사람들이 말한 것처럼 자비로운 남자라면, 칼 하인츠를 제일 먼저 품에 안는 사람이 바로 우리의 첫 번째 표적임이 분명했다.

미간에 잔뜩 주름을 잡은 얼굴을 보건대 빌도 나와 같은 생각임을 알았다. 서둘러 엎드려 레이저 거리계를 들여다봤다. 칼 하인츠까지 862미터라는 표시가 떴다.

파인더 안에서 사람들이 꿈틀거렸다. 몇 명이 일어나 목을 빼고 남쪽을 살폈다. 칼 하인츠는 그들의 시야 밖에 쓰러져 있었다.

그때 꺼진 모닥불 옆에서 잠들어 있던 남자가 일어나 급히 달리기 시작했다. 달리다가 걸음을 멈추고 주위를 둘러봤다. 뭐라고 소리치는 듯한데 물론 우리에게 들리지는 않았다.

파인더를 왼쪽으로 틀었다. 칼 하인츠가 몸을 일으키려 하고 있었다. 입의 움직임으로 짖고 있음을 알았다. 명백히 누군가의 부름에 대답하려 하고 있었고, 그 누군가는 정신없이 달려오는 키 크고 마른 남자임이 틀림없었다. 몇 명이 그의 뒤를 쫓아 달려왔다. 파인더 너머로는 모두가 그와 비슷하게 보였다.

"칼은!" 자신을 다독이려고 심호흡을 되풀이했다. "칼은 맞히지 말아 줘요."

"자, 누구야?" 빌 개럿은 라이플의 스코프에 눈을 바싹 가져다 대고 혀로 입술을 축였다. "착한 녀석. 최고의 키스를 보여 다오, 유다여."

에필로그

 2192년 6월, 나는 너새니얼 헤일런을 직접 아는 사람들의 이야기를 듣기 위해 다시 뉴멕시코주 엘 모로를 방문했다.

 빌 개럿이 그를 저격한 지 15년 이상의 세월이 흘러 세상은 크게 변해있었다. 캔디선이 남북으로 500킬로미터 늘어나 더 많은 사람이 동부 정부의 비호 아래 들어간 데 반해, 선 바깥에서는 식인이 일반화되었다. 사태를 타개하기 위해 하버드대학교 연구실에서는 인간의 유전자에 절멸한 소의 유전자를 결합해 새로운 식육 동물을 만들어내고자 했다. 인간의 유전자를 이용한 이유는 인간의 번식력이 강하기 때문이다. 그 시도가 성공하면 식량난은 비약적으로 개선될 것이다. 인간의 유전자를 지닌 그 새로운 식육 동물을 둘러싼 윤리적 문제는 일단 제

처두기로 하고.

나는 에마 도슨의 동료 둘을 경호원으로 고용했다. 여자친구의 친구들은 단련된 육체와 바위 같은 턱을 지니고 기관총까지 달린 지프로 왔다. 한 사람이 운전하고 다른 사람이 기관총으로 주위를 감시했다. 그리고 조금이라도 수상하다 싶으면 가차 없이 중기관총을 난사했다. 아무것도 없는 황야를 달리고 있을 때 총수가 무료함을 달래려고 목소리를 높였다.

"지금도 캔디선을 넘어오려는 놈들이 끊이질 않아, 파트너."

"응. 그렇지." 운전사가 대답했다.

"얼마 전에 미치가 잡은 놈 얘기 들었어?"

"아니."

"미치를 매수하려 했대. 하지만 밖에서 유통되는 돈이라고 해봐야 그저 휴지 조각에 불과하잖아. 그놈은 미치에게 검은 덩어리 같은 것을 주며 눈 감아 달라고 했다는데 그게 뭔지 알아?"

"글쎄다. 합성 마약?"

"너새니얼 헤일런의 똥이었대!" 총수 자리에서 호쾌한 웃음소리가 일었다. "화석 같았다고 하더라. 녀석은 블랙라이더의 똥으로 미치를 매수하려 한 거야."

운전사도 싱긋 웃으며 내게 한쪽 눈을 감아보였다.

그것이 진짜 너새니얼 헤일런의 것인지는 의심스럽지만, 나는 그 월경자가 미쳤다고 생각하지 않았다. 예컨대 그가 신앙심 깊은 도둑이었다고 하더라도, 신앙의 올바른 방식을 본 듯한 기

분이 들었다. 20세기 작가 마리오 바르가스 요사의 《세상종말
전쟁》이라는 책에는 가난한 자를 구하고 악인을 회심시키며 괴
물들을 사랑한 성자가 등장한다. 가난한 자의 낙원을 지키기 위
한 길고 처참한 전쟁 끝에 그가 드디어 임종을 맞았을 때, 비탄
에 잠긴 제자들은 죽어가는 노인을 둘러싸고 그 노쇠한 몸에서
흘러나오는 배설물을 손가락으로 찍어 입으로 가져간다.

"흘러나오는 것은 그 사람의 정수다. 그야말로 우리에게서
떠나려는 것, 영혼의 일부다." 처음 봤을 때부터 바로 직감했다.
갑자기 시작된 긴 방귀, 끊임없이 체액을 배설하며 한없이 이어
지는 이 소리에는 어떤 신비하고 신성한 것이 있었다.

그것이 무엇인지 그는 이해했다. "보물이다. 배설이 아니다."

만약 블랙라이더가 캔디선 밖에서 신으로 숭배되고 있다면
신의 몸에서 배설된 것이 부정할 리 없지 않은가.

우리는 꼬박 한 달에 걸쳐 한 사람도 빠짐없이 엘 모로에 도
착했다.

지진이나 지각 변동으로 바위산이 무너져 계곡을 메우고 새
로운 단층도 여럿 생겼으나 전체적으로 봤을 때 뉴멕시코주의
황야는 여전했다. 황갈색 바위투성이의 대지, 유황 냄새, 수천
개의 균열. 모든 게 15년 전 그대로였다. 나와 빌 개럿이 블랙

라이더를 저격한 바위산은 이미 흔적도 없었지만.

나는 보안관에게 권총을 맡기고 경호원들 없이 헤일런 마을을 느긋하게 둘러봤다. 마을 사람들은 모두 친절하고 싹싹했다. 내가 그들의 신을 죽인 장본인임을 알 리 없었다. 교회, 잡화점, 소박한 민가, 학교, 술집 등이 어깨를 맞대고 물가로 이어지는 깊은 균열을 내려다보고 있었다. 위스키를 제조하는 증류소까지 있었다. 증류소 앞에서 해바라기 중인 노인이 바로 맷 제임스였다.

내가 눈인사를 건네자 맷 할아버지는 모자챙을 만졌다. 나는 그에게 너새니얼 헤일런에 관해 꼬치꼬치 캐물었다. 이야기를 좋아하는 노인이라 정말 다행이었다. 그의 말에 따르면 마을을 가르는 균열도, 그 밑에서 솟아나는 샘도, 1,571개의 돌계단도 다 너새니얼 헤일런의 위업이었다.

"예수님과 너트의 차이점?" 맷 할아버지는 고개를 살짝 기울였다. "예수님은 본인의 정체를 아셨으나 너트는 끝까지 몰랐던 것 같아."

나는 '너새니얼의 계단'을 내려가 보았다.

검붉은 암반을 비집고 밝고 노란 꽃을 피우고 있는 개양귀비에 눈길을 빼앗기면서도 한 단씩 내려갈 때마다 기온이 상승함을 느꼈다. 경사면을 간척한 계단밭에는 보리가 사각사각 바람에 흔들리고 있었다. 유황 냄새가 코를 찔렀으나 위험할 정도는 아니었다. 돌계단 옆에는 검은 호스가 꿈틀꿈틀 뻗어 물가까지 한 줄로 이어져 있었다. 전동 펌프로 끌어올린 물은 이 호스를 통해 마을 사람들에게 전해질 것이다. 돌계단 중간쯤에 물터가 있어서 여자들이 바위에 옷을 내려치며 빨래를 하고 있었다. 내가 인사하자 다들 밝은 미소로 응해주었다.

돌계단을 내려와 바닥의 물가에 섰다. 왈칵왈칵 솟구치는 에 메랄드빛 물은 한 모금 마시니 유황 냄새가 나기는 했으나, 바싹 말라있던 목을 축이기에는 더할 나위 없는 맛이었다. 물가에 마른나무가 있고 가지 끝에서 들새가 울고 있었다. 고개를 드니 돌계단이 암벽을 따라 하늘까지 이어져 있는 듯 보였다.

'네이선!'

개의 목소리가 들려 깜짝 놀라 돌아봤으나 칼 하인츠는 어디에도 없었다. 놀란 새가 높은 소리로 울부짖으며 날아올랐다. 물은 크게 솟아올랐다가 소리 없이 수면을 흔들었다.

칼 하인츠는 그날, 아마도 너새니얼 헤일런보다 먼저 숨을 거뒀을 것이다. 자유롭지 못한 다리를 무작정 움직여, 균열을 몇 킬로미터나 돌아 너새니얼 헤일런을 만나러 간 그는 치사량을 훨씬 넘는 이산화황을 마셨을 테니까.

레이저 거리계 시야 속의 칼 하인츠는 너새니얼 헤일런의 품에 축 늘어져 있었다.

바로 옆에서 빌 개럿이 라이플을 겨누고 있는 것조차 잊었고, 그에게 표적까지의 거리를 알려주지도 못했다. 그저 빨려들 듯 파인더를 들여다보고만 있었다. 어떻게 하면 칼 하인츠를 구할 수 있을까? 머릿속에는 그 생각밖에 없었다. 내가 할 수 있는 일은 아무것도 없었다. 총성이 거대한 철권처럼 귓가를 때리자, 너새니얼 헤일런이 날아갔다. 칼 하인츠는 움직이지 않았다. 모든 게 끝난 장소에 사람과 개는 그저 조용히 누워있었다.

그뿐이었다.

카일 고드프리와 시에나 켄드릭의 이야기를 들은 것은 큰 수확이었다. 시에나 켄드릭은 너새니얼 헤일런이 죽은 뒤 오스틴 맥버니라는 남자와 결혼해 지금은 여섯 살 된 아들과 네 살짜리 딸을 둔 어머니가 되었다. 방랑자인 카일 고드프리는 할리 데이비슨 오토바이에서 흑마로 갈아타고, 마음이 동하면 훌쩍 마을을 떠났다가 또 생각이 나면 훌쩍 마을로 돌아오는 생활을 보내고 있었다. 말의 이름은 블랙 베스로, 1730년대 영국에서 악명을 떨친 범죄자 딕 터핀의 애마에서 따왔다고 한다.

대니 레번워스는 만날 수 없었다. 너새니얼 헤일런이 죽은 뒤 홀연히 자취를 감췄다고 들었다.

"솔직히 너트의 일은 잘 기억하지 못해." 시에나 켄드릭은 말했다. "그 무렵 나는 은근히 망가져 버린 세계를 즐기고 있었어. 마치 영화 속 여주인공이라도 된 듯. 너트는 그런 세계를 홀로 구하는 영웅이었고. 아직 젊었었지. 정말 아무 생각 없이 그와 함께 있었어. 하지만 그가 죽기 전날 밤의 일은 똑똑히 기억해. 마을 사람들이 심은 감자를 많이 캐내서 다들 밤새도록 노래하고 춤췄어. 그는 내게 다시 소설을 쓰라고 격려해 줬어. 결국은 지금까지 아무것도 쓰지 못했지만, 그때는 내가 소설을 쓰게 될 거라고 생각했어. 아니, 생각한 게 아니라 알았어. 나는 내가 다시 소설을 쓰게 될 줄 알았어. 너트의 격려를 받자 그런 마음이 들었어. 모든 게 내 손안에 있고 강하게 원하기만 하면 다 이뤄질 것만 같았어. 정말 불가사의한 사람이었어. 하지만 그게 다야. 젊었을 때는 정말 매력적으로 보였지만, 나이를 먹고 사랑하는 사람과 함께 살고 그 사람의 아이를 낳은 뒤로는, 그와의 일은…… 뭐라고 말하면 좋을지 모르겠는데, 마치, 맞아, 마치 여름방학 때 떠난 작은 모험처럼 느껴져. 그것도 정말 내가 경험한 모험이 아니라, 반짝반짝 눈부시게 빛나는 여름 햇살 속에서 모두가 그리는 공상의 모험……. 그 경험이 나를 아주 조금 성장시켜주고, 자랑스러움 뒤에 약간의 쓸쓸함도 숨어있는 그런 모험. 나는 너트를 사람들이 춤추는 원 안으로 끌어들였어. 그는 별로 잘 추지 못했지. 그리고 둘이 한 담요를 덮고 불 옆에서 잠들었어. 너트는 우리의 꿈…… 환상이었어. 로빈슨 제퍼스의 시처럼, 그는 그를 환상하는 우리보다 훨씬 현실의 존재였어.”

그녀의 말은 내게 셰익스피어 《폭풍우》의 한 구절을 떠올리게 했다.

우리는 꿈과 같은 것으로 이루어져 있다. 우리의 짧은 일생을 마무리하는 것은 잠이다.

—《폭풍우》

너새니얼 헤일런과 시에나 켄드릭은 몸을 맞대고 잠들었다. 하나의 담요에 최소한의 온기를 품고.

마치 자기 역할을 끝냈다는 듯 모닥불은 조금씩 조금씩 작아졌다.

"너트가 갑자기 일어났을 때는 벌써 밤이 밝고 있었어." 그녀는 평온하게 이야기를 이어 나갔다. "다 꺼진 모닥불 너머에서 그는 심각한 표정으로 균열 너머를 노려봤어."

너새니얼 헤일런은 남쪽 지평선을 응시하며 귀를 기울였다.

꿈이 아니었다.

그 증거로 밤새 술을 마시고 있던 사람들도 비틀비틀 일어나 똑같은 쪽으로 목을 빼고 있었다.

"……너트?" 잠이 덜 깬 눈으로 시에나가 몸을 반쯤 일으켰다. "왜 그래?"

"개 소리가 났어."

"개?"

"들어봐!" 흥분해 상기된 얼굴을 시에나에게 돌리고 꺼져가는 모닥불의 재를 박차고 달리기 시작했다. "칼이야! 틀림없이 니모와 함께 왔어!"

"너트, 기다려. 진짜! 니모가 누군데?!" 시에나는 그의 등에 대고 소리쳤다.

너새니얼은 사람들을 추월해 개 소리가 나는 쪽으로 달려나 갔다.

'아니야. 그럴 리 없어.'

희망을 꺾으려는 소리가 균열에서 불어오는 바람 소리에도 마음을 흔들었다.

'칼일 리 없잖아.'

그래도 땅을 박차는 다리는 완강했고 흔들리는 팔은 듬직했 으며 심장은 증기기관차처럼 시끄럽게 울어댔다.

가슴속에 들러붙어 있던 죄의 때가 맑은 물에 씻겨 내려가는 듯했다. 귓가를 스치는 바람 속에 피아와 우드로의 목소리가 들렸다. 둘의 목소리에 음은 없었다. 언어에 빼앗긴 자비만이 있었다. 그것은 이름을 붙이려고 하지 않는다면 어떤 식으로든 들을 수 있는 아름다운 멜로디였다. 모든 음악을 품은 무음의 신전으로 너새니얼은 달려가려 하고 있었다.

커다란 바위를 돌아가자 아침 안개가 내려앉은 대지의 균열 이 끝없이 남쪽으로 뻗어있었다.

"칼! 칼!" 모습은 보이지 않아도 있는지 없는지의 대답은 돌 아왔다. "칼!"

만약 진짜 칼이라면……. 날아가듯 달리면서 너새니얼은 웃 고 있었다. 역시 이곳이 우리가 오려 했던 곳이었구나.

감사의 말을 전하며

이런 세상에 글을 쓴다는 행위는 누구에게나 허용된 것은 아니다. 각지에서는 등사판 신문이 복간되고 있는데 내가 아는 한 2173년부터 20년간, 미국에서는 성서 이외의 어떤 출간물도 간행되지 않았다. 쓰기 위해서는 일단 글을 알아야 하는데 현재로서는 뉴욕주에서 간신히 초등교육이 이루어지고 있을 뿐이다. 이런 상황이 조속히 해결되지 않으면 미국인의 문맹률은 끝도 없이 높아질 것이다. 이 사실은 그대로 독자에게도 적용될 것이다. 글을 모르면 책을 읽을 사람도 없을 테니까.

상업적인 성공 따위는 염두에 두지 않은 채, 그래도 나는 이 책을 완성했다. 나는 쓴다는 행위를 통해 나름대로 이 세계로부터 질서를 구해내려 했을지 모른다.

문명이 강가에서 시작된 건 우연이 아니다. 주위에 흘러넘치는 물은 벼농사를 가능하게 했고 원시적인 농업이라도 그것의 인구 지지력은 수렵 채취의 100배나 높다고 한다. 단순화하면 한 사람이 농업에 종사하면, 다른 99명은 식량 생산에서 해방된다는 소리다. 문화의 담당자—무두장이, 대장장이, 가구장인, 예술가—가 되는 사람은 이 99명이다. 그리고 강가에서 산다는 것은 치수治水의 필요를 불러온다. 큰 강은 심술 궂은 신의 변덕으로 범람해, 인간이 애써 쌓아 온 생활을 근본부터 망가뜨린다. 치수는 하나의 마을이 할 수 있는 게 아니므로 광대한 유역에 흩어진 다른 마을과 협력해야 한다. 누구나 편한 일은 자기가 맡고 힘든 일은 다른 사람이 하기를 바란다. 여기에 정치적 교섭이 발생한다. 그리고 정치적 교섭의 근간을 형성하는 게 군사력이다. 군사력이란, 곧 병사의 숫자와 신뢰할 수 있는 무기를 말한다. 강한 마을이 약한 마을 위에 서고 합병하며 국가를 형성해 간다. 대강만 짚어 말하자면 고대 국가는 이렇게 탄생했다.

문자를 쓰고 엮는 동안 작가는 다른 일을 할 수 없다. 좋은 것, 다른 이를 계발하고 특히 자기의 영혼을 구제할 만한 것을 쓰려고 생각하면 더욱 그렇다. 즉, 내가 이 책을 완성해 운 좋게 출판에 성공하여 당신이 이 책을 들고 있다는 것은, 이 세계가 아주 느리지만 예전의 기능을 회복하고 있다는 뜻이다. 집필 중 내 생명은 다른 이들의 손에 의해 유지되었다. 이것이 의미하는 바는 크다. 내 생명을 유지하기 위해 무슨 짓이든 해왔던 지난 20년 동안, 다시 문명의 조짐이 보이기 시작했기 때문이다.

내가 쓴 글이 읽히고 사람들이 캔디선 밖에서 일상이 된 식인 관습을 더 이해해 준다면, 다음 방법도 저절로 발견되지 않을까. 그렇게 믿고 원고지에 펜으로 적어 내려갔다.

나는 운이 좋았다. 쓸 수 있는 정보를 많이 가지고 있었다. 백성서파의 임무로 각지를 방랑하는 동안 들은 이야기, 우연히 입수한 자료와 증언에 더해 뉴욕시의 지역자료관에는 6·16 이전의 신문 기사 마이크로필름이 남아있었다. 게다가 친구이자 기자인 잭 맥코믹이 매사추세츠주 법원에서 헤일런 판결에 관한 자료와 조서를 몽땅 모아줬다.

이 책은 수많은 사람의 선의와 협력에 의지하고 있다. 토미와 재키 발라드 부부, 당신들이 노스티여서 정말 다행이었다. 마리앤 발라드, 나를 자랑스럽게 생각해 줄래? 에마 도슨, 잭 맥코믹, 마일스 나카무라, 니므롯 롱크, 개리 그레이엄, 랜디 프로이딘버그, 빌 개럿, 맷 제임스, 카일 고드프리, 시에나 켄드릭 같은 분들에게는 특히 많은 영감을 얻었다. 이미 세상을 떠난 분들을 포함해 모든 분에게 진심으로 감사의 인사를 전한다.

그리고 잊어서는 안 될 것이 있다. 그렇다. 칼 하인츠다.

칼, 너는 진정 신의 사자였어.

잿빛 황야를 가로지르는 SF 묵시록

나오키상을 수상한 다음에 어떤 작품을 발표할 것인가? 모든 수상 작가의 다음 행보는 출판계의 최대 관심사다. 특히 대만 출신으로서 2015년 대만을 배경으로 한 작품 《류》로 나오키상을 수상하며 세간의 관심을 한 몸에 모았던 히가시야마 아키라의 다음 작품은 더욱 그랬다. 이번에는 일본이 무대일까? 아니면 다시 대만 이야기일까? 그런 그가 수상 1년 뒤에 내놓은 작품은 광활한 미국의 황야를 배경으로 한 SF 묵시록이었다.

소설의 무대는 '나이팅게일'이라는 소행성이 지구와 충돌하며 격렬한 지각 변동과 기온 강하로 모든 문명이 파괴된 22세기의 아메리카 대륙이다. 세계는 뉴욕을 중심으로 얼마 안 되는 식량과 전기, 물이 지급되는 이른바 '캔디선' 내부와 생존을 위해 식인도 서슴지 않는 캔디선 밖 무법천지로 나뉘고 말았다.

이 종말의 세계에 대만인 아버지와 라오스인 어머니 사이에서 태어나, 뉴저지주에 사는 미국인 부부에게 입양되어 자란 네이선 발라드는 사랑하는 아내를 잃고 방황하던 자신의 인생을 구원하기 위해 글을 쓰기 시작한다. 그 글의 주인공은 캔디선 밖에서 새로운 그리스도로 추앙받고 있는 블랙라이더인 '너새니얼 헤일런'이다.

이야기는 네이선 발라드가 너새니얼 헤일런의 일생을 취재하는 과정을 논픽션으로 다루는 형식을 취한다. 이른바 액자 소설인 셈이다. 따라서 이야기는 소행성이 지구와 충돌하는 2173년 6월 16일 이전부터 시작된다. 비참하기 그지없는 한 소년의 청춘 소설이 이어지는데, 그 역시 네이선의 인터뷰라는 형식을 통해 다른 이의 입을 거쳐 전해진다. 작가는 2016년 6월 문예지 《나미》와의 인터뷰에서 해당 작품을 "인터뷰라는 형식을 취함으로써 주인공에게 완전히 감정이입 하는 게 아니라 제삼자의 시점으로 전체상을 그리도록 했다."라고 밝힌 바 있다.

그래서인지 SF임에도 불구하고 우리는 마치 어디선가 벌어진, 혹은 벌어지고 있는 사건을 담은 다큐멘터리를 보는 듯한 착각에 사로잡힌다. 그것은 일방적인 감정이입을 촉구하는 그어떤 픽션보다 더 강렬하게 우리의 감정을 자극한다.

한편 블랙라이더 전설을 쫓아 황폐해진 북미 대륙을 횡단하는 네이션의 모험담은 영화 〈매드맥스〉 시리즈를 떠오르게 한다. 작가 자신도 존 크라카우어의 책《야생 속으로》와 영화 〈매드맥스〉 시리즈에 큰 영감을 받았다고 하는데 머릿속에 영상이 절로 재생되는 것 같아, 영상물로 제작되었으면 좋겠다는 바람을 잠시 품기도 했다(제작비가 어마어마하겠다는 생각에 포기).

《죄의 끝》은 모든 게 사라진 세상에서 사람들이 어떻게 다시 일어서서 희망을 찾으며 구원을 갈망하는지를 탐구하는 작품이다. 여기에 남녀의 인격을 지니고 27명이나 살해한 식인귀가 조연으로 등장해 이야기의 기이함을 더하는 한편, 신의 천사 같은 활약을 선보이는 다리가 셋뿐인 셰퍼드 칼 하인츠라는 존재를 통해 무한한 감동까지 선사한다.

히가시야마 아키라는 가벼운 문체로 날카롭게 세상을 인식하려는 작품이 주류를 이루는 요즘 문학계에서 오랜만에 묵직한 작품을 읽었다는 느낌을 받게 해주는 작가이다. 그것은 아마도 작가 자신이, 그 어디에도 속하지 않는 무국적인 존재이고, 대륙적인 감각을 지니고 있기 때문일 것이다.

드넓은 황야를 무대로 펼쳐지는 진정한 인간성의 시험장에 독자 여러분도 한번 발을 디뎌보시길 바란다. 당신의 현실은 '캔디선' 안일 것인가, 밖일 것인가? 그리고 그것이 진짜 현실인가? 수많은 질문의 세계 속에서, 잿빛 하늘 아래를 터덜터덜 걷는 자신을 발견하게 될 것이다.

나오키상에 이어 제11회 중앙공론문예상을 받은 이 작품은 사실 문명이 사라진 세계를 그린 《블랙라이더BlackRider》의 이전 이야기이다. '헤일런 법'에 의해 식인이 법적으로 금지된 세계에 대항하는 블랙라이더를 그린 작품에서 블랙라이더의 전설적인 인물로 이름만 등장했던 게 바로 너새니얼 헤일런이다. 히가시야마 아키라 작가는 "블랙라이더에 잠깐 등장한 블랙라이더 전설의 기원 너새니얼 헤일런에 관해 나 스스로 더 알고 싶어서 《류》가 발표되기 전부터 쓰기 시작했다."라고 말했다.

그러나 《블랙라이더》보다 100년 전인 2173년 전후를 배경으로 한 완전히 독립된 이야기라, 《블랙라이더》 시리즈를 포함한 3부작이면서도 전작을 미리 읽어야 할 걱정은 없다. 오히려 이 책이 전작의 입문서 같은 역할을 하게 될 듯하다.

민경욱

인용문헌(일본어판 참조)

Walter Lippmann "Public Opinion" Harcourt, Brace & Co. 1922

Stanley Milgram "Obedience to Authority: The Experiment That Challenged Human Nature" Harper & Row 1974

Yves Bonnefoy "Dictionnaire des mythologies et des religions des sociétés traditionnelles et du monde antique" Flammarion 1981

Mario Vargas Llosa "La guerra del fin del mundo" Seix Barral 1981

죄의 끝

초판 1쇄 인쇄 2024년 11월 1일
초판 1쇄 발행 2024년 11월 11일

지은이 히가시야마 아키라
옮긴이 민경욱
펴낸이 김문식 최민석
총괄 임승규
책임편집 명지은
기획편집 이혜미 조연수 김지은 김민혜
　　　　　박지원 백승민
마케팅 조아라
디자인 배현정

펴낸곳 (주)해피북스투유
출판등록 2016년 12월 12일 제2016-000343호
주소 서울시 서대문구 신촌로 25-1 보고타워 4층
전화 02)336-1203
팩스 02)336-1209